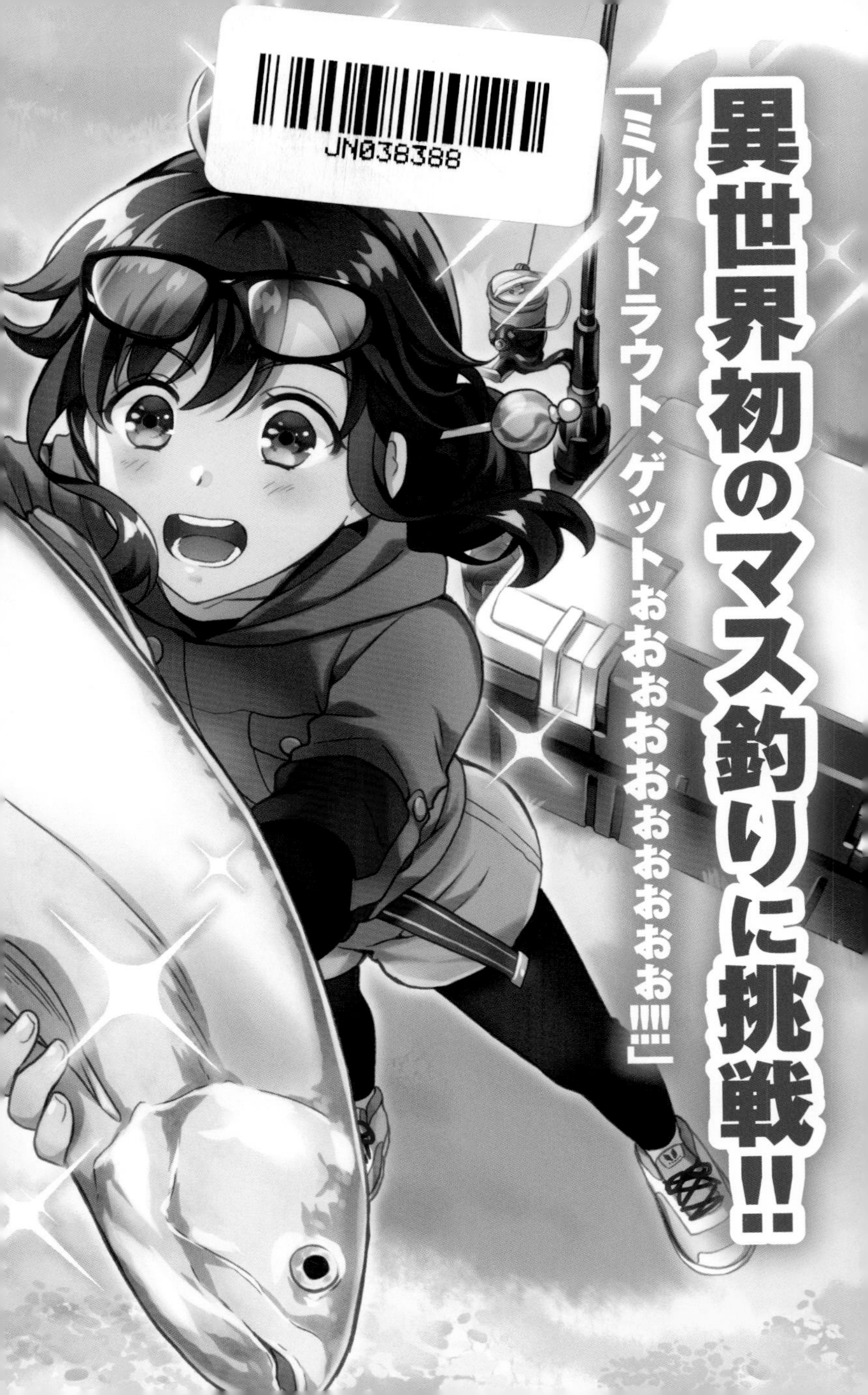
異世界初のマス釣りに挑戦!!
「ミルクトラウト、ゲットおおおおおおおお!!!!」
JN038388

ヴィル
リンが助けた鬼竜人《ドラグール》。
パーティリーダー
セノン
肉好きのエルフ。
治癒魔法が得意
海辺の任務成功に……乾杯!!

アリア
蜘蛛人の可憐な女性。
美味しいもの大好き
エド
アリアのことが大好き。
パーティでは攻撃役
リン
異世界に聖女召喚された日本人。
アウトドア好き

隠れスキルで
キャンピングカーを
召喚しました
捨てられ聖女の
異世界ごはん旅

捨てられ聖女の異世界ごはん旅

隠れスキルでキャンピングカーを召喚しました

著 米織
ill. 仁藤あかね

suterare seijo no isekai gohantabi

イラスト
仁藤あかね

デザイン
木村デザイン・ラボ

CONTENTS

「現在の状況を三行で説明してよ！」……という声が聞こえた気がするので、頑張ってみる。


美少女ＪＫと異世界召喚された。

ゴミスキル＆役立たず扱いされた。

追放！　↑イマココ！


え？　略しすぎててわからない？　いや、略さなくたってわけがわかんないと思うよ？

何せ、トラウト釣り＆ソロキャンプの一泊遠征を終えて家に帰る途中、突然足元にできた穴みたいなのに落っこちたと思ったら「中近世ファンタジーの王宮の闇ですが、何か？」と言わんばかりの鬱々《うつうつ》とした場所にいた上、真っ黒なローブを着た見るからに怪しげなショタっ子に聖女召喚がうんにゃんかんにゃん言われて、なんのこっちゃと思ったら隣にいた美少女ＪＫの前に金髪碧眼《へきがん》のイケメンが恭しく跪《ひざまず》いて優雅にエスコートを願い出てて、私へは「クズスキルかゴミめ！」みたいな罵声《ばせい》を投げつけた挙句にＪＫを抱き寄せつつ「この年増は適当な場所に捨てておけ！」とか黒ローブに指示したかと思った途端に私の足元が光り始めて、また気が付いたらなーんもないだだっ広い草原に一人立ち尽くしているという状況なわけですよ。

……ね？　さっぱりわかんないでしょ？

でも、大丈夫。張本人である私にも、何が起きたのかさっぱりわかんないから！

何とも幸運なことに、一緒に転送（？）されてきた釣り用品とキャンプ用品を満載したカートから、愛用の折り畳みいすを引っ張り出して腰を落ち着け、状況を整理することにしよう。

釣果《ちょうか》やヒットルアーを記録しておく用に、とバッグに入れていたメモ帳を出して、思いつくままの疑問点を書いて書いて書き出していく。

えーと、まず……私の名前は小鳥遊《タカナシ》倫《リン》。元・介護職、現・柔整鍼灸院《しんきゅういん》勤めのアラサー鍼灸師……現し世《このよ》で何より好きなのは、獲って《とって》料理して《つくって》食べること……と。

……うん、大丈夫だな。記憶が飛んだりしてないな。

子供の時から『獲って食べる』ことが大好きで、それが高じて祖父と一緒に山菜採りとかキノコ採りに行ったり、父と釣りに行ったり……長じては釣りキャンプとかもやるようになって……。

昨日も県外にあるニジマスを始めとしたいろいろなトラウト系の魚が釣れる釣り堀に行って魚を釣る＆近くのキャンプ場で一泊……という釣りキャンプ遠征を行って、今日はその帰り、だったんだよね、うん。

いやぁ……事実は小説より奇なり、っていうけどさ、まさか実際に異世界召喚だのなんだのっていう目に遭うなんて思ってもみなかったよ!!

それにしても、『聖女召喚』ってナニ？　とか、『スキル』とはなんぞや？　とか、『適当な場所に飛ばして』の結果がこれ？　とか、そういや今思い出したけどあのＪＫ最後にこっち見て「フフン！」みたいな顔で笑ってなかったか!?　とか……。いろいろと誰かに聞きたいこと、知りたいことだらけなんだけど……私、現在ボッチなんだよね……。

周りに人っ子一人いない……というより、見渡す限りが草と木と地面なんだけど、なんかこう……いろいろな意味で大丈夫なんだろうか……？

「……ていうか、スキルとか聞くと、ＴＲＰＧを思い出すなぁ……」

アウトドア関連では釣りとかソロキャンプとかが好きなんだけど、インドア関連だとＴＲＰＧとか読書とかも好きなんだよねぇ。

異世界ハイファンタジー系から現代ローファンタジー、近未来サイバーパンク、ディストピア、ホラー、ほのぼのまで……結構手広くプレイしたなぁ。

ファンタジー系の時は、ステータスとパーティのバランスによりけりだけど『接敵して殴る』戦法が取れる職業と、そういったスキル構成のキャラを好んで作ってた気がするわ。

もちろん、探索者とかも大好きだったけどね！

……ってか、そうか……ＴＲＰＧか。見方によれば、今まさに私自身がＰＬ《プレイヤー》兼ＰＣ《プレイヤーキャラクター》みたいになってないか⁉

憧《あこが》れの冒険者というか探索者というかＰＣ１というか……そんな感じの存在になってるんじゃないか⁉

「あー……ステータスとか見えたら、面白そうなんだけどねぇ」

そうボソリと呟《つぶや》いた瞬間。

私の目の前に板状の光が忽然《こつぜん》と現れた。薄緑に輝く液晶画面のようなものの上に、何やら文字のようなものが書きつけてある。思わず触ろうと指を伸ばすが、そのままスカッと光の板を通り抜けてしまった。どうやら触れはしないようだ。

それでも活字中毒のサガなのか、目がついつい板の上の文字を追ってしまう。

名前：リン　タカナシ
クラス：異邦人《エトランゼ》、旅人《トリッパー》
HP：17／17　MP：15／15
STR（筋力）：8　CON（体力）：9　POW（精神力）：15
DEX（俊敏度）：13　INT（知力）：14
特殊スキル：【野営車両《モーターハウス》】※野外でのみ使用可能
スキル：【生存戦略《サバイバル》】

え……日本語⁉　っていうか、何この数値⁉　まさか、これが私のステータス⁉

…………マジかー。ステータスでちゃったかー……！

……うん。改めて、こうして数値化されると、筋力と体力がいまいちだなぁ。アウトドア好きとしてはどうなの、コレ？

その分精神力とか知力とかが高いのかもしれないけど、コレだと頭でっかちみたいな感じ？　モヤシっ子じゃないですかヤダー！

……っていうか、そうか。私の特殊スキルとやらは野外でのみ使用可能なのか。

あー！　なるほどねー。召喚時《あの》は屋内だから発動しなくて、『ゴミスキル』とか言われたのか。

なるほどなるほど。よく調べもせずに切り捨てるとか、私のあずかり知らぬところで箪笥《たんす》の角に足の小指でもぶつけて悶絶《もんぜつ》してればいいのにね！

何というか、いかにも『ファンタジー！』という雰囲気のステータスウィンドウやパラメーターを眺めてみれば、注視した単語の上に新たなウィンドウが現れているではないか！

文字数が多い所を見ると、詳細説明のような感じだろうか？

スキル：【生存戦略《サバイバル》】
常時発動《パッシブ》。
術者が生存するために、自然環境、社会環境に適応できるよう身体面・知識面のサポートを行う。
また、予期せぬ事態が起きても生存可能なよう、精神面・思考面を整合化し、身体面を強化する。

あ、そっか。

さっきから妙に落ち着いてるのは、このスキルのせいか。

いきなり知らない世界に召喚（？）された挙句、さらに誰もいない辺鄙《へんぴ》な所に強制ワープさせられて……泣きわめいたり、混乱したり、絶望して虚脱してもいいはずなのに、いつもとあんまり変わらないのは、この生存戦略《サバイバル》で思考が整合化されてるんだ。

こんな局面でも、どうにか私を生き延びさせようと……いや、私自身が生き延びようとしてるのか……。

……あー……なんか涙出そう！

こんなわけわかんないことになってるのに、私は生きたいのか。

そうかぁ。生きたいのかぁ…………それじゃあ、何が何でも生き延びなきゃなぁ……。

「……ん？　それじゃ、もう一個の【野営車両《モーターハウス》】っていうのは？」

目に滲《にじ》んだ涙をぎゅっと拭《ぬぐ》って、ステータスウィンドウに載っていた『野営車両《モーターハウス》』という言葉を呟《つぶや》いた途端。私の背後に突如ズシンと衝撃が走った。

まるで、超重量級の何かが落ちてきたように、大地が揺れる。

恐る恐る振り向いて、まず目に入ったのは緑の車体と、淡いクリーム色のコンテナキャビン。

ツートンカラーの車体は、一見するとトラックの荷台部分に居住部分《キャンパーシエル》を搭載した、通称・トラキャンのように見える。だが、よく見てみると、トラキャンのように見《う》えるよう塗《そ》り分けられているだけで、実際にはボディと居住部分が一体化された……トラック系の車両に居住部分が架装されているタイプ……通称・キャブコンじゃんか！

運転席の上部にバンクベッドがついた、フロントバンクタイプのキャブコンは、『キャンピングカー』と聞いて誰しもが思い浮かべるスタイルではなかろうか？

「えぇー！　ウソ！　ウソでしょ⁉　イヤイヤ！　マジで⁉　マジで⁉」

生存戦略《サバイバル》でも制御できない程度に大興奮しちゃったらしく、語彙《ごい》力が低下しちゃったけど、でもコレ、仕方なくない⁉

キャンピングカーって、車としての機動性を生かして好きな所を旅しながらも、居室空間で引き籠《こも》ることが可能という、アウトドアもインドアも満喫できる魔法の車なんだもん！

あー、もう！　何この神スキル！

…………すー……はー。

…………………………すー……はー…………すー……はー……。

ちょっと……ちょっと落ち着こう。クールに……クールになれ、私!!　ニマニマと緩んでいく私の顔は、きっと見られたものじゃないからね!

……あー……でもちょっと上手《うま》く落ち着けないなぁ……!

実はね、釣り&キャンプ遠征の足にしたいなぁ……と思ってキャンピングカーについて情報収集してた頃があったんだよね。ただ、本体購入費用も維持費用も莫大《ばくだい》だし、調べれば調べる程日常使いするには現実的じゃないし、「ちょっと今の時点では購入できません」と結論付けてそっとブラウザを閉じるしかなかった、憧れの車なんだよ〜〜〜!

「購入はムリ」という結論を出した後も、ヒマを見つけてはキャンピングカーの内装やら外観やらを調べたり眺めたりして「もしキャンピングカーを買うことができたら……」っていう妄想……もとい、想像をたくましくしてた経緯があってな……。

夢でしかなかった憧れの車が、突然降って湧いて自分のものになった……となったら、もう喜ぶしかないじゃないか!!

年甲斐《としがい》もなくぴょんぴょん飛び跳ねそうになるのをじっとこらえて、突如出現したキャンピングカーを改めて眺めてみる。

運転席の部分と車体の下3分の1は、ダークグリーンで。キャビン部分は淡いクリーム色で塗装がなされ、側面のドア部分にはアクセントのように蔓草《つるくさ》模様が優雅に踊っている。ドアの取手部分には、深紅の薔薇《ばら》が一輪描かれていた。

やだ……ちょっと好きなデザインですよ、コレ!

ドアを開けようと手を近づければ、プシュッと軽い音がして、自動でドアがスライドしていく。

ま、まさか、スマートドアまで搭載されている、だと⁉

いったいどれだけのギミックを搭載しているのかと疑問に思う間もなく開いていくドアの向こうには、予想もしない世界が広がっていた。

「んんん～～～⁉」

正面には、広いリビングと、窓際に設置された大きなテーブルとソファータイプの椅子が。

右手側には綺麗《きれい》で広いシンクと、三口のコンロを備えたキッチンが。さらにその奥には、トイレを示すマークまで見えている。

…………え？　いみわかんない。ひろさ、おかしくない？

慌てて外に出て、もう一度車体を眺めてみる。

……うん。どっからどう見ても、ごくごく『普通の』キャブコンのサイズだと思う。どう考えても、あんな広さがあるようには見えないんだけど……？

再び中に入ると、大きな窓から入った燦々《さんさん》たる光に照らされた明るいリビングと、以前から憧《あこが》れていたキッチン家電が備え付けられている清潔で機能的なキッチンが見える。

……うん。いみわかんない。

そっとキャビンのドアを閉じ、今見たことは一回忘れることにする。……ちょっとねー、アラサー女の理解の範疇《はんちゅう》を超えたなー。

…………。

……………………。

…………………うん！　気を取り直して、運転席見てみようかな！

考え込んでいるうちに下がっていた頭を上げ、その足で運転席へと向かってみる。車高が高いので乗るのにちょっとコツが要ったものの、それほど苦労することなく乗り込むことができた。

車高が高い分、見晴らしはいい。

ハンドル周りを見てみたけど、運転方法はオートマっぽいかな。ＭＴ免許持ってるけど、マニュアル車なんて久しく乗ってないからありがたいねー！

ダッシュボードを開けてみると、お馴染《なじ》みの黒い車検証ファイルらしきものが置いてあった。開いてみれば、どうやら車検証ではなくこの車の取説のようなものらしい。

……えーと……なになに……？


【この度は特殊スキル・野営車両《モーターハウス》をご利用いただき、誠にありがとうございます。

このスキルは、野外であればスキル使用者の座標を起点に、任意で野営車両《モーターハウス》を召喚できるスキルです。

なお、ダンジョン内も『野外』扱いとなりますことをご承知おきください。

車体は、大気中に含まれる『魔素』と呼ばれるエネルギー物質を取り込むことで、走行時の動力や車内装備の動力といたしますので、エネルギー切れ等を気にせずご使用いただけます。

車内装備の蛇口から出る水は、車体内に組み込まれた魔法陣から生成される魔法水となっており、そのまま飲料水としてご利用いただくことができます。

排水等に関しましても魔法的処理ののち魔素として車外に還元いたしますので、掃除等の必要がありません。

結界機能を有しており、スキル使用者が認めた者以外の乗車はできず、車体には隠蔽《いんぺい》効果もあるため、スキル使用者と乗員以外にその姿を認識できなくなります。

居住部分は快適にお過ごしいただけるよう、空間魔法を使用して広さと快適性を実現しております。

心ゆくまで、ごゆっくりとお寛ぎください】

…………ワー。スゴイネー。

思わず棒読みになっちゃうくらいにスゴイネー。

……何か……このスキルに関しては、考えたら負けのような気がしてきた。「考えるんじゃない！　感じるんだ！」的な？

とりあえず、運転席から降りて、再び車体を外から眺めてみる。

傷一つ、埃《ほこり》一つなく輝く車体。どっしりと車体を支える大きなタイヤ。

……もう本当に何なんだ、この特殊スキル……！

「ゴミスキル」とか言われたけど……あのＪＫのスキルが何だったのかはわからないけど……このスキルだってめっちゃ良いスキルなんじゃないかな？

ただただ呆然《ぼうぜん》とするだけだった心に、じわじわと何かがこみあげてくる。

それは歓喜でもあり、好奇心でもあり、やる気でもあり……漠然とした恐怖でもある。

……でも、ここでウジウジしてても何も始まらないし！

まずは、生存戦略《サバイバル》のスキルと、年甲斐もなく湧き上がる好奇心に身を任せ、冒険の旅に出ることにしよう！

クヨクヨ悩むのはそれからだ！

足元に置きっぱなしになっていたカートをキャンピングカーの中に入れるべく、私はつる薔薇に飾られたドアを再び開けることにした。

第一章

荷物を車内の収納スペースに積み込んで、さっそく移動を開始したんだけど……この収納スペースもいろいろと凄《すご》かったよ。

まさか、ほんのちょっとした収納スペースに、釣竿《つりざお》と釣り道具箱《タックルボックス》、キャンプ用品一式が、全部収まるとは思わなかったぜ……。

四次元というか、異次元というか……空間魔法って凄いんだなぁ……。

なんかね、もうね、この車……野営車両《モーターハウス》のスペックに関しては、考えることを放棄したいと思います！

……それにしても、なんとものどかで、良い風景だなぁ。

ここが人影一つない異世界の僻地《へきち》、ということを除けばだけどね‼

……見事に何もないし、誰もいないんだなぁ、コレが。心細いとか不安とかを通り越して、いっそこの状況が楽しみになってきたよ！

ちなみに、どこへ向かっているかというと、そう遠くないところにあるらしい小さな湖。

飲料可能な水があるとはいえ、やっぱり野外活動をするときは水を確保しておきたいじゃない？

洗濯とか、食料調達とか、野外炊飯とか、いろいろな意味で、ね。

…………うん。湖だったら、魚とかいるんじゃないか、っていう下心も、もちろんある。

せっかく竿《さお》も疑似餌《ルアー》もあるんだもん！　異世界の魚、釣って食べてみたくない⁉

……え？　そこまでの道案内は誰がしてくれるのか、だって？

私の野営車両《モーターハウス》、カーナビついてるんだ！

しかも、野営車両《モーターハウス》を起動してわかったんだけど、鍵《かぎ》とかいらないの！

なぜなら私がスキルの使用者だから！　スキルの使用者で其《そ》れ《れ》紐付《ひもづ》けができるから、鍵がなくてもエンジンをかけたりできるし、一定距離以上車両から離れると自動でロックがかかるし、逆に車両に近づけばアンロックできるんだって！

何なのその神仕様！

そして、しばらく走って気が付いたんだけど、野営車両《モーターハウス》の乗り心地が抜群に良い。

キャブコンの構造上、タイヤの真上に運転席が来るから乗り心地が非常に悪い……ハズなんだけど、まったくそんな感じがしない。むしろ、こっちに飛ばされる前に乗ってた軽自動車よりも、乗り心地が快適な気がするんだよねぇ。

しかも、車高が高くてバランスが悪いから、風や悪路に弱く、加速時に不安定感があるって聞いたけどこれまた全然気にならない。そういった面も、以前乗っていた軽自動車より安定して走れている気がする。

『目的地周辺に到着しました。案内を終了します』

野営車両《モーターハウス》のスキル、スゲー‼

「ア、ハイ。ありがとうございました」

いつものクセでナビにお礼を言ってから、野営車両《モーターハウス》のエンジンを止めて外へ降りてみる。

目の前には、青い空にゆったり流れる白い雲と、青々とした草原と、緑濃い森の木々。頬を撫《な》でていくのは、しっとりと露を含んだ森の木々の香り。そして、周囲に広がる鬱蒼《うっそう》とした森を、その凪《な》いだ水面に映す大きな湖が広がっていた。透明度が高いようで、水底で揺らぐ水草やその周囲で遊ぶ小魚の姿までがはっきりと見える。

もしかして、と思い目の前の湖を注視してみると、やはりというか、予想通りというか……薄緑のステータスウィンドウに湖の名前が表示されていた。

【レアル湖（湖水は飲用可）
リースフェルトの東にある小さな湖。
周囲の山から流れ込む地下水が至る所から湧いている。
近くに人里もないため、種類豊富な動植物を見ることができる】

うん。生存戦略《サバイバル》の説明に『自然環境、社会環境に適応できるよう身体面・知識面のサポートを行う』ってあったから、私の方にこの世界の事前知識がなくても、何かしらの補正が働くのかなー、と思ってはいた。

思ってはいたんだけど、まさかこれほどまでとは……！

生存戦略《サバイバル》さん凄いな……‼

海ほどではないものの、ちゃぷちゃぷと揺れる水際に近づいてみれば、程よく角が取れた大小さまざまな大きさの石が転がっている。これなら、座るにしろ簡易かまどを作るにしろ、とっても便利そうだ。

周囲には無数の乾いた流木らしきものも転がっており、薪探しの手間が省けそうかなぁ。

……と。

パシャンと音がして、水面に波紋が広がった。つい昨日まで釣り場で散々聞いていた魚の気配に、身に付いた釣り好きのサガが反応したのか瞬時に顔が音がした方を向く。

果たして、私の視線の先では銀色の魚体が静かな水面を割って飛び上《ライズ》がってるじゃないか……！

水面近くを飛ぶ虫でも食べているのか、盛んにライズする魚体に視線を合わせると、間髪容れず詳細が表示された。

【ミルクトラウト（食用：非常に美味）
レアル湖に生息する巨大なマスの魔生物。今の時期は繁殖に備え、餌を荒食いする習性がある。その名が示す通り、真っ白な魚体にたっぷりと栄養と脂肪を蓄えている。
魔生物のため寄生虫もおらず、生食もできる】

MASU！　マス！！　鱒！！！

マジか‼　この世界でもトラウトフィッシングできんの⁉　え、マジで⁉　しかも、天然モノ《ネイティブトラウト》を⁉

「ひゃっはぁぁぁぁぁぁぁぁぁ‼　釣！　三！！　味！！！」

なんかもう、ダメだ。嬉《うれ》しくて楽しくて、何も考えられない！

仕掛けをどうしよう、とか、どこら辺がポイントだろう……とか、考えが浮かぶ前に、身体はすでに動いていた。

湖畔に停めておいた野営車両《モーターハウス》のキャビンに駆け込むと、収納スペースにしまっておいたロッドとタックルボックス、たも網、魚を入れておくビクを持ち、偏光サングラスをかけて波打ち際に舞い戻る。

湖が広大すぎて外部への流出口《アウトレット》はわからないけど、右手側に川からの流入口《インレット》があるのが見えた。そのインレット付近にある小さめの岩が、流れを分断してイレギュラーな水の流れを作り出しているようだ。

その流れ込みの奥で、今もかなり盛んに魚が飛び跳ねている。……ということは、魚がいそうな場所は水面に近い所……かな？

岸辺にはマスのエサになりそうな小魚が泳いでたし、小魚っぽいルアーを試してみよう！

手早く釣り道具の準備をして、まずは私が持っているルアーの中で最も魚を釣り上げた実績があるものを取り付けて……思いっきり遠投する。

シュッと風を切って、ルアーが飛んでいく。おぉぉぉ！　思った以上に良いところ行った‼

盛んにライズがある少し奥に、上手《うま》い具合に波紋をたててぽちゃんと着水……したかと思うと、ガボンッと水面が割れ、ルアーが水中に消えた。

「ウソでしょ⁉　まさかの落ちパク⁉」

内心は慌てつつも、身体はちゃんと反応してくれた。しっかりと針にかかるよう《フッキング》、身体を少し捻《ひね》りつつリールを素早く巻き上げる。

　ガツン！　とロッドに重みが乗ると同時に、ジィィィイィッとドラグを鳴らしてラインが走った。時折、ゴッゴッツッと頭を振るような引きが加わる感触は、以前に一回だけ釣ったことがある大物の引きに似てるかなー？

　ロッドのしなりを使って魚をいなしながら、リールを巻いては走らせ、巻いては走らせ……持久戦の様相だ。

「イヤイヤイヤ……これ、かなり大きいんじゃないの？」

　巻いても巻いても、その分沖へと走られて、一向に岸に寄ってくる気配がない。でも、焦りは禁物だ。

　焦らず、騒がず、落ち着いて……疲れれば自然に寄ってくるんだから……！

　ロッドから伝わる魚の反応に、アドレナリンが体中を駆け巡るのがわかる。

　逃げられてしまうか、釣りあげられるか。

　ただそこに思考は集中し……。

「っしゃぁぁあぁあぁあぁぁぁ！！　ミルクトラウト、ゲットぉおぉおぉぉぉぉ！！！！」

　体感にして数十分。実際の時間としては十数分くらいだろうか。

　糸が切れ《ラインブレイクす》ることなく、ロッドが折れることもなく、逃げられてしまうこともなく……死闘の末に、私はようやくミルクトラウトをたも網に収めることができた……ん、だけ、ど……。

「お、おぉぉおぉおお……？　なん、だ……この大きさ……！」

　姿形は、管理釣り場でよく見た『トラウト』そっくりだ。ただ、本当に白い。

　白いトラウトっていうと、管理釣り場には群れの動きがわかりやすいようアルビノトラウトが何匹か入れられてたけど、それとはまったく違う白さだ。

アルビノトラウトは白というか黄色みがかった感じなんだけど、ミルクトラウトは本当に牛乳みたいに真っ白で、目は黒いんだ。

ただ、今回私が驚いたのは、色のせいだけじゃない。このミルクトラウトのサイズに、だ。

「……いやいやいやいや……何センチあるのよ、コレ？　八〇㎝はゆうに超えてるでしょ……」

私の親指と中指で尺取虫をした時の長さが約一五㎝くらい。それで五回尺取虫をしてもまだ余って……。しかも、丸々と太って身が厚いせいでなおさら大きく感じるんですけど……！

やったね！　私史上最大サイズ！　こんなのビクに入らないよ！

……じゃなくて！

こんなサイズの魚、お徳用ロッドとして売られていたロッドと、ごくごく普通のお買い得価格の釣り糸で釣れるサイズじゃないぞー？

いや、上手《うま》い人なら可能かもしれないけど、私程度の腕前じゃあロッドが折れるか糸が切れるか、っていう感じじゃないか??

緊張から解放された安堵《あんど》と感動と混乱で、心臓はバクバクいってるし膝《ひざ》もガクガク震えている。

それでも、視線だけは手に持った竿をしっかりと捉《とら》えていた。

【異世界フィッシングセット
こちらの世界とは異なる世界で作られた釣《つ》り竿《ざお》、釣り糸、リールのセット。
素晴らしい強度を誇り、折れず、切れず、かかった獲物をしっかりと釣り上げる】

……う、嘘だろ、ロッド《おまえ》!? おまえ、二千円もしない投げ売りロッドだったじゃないか!!

ラインちゃんもラインちゃんですよ！　セールでお買い得になってたお徳用ラインだったのに、
こんな……こんな……立派になって……！

異世界召喚って、こんなに至れり尽くせりなもんなの？　なんか良いことしか起きてないんだけど……？

まぁ、釣れたものは釣れたものとして、美味《おい》しく頂きますけどね！

ビチビチと盛大に暴れるミルクトラウトを〆るべく、どうにかこうにか片手で押さえつける。

さすがに魚体が大きいせいで、ビタンビタンと跳ねて腕や顔を叩《たた》かれるとそれなりに痛みが走った。

……とはいえ、いくら図体が大きいといえども相手は魚。一度押さえてしまえば、釣りの時に使っている小型ナイフで、きちんと〆ることができた。中骨を断ち切るような感じでやると、しっかり刃が入るよ！

そしたら、いつか大物を釣った時の為に……と買っておいたストリンガー――釣れた魚をキープしておくためのフック付きロープ――にひっかけて湖の水に浸けておけば……瞬く間に魚体の周囲が赤く染まっていく。どうやら血抜きは順調のようだ。心臓が動いているうちだと、血抜きがしやすいからねぇ。

ちょっと気の毒な気もするけど、美味しく頂くためには、即〆&血抜きがけっこう重要……と、私は思っている。本来なら神経締めもした方が良いらしいけど、血抜きをしっかりするだけでも、味は全然違ってくるよ！

せっかく頂く命なんだから、少しでも美味しく食べたいじゃん？

「よし！　血抜きしてる間に、もう一匹釣れるかなー？　釣れるといいなぁ！」

想像以上の大物を釣り上げた興奮も冷めやらぬまま、次のキャストに向けてラインのダメージを確かめる。

正直まだ膝が笑ってる気はするけど、乗るしかないじゃん、このビッグウェーブに‼

釣れるときに釣っておかないと、いつ食い渋りが始まるかわかんないからね。

上手な人は渋い状態でも食い気を上げるテクを持ってるけど、私はそこまで腕があるわけじゃないし……。釣れるときに釣っておくのが自分の中の鉄則なんだ。

ロッドのしなりを利用して、再び沖めがけてルアーを投げる。波紋が消えるまでちょっと待ってみて、反応がないようなら水面でパチャパチャと水音と波紋を立てるよう動かして……。

「っしゃぁ‼　キター！！！」

落ちパクとまではいかなかったけど、今度もすぐにガボンと水面が割れて食いついてきた。

引きは相変わらず強いし、ドラグをジージー鳴らして縦横無尽に走り回るけど、さっきのヤツよりは寄せやすい。

小さめなのかなー？

「……っていうか、『折れず、切れず、しっかりと釣り上げる』って保証が入った安心感のせいか」

小さいから寄せやすかったんじゃなくて、竿《さお》が折れたり糸が切れたりする心配がないと知ったが故に、何も考えずに巻き取りに集中できたせいだろうな。

ネットインした魚体は、七〇cm程の大きさながら身の厚みもあって、もの凄《すご》く美味しそうだ。

こちらも、血抜きのために脊髄《せきずい》と尾付近をブチ抜いた後、ストリンガーにかけて湖に浸けておく。

「凄いなー、レアル湖！　まさか、この湖のミルクトラウト、みんなこんなサイズなんじゃなかろうな？」

釣りたい！　……けど『キャッチ&イート』をモットーにしてる以上、リリースはしたくない！

でも、これ以上このサイズが釣れたら、余らせてダメにしちゃう！

あぁぁぁぁぁぁ……悩ましい……悩ましいよぅぅぅぅ！

「………………ぅん？」

もう一投すべきか、せざるべきか……ロッドを前にグネグネと身もだえしていた私の視界の端っこに、何か赤茶けたモノがフッと映った。

流れ込んでくる川の流れのなかに、赤茶色の……何かが、こう……？

浮きつ沈みつしながらどんぶらこーどんぶらこーと、ゆっくりと流れてくるその物体は、流木にしては大きいように見えるんだけど……。

そう私が首を傾げている間に、流れが蛇行して湾のようになっている所にソレが打ち上がる。好奇心の赴くままに目を凝らせば、赤茶の布切れのようなものを身体に巻きつけた人間らしきものが倒れていた。

ああ、なーんだ。人かぁ。ファンタジーでありがちな魔物《モンスター》とかじゃなくて良かっt……。

「人ぉ!?」

思わず流しそうになって、咄嗟《とっさ》に我に返った！　いやいや、そこは流しちゃいかんでしょ!!

一旦その場にロッドを置いて、ある程度まで近づいてみれば、そこに倒れていたのは『人』というにはちょっとかけ離れている『人外《ヒト》』だった。

なるべく足音を立てないように、倒れているソレに近づいてみる。

見苦しくない程度に切り揃えられた銀髪と、額から伸びる二本の角。ゴリマッチョと細マッチョのちょうど中間くらいのがっしりしたガタイに、ファンタジー漫画やゲームでよく見る革の胸当てらしきものと剣のようなものを身に着けている。

「お……おおおぉぉ……鬼ぃさん、ですかね⁇」

今回も生存戦略《サバイバル》さんがいい仕事をしておられるようで、第一異世界人発見《はっそうぐう》した人外の存在にも、さほど動揺することなく冷静に観察できている。

パッと見、昔話の絵本に出てくる「鬼」みたいな感じだけど、絵本の鬼ほど恐ろしい風貌《ふうぼう》ではないせいか、さほど怖い感じはない。でも鬼っぽい割に、虎柄のパンツ穿《は》いてないなぁ……。

ちなみに、鬼が虎のパンツを穿いている……っていうのは、『鬼門』の方角が『丑寅《うしとら》（北東）』だったから、鬼→うしとら→牛みたいな角と、虎皮の腰巻→虎柄パンツ……という連想ゲーム風にイメージが結びついたっていう話を聞いたことがあるような、ないような？

ま、諸説あるみたいだけどね！

ちょっと厳ついとはいえ、かなり整った感じのお顔……有体に言ってしまえば『イケメン』さんですな。私と同年代か、少し年上に見えるかな？

「あ、よかった！　まだ生きてるっぽい‼」

そして何より、がっしりとした胸は静かに上下しており、水に浸かっている割にはそこそこ血色

よ！　の良さそうな顔色をしていた。『瀕死《ひんし》』というわけでもなさそうですし、ちょっと安心しました

とりあえず近づいてみても大丈夫、かな⁇

「あのー……大丈夫ですか？　意識ありますか？　動けそうですか？」

「……ぅ、あ、あぁ……」

恐る恐るではあるが、さらに鬼ぃさんの近くににじり寄って声をかけてみると、閉じられていた瞼《まぶた》がうっすらと開いた。

声の方向を探しているのか、周囲を確認しているのか……眼球の動きだけで周囲を探っている。まだ意識がはっきりしていないか、身体が上手く動かないかのどちらかなんだろう。

なお、鬼ぃさんの瞳《ひとみ》の色は鮮血のように鮮やかなルビー色でしたよ。イチゴ飴《あめ》みたいで美味しそうですな。

「うーん……意識はありそうですけど、動けなそうですね……水に浸かってると体温が奪われちゃうんで、ちょっと岸まで引っ張っちゃいますね？」

「あ、いや……」

何はともあれ、意識があって何よりですよ！

でも、ちょっと動くのは難しそうですね……ヨロヨロ起き上がろうとして、そのままベチャッと潰《つぶ》れ……を何度か繰り返して、今はぐったりと仰向けになってますしおすし。申し訳ないですけどちょっと引きずってでも水揚げしちゃいましょう！

鬼ぃさんがちょっと焦ってるみたいだけど、キニシナイ！

体力を奪われるのをみすみす見すごすわけにもいかんしのぅ……。

「すみませんが、ちょっと腕組んでてくださいね～」

鬼ぃさんの頭の方に回りーの、膝を支えにしつつ両手で上半身を起こしーの、組んでもらった鬼ぃさんの両腕を背後から抱きかかえるようにして掴《つか》みーの……。

「痛かったらごめんなさい……！　そいやっっ！！！」

「うぐっっっっ！！！」

そしてそのまま、掴んだ腕ごと上半身を少し持ち上げるようにして、水際からちょっと離れたところまで引きずりーの……すればOKだ。

鬼ぃさんが噛《か》み殺《ころ》したみたいな呻《うめ》き声をあげる。そうだよね。こんな砂利と小石だらけのところ、服越しとはいえ引きずられるのは辛いよなぁ……。

でも、これぱっかりは流石《さすが》にどうしようもないのですよ……。私一人じゃあ、流石に鬼ぃさんくらいガタイの良い人を担いだり抱き上げたりはできないのですよ、申し訳ない。

もしこれが私よりも小柄なおばあちゃんでー……とかだったら、余裕で抱き上げての移乗が可能なんですけどね！

元デイサービス勤めかつ現在は要介護者宅に往診行ってる鍼灸師《しんきゅうし》舐《な》めんなよ！　何だかんだで鍼灸師以外にも介護福祉士《こつかしかく》持ちやぞ！

……え？　何か鍼灸師っぽい豆知識はないのかって？

うーん……そうだなぁ……足の指を曲げた時に、第二趾《だいにし》——足の人差し指——の中心が足の裏に付く所は〝裏内庭《うらないてい》〟っていって、食中《しょくあた》りの際にお灸を据えるとよく効くから、異世界でお腹を壊した時の為に覚えておくと便利！

……っていうところでどうだろうか？

これから異世界食材を調理・実食する私にもピッタリの豆知識だと思うけど……。

……と。

私がぽけーっと考え事をしているうちに、引きずられた痛みか、衝撃か、はたまたその両方か……。何かが刺激になったらしく、上半身を起こした鬼ぃさんがゆるりと胡坐《あぐら》をかいてその場に座り込んだ。

おぉ！　ちょっとは回復したのかな？

……いや。それはどうだろう……？　胡坐かいたまま背中丸めてぐったりしてる所を見ると、まだだいぶ消耗してるっぽいなぁ。

さっき見た時はそこまで体力が奪われてる感じはなかったんだけど、こればっかりはなかなか見た目からは判断できない、か……。

「あの……水からはあげましたけど、服が濡《ぬ》れたままだと結局体温が奪われちゃうんで、何か拭《ふ》くもの持ってきますね！」

タオルケットは流石に持ってはいないけど、日差し避《よ》けにバスタオルにフードが付いたようなタオルポンチョがあったはずだ。鬼ぃさんにそう一声かけて離れようとすると……。

「濡れて……ああ、これか……洗浄《リーン》、乾燥《フォライ》」

「へぁ!?」

『今ようやく濡れてることに気が付きました』という態《てい》の鬼ぃさんが、大儀そうに顔や体にへばりついた髪やマントを眺めやり、パチンと指を鳴らす。

すると、緑と赤の光がグルグルと鬼ぃさんの身体の周りを旋回し……呆気《あっけ》にとられた私が瞬きをする間もなく、水を吸い泥にまみれていた鬼ぃさんの身体と服とが、まるで洗ったかのように綺麗《きれい》に、そして湿り気一つなく乾いていた。

……え？　なにこれ⁉　まさか、魔法……とかいうやつ？

めっちゃファンタジーじゃん‼

思わず感動すらしかけた私の目の前で、鬼ぃさんの身体がぐらりと揺らぐ。

間一髪のところで鬼ぃさんの身体を抱えられたから転倒は免れたけど、もし間に合わなかったら河原の石に頭をぶつけているところだった。

セーフ！　セーフですよ‼

「だ、大丈夫ですか？」

「…………は……」

「は？」

「……腹減った……」

「エエエェェェェエエエ⁉」

プルプル震えながら、何とか顔を上げてくれた鬼ぃさんだが、思いもしない言葉と共に、再びガックリと頭《こうべ》を垂れて気を失ってしまったようだ。

支えていた糸が切れたようにこちらに倒れかかってくる身体を何とか支え、再び鬼ぃさんが頭を打たないようにゆっくりと地面に横にする。

ついでに着ていたパーカーを畳んで簡易枕にすると、鬼ぃさんの頭の下に滑り込ませた。

「……腹減った、かぁ……」

ぐったりと横たわる鬼ぃさんの言葉を裏付けるかのように、グゴギュルググルル……という謎の音が、鬼ぃさんのお腹の辺りから途切れることなく聞こえてくる。

……もしかしてコレ、腹の虫の鳴き声か⁉　めっちゃ凄いな！

……あー、でも、鬼ぃさんくらいガタイが良いと、基礎代謝だけでも凄そうだもんなぁ……。ちょうどミルクトラウトちゃんの血抜きも終わってるだろうし——本当は熟成させた方が美味しいんだけど——、ご飯くらいは作れるでしょう！

何より私もそろそろお腹減ってきたし、お腹空かせた人をこのまま知らんぷりするっていうのも寝覚めが悪いし、袖《そで》振《ふ》り合《あ》うも多生の縁っていうし。

一宿一飯くらいは何とかしますよ、鬼ぃさん‼

「……そうすると、ミルクトラウトは炙《あぶ》り焼きにでもしようかな？　それなら最悪火さえあれば作れるし！」

頭の中で調理の算段をしつつ、野営車両《モーターハウス》に戻ろうとしたんだけど……えーと、うん。改めて野営車両《モーターハウス》の高性能さを実感することになりました。

なんかね、野営車両《モーターハウス》のスキルをオンにして車体を呼び出した後にそこから離れても、一回スキルをオフにして、もう一回オンにすれば、今自分がいる場所の近くに野営車両《モーターハウス》の車体を呼び出せるみたいだよ！

何でわかったかっていうと、実際に体験したから！

鬼ぃさんが倒れてる辺りは野営車両《モーターハウス》を展開できるくらいのスペースはあったけど、移動させる道がないなー、車に戻ったら車両を一回消せないかなー……と思ったら、遠目で確認できていた車両が掻《か》き消えちゃって、慌てて『もう一回出てー！』と願ってみたら、私のすぐそばにまた出てきた……というわけだ。

……どうやら、私の意思でスキルのオン・オフ……というか、車体を出しておくか、消しておくかを決められて、車体を出現させる時は私がいる場所の近くに出せるようですよ。『スキル使用者《わたし》の座標を起点に』ってこういうことか！　スゲー。

……まぁ、釣竿《つりざお》とかミルクトラウトとかを元いた場所に置きっぱなしだったから、結局移動しなくちゃいけなかったんだけどさ。

血抜きしていたミルクトラウトと釣り道具を回収しつつ鬼ぃさんの所に向かい、車内の収納庫にしまっておいたキャンプ用品を取り出した。

何はともあれ、異世界キャンプ&異世界野外クッキングの始まり始まり〜〜、ですよ‼

「とりあえず、まずは鬼ぃさんの寝場所の設営からかなぁ……」

流石に溺《おぼ》れかけていた人を、野外に寝かせたままにするほど鬼じゃないからね。鬼ぃさんが目を覚ましたら誘導できるよう、先にテント設営しようと思いまする。

日除けや休憩に使ってる小さな簡易テントだけど、ないよりはマシだよね、うん。車中泊用のマットを敷けば、下が砂利でも痛くないだろうし。

あとは、調理用に乾いた流木とか枯草とか集めて、焚火《たきび》台用意して……とりあえずはこんなモンかな？

今回は車内の台所じゃなく、少しでも暖まることができるよう、鬼ぃさんの傍で火を焚きつつ野外調理するつもり。

これから夜になると気温も下がるだろうし、もう乾いたとはいえ水に浸かってたんだから、体力も多少は落ちてるだろうし……熱源がない所で風邪とかひいたら大変だからね。

設営場所には角が取れた程良い大きさの丸石がゴロゴロしてるから、その石を組んで簡易かまどを作って……っていうのに憧《あこが》れてたけど、今回は焚火台を使うことにします。

焚火台だと火の管理も簡単だし、そもそもかまどを組んでる時間がもったいない、っていうのもある。日があるうちにある程度動いておかないと。真っ暗になってからじゃあ視界が利かないからね。

「……とはいっても、まだやることがあるから、火を点けるのはもう少し後で、かな」

ちなみに、野営車両《モーターハウス》の台所はそりゃあもう凄《すご》かった。料理好きの血が騒ぐ程度には凄かった。そもそも、ちらっとだけ見た冷蔵庫の中に、良い色あいの麦茶が〝サービス〟っていって入ってるくらいなんだもん！

……けど、今はそれをじっくり検分してる暇はない。まずは日が暮れる前にある程度下拵《したごしら》えしなくちゃいけないからね！　詳しい探索は後回しだ。

とりあえず、シンク下に入っていた出刃包丁でミルクトラウトを三枚に下ろしていく。

正直、このサイズのトラウトが赤身ではないことに若干の違和感を覚えるものの、包丁を動かすだけでじわりと滲《にじ》むほどの脂の乗りと身の厚さに、思わず笑みが零れた。

中骨に残った身を削《そ》ぎ取って味見がてら口に放り込めば、舌の上に甘みと旨味がじんわりと広がっていく。しっとりとした身は舌触りも滑らかで、ほどけるように口の中で蕩《とろ》けるように消えていった。

流石は異世界食材、というべきか……熟成していないのにこんなに美味しい上に、たっぷりと脂が乗っているというのに脂臭さやしつこさをまったく感じない。

「美味し……っ！　ミルクトラウト、めっちゃ美味しい‼」

このままお刺身で食べてしまいたい誘惑をぐっとこらえ、皮付きのままひと口大よりは少し大きめのサイズに切り分ける。

ＢＢＱ用の金串《かなぐし》に刺したら皮目にはちょっとキツめに、身にもしっかり塩・コショウを振っておくのがコツといえばコツだろうか。

どうせ焼くときに身から滴る脂とか水分とかで塩が流れちゃうからね。本当は、鮎《あゆ》焼きみたいな踊《おど》り串《ぐし》風に丸のまま刺せればいいんだろうけど、残念ながらそんなサイズじゃなかったからね。シカタナイネ！

鬼ぃさんがどれだけ食べるかわからなかったから大きい方をまるっと一尾分使ったんだけど、魚体が大きいだけあってかなりの量の切り身ができた。さすがにこの量を刺せるだけの金串はないし、余った分は随時食べながら焼こうっと。

もう一匹は、三枚おろしにしてキッチンペーパーで包み、冷蔵庫に入れて熟成させることにした。

これは、明日辺りにお刺身かカルパッチョにでもしよう。生でも食べられるって、生存戦略《サバイバル》さんが言ってた‼

頭や中骨なんかのアラは、お鍋《なべ》に放り込んで、コトコト煮込んで出汁を取ることにしましょうかね。何かの料理に使えるんじゃないかな？

食材の用意ができたところで、今度は火の準備をしなくては！

焚火台に燃えやすそうな草や小枝、細めの枝の順にセットして、拝借してきたキッチンペーパーにライターで火を点けて焚火台に放り込む。

あっという間にキッチンペーパーから枯草に火は燃え移り、次に小枝が……やや遅れて細い枝が順調に燃えていく。

ある程度勢いが落ち着いてきたところで太い枝を追加して……うんうんよしよし。無事、太い枝も燃え始めてくれたようだ。あとは定期的に薪代わりの流木をくべてやれば、消えることはなかろうよ。

そんな焚火台の上に金網をセットして、火から離れたところの穴に斜めになるように串を差し込んでやれば、ちょうどいい感じに魚が焙《あぶ》れるのだよ！

「やっぱり『キャンプ』って言ったら焚火調理だよね、うん！」

しばらく焙っていると、余計な水分と脂がポタポタと落ちてきて、シュウシュウと煙を上げる。これぞ直火調理の醍醐《だいご》味《み》だよねぇ……！

周囲はすっかりと日が落ちて、薄暗闇に包まれている。焚火台の周囲だけが、切り取られたかのように明るさを保っている。

闇の中に響くのは、微かな虫の声と、鳥の鳴き声、それに炎の爆《は》ぜる音と魚が焼けていく音だけだ。

焦げないように気を付けながらクルクルと串を回していると、落ちてくる水分がどんどん少なくなってきて、全体的に程良く焼き色が付いてくる。

トラウト類は水気が多いから、塩焼きのときはしっかり焼いて水気を抜くと美味しく仕上がるのだ！

そろそろ鬼ぃさんに声をかけようかなーと顔を上げると、炎の向こうでそのご本人が体を起こすのが見えた。

「あ。気が付きました？　体調どうですか？　痛い所とかないですか？」

「…………腹減った……」

「あぁー、うん。大丈夫そうで何よりです。ちょうど焼けた頃合いですので、食べますか？」

まだ本調子ではないのか、ぼぉっとした様子のまま火に近づいてくる鬼ぃさんがぽつりと呟《つぶや》いた。

極限状態に見える鬼ぃさんに、程良く焼けた魚串を差し出してみる。

弾かれたように顔を上げた鬼ぃさんの視線が、私の顔と魚串を何度も往復している。そりゃ、初対面の人間に食べ物出されたら警戒するよねぇ。

が。

「スマン……ありがたく頂く！」

「いえいえ。困ったときはお互い様ですから」

鳴り響く腹の虫に負けたのか、眉《まゆ》をハの字に下げた鬼ぃさんが魚串を受け取って、軽く息を吹きかけると一気にかじりついた。

一瞬、身体が硬直すると同時にルビー色の目が大きく見開かれるが、すぐさま二口、三口と魚に

かぶりついている。

ガツガツと音が付きそうな勢いで食べているのに見苦しくないのは、どことなく品があるように見えるせいかな？　よくわかんないけど！

さて。それじゃあ私も食べることにしよう！

手近にあった串を手に取って、フーフー吹いて冷ましてから、大口を開けてかぶりつく！

おしとやかさとかお行儀とか、ＢＢＱの魅力の前には無力ダヨネー。

自らの脂で焙られた皮はパリッとカリッと焼けている。うん。もうこれだけで美味しい！

最初に感じたのは、ちょっと強めの塩味。でも、嚙《か》むとじゅわっと甘い脂が口の中いっぱいに広がって、舌の上で塩気と甘さが混じっていく。

直火で焙られてキツネ色になった身肉に喰らいつけば、ぽくっと割れた断面から香ばしく香る白い湯気が立ち上った。表面は吹きかけた息で少し冷めてはいるものの、中はまだまだ熱々なものだから、はふほふと口の中に空気を取り入れながら魚の身を咀嚼《そしゃく》する羽目になった。

きめ細かい真っ白な身は余計な水分が抜けてほっくり焼き上がっているのに、嚙むたびに身の奥からじんわりと脂が滲《し》みだし、ほろほろと口の中でほぐれていく。

さっき味見をした時にも思ったけど、異世界食材凄いな！　熟成なしで火を通しても身崩れしないし、旨味もたっぷりだし！

釣って良し、食べて良しって最高じゃない⁉

最後にほんのりとミルキーな香りが鼻に抜けていくのは、〝ミルク〟トラウトだからだろうか。

おーいしー！！！

口の中があっちんちんになったところで、冷蔵庫に用意されていた麦茶を一気に飲み干す！

口内が一気にクールダウンされ、塩気と脂気がさっぱりと流されて、もうね、さーいこー！！！

個人的にビールよりもハイボールか酎《ちゅう》ハイ派なんだけど、この塩焼きは麦茶にもよく合うなぁ！

ふと気が付くと、もうすでに一串食べ終わった鬼ぃさんが、じーっとこちらを見つめていた。何も刺さっていない金串を受け取って、また魚串を手渡してみる。

再び呆気《あっけ》にとられたような表情が鬼ぃさんの顔に浮かんだけど、やっぱり食欲には勝てなかったみたいだ。猛烈な勢いでかぶりついている。

「あのー、好きなだけ取って食べてくださいね。お代わりまだあるんで」

熾火《おきび》でジュウジュウと焙られている魚串を指さしてみれば、鬼ぃさんがぺこりと頭を下げてくれた。今持っている串もペロリと平らげると、瞬く間に一串、二串とひたすら無言で食べている。

キラキラ輝く瞳が、美味しい美味しいと言っている感じがするので、調理担当としては大満足ですよ！

でも、このままのペースだと、食べ頃の焼け具合の串が足りなくなりそうなんだよね。

焚火台に薪代わりの流木を足すと、今度は網の上に直接魚の切り身を置いていく。直火焼きは火力に気を遣うんだけど、この際気にしてらんないからね！

手に取った魚串を食べながら、火加減を調整しつつ魚を焼いて……。その間にも、鬼ぃさんの食べるペースは淀《よど》むことがない。

私が一串食べる間に、三串くらい食べてるんじゃないかな？

果たして、瞬く間に網に刺さっていた魚串の大半を食べ尽くした鬼ぃさんは、網焼き魚も……あれだけ大きかったミルクトラウトのほとんどをペロリと平らげたのだった。

そして、ようやく腹の虫が落ち着いたらしい鬼ぃさんが、炎の向こうで胡坐《あぐら》をかいたままコクリコクリと舟を漕《こ》ぎだした。

お腹いっぱいになると眠くなるよねー。わかるー。体力も消耗してただろうし、なおわかるー。でも、ここで寝ると夜風は冷たいし、石だらけで体痛くなりそうだし、簡易テント用意してるからそこで寝ようぜ、鬼ぃさん。

まぁ、寝袋《シュラフ》は持ってないから、車中泊用のマットと毛布で我慢しておくれー。

「あの、後ろにテント……一人用の天幕と、毛布とか用意してあるんで。もしよかったらソコ使ってください」

「……ん………すまん……かり、る……」

近づいて軽く肩を叩《たた》いてみると、とろ～んとした如何にも眠そうな様子で、鬼ぃさんがモゾモゾとテントへと這《は》っていった。

なんだかなー。本当なら、キャンプ道具を持ち逃げされる心配とかしなくちゃいけないんだろうけど、最悪荷物を盗まれたとしても、野営車両《モーターハウス》があるから装備的に手痛くはないんだよ。もちろん、愛着ある道具だから、盗まれたら大泣きする程度には悲しくはあるんだけどね。

そもそも、あの鬼ぃさん。雰囲気がお人よしそう、というか、何というか……盗み《そういうこと》をしそうな人には見えないんだよね。

テントに潜り込んでいく鬼ぃさんを眺めてみるけれど、生存戦略《サバイバル》さんからは何の警告も出てこない。

……あ！　今話題に上っている生存戦略《サバイバル》さんですが、かなり凄いスキルでしたよ！

薪代わりの木を集めている時にその辺を歩いてたらいきなり真っ赤なアラートが出て、何かと思えば足元にある草が鋭くて太い棘《とげ》のある毒草だったんだよね。

多分、私の身に危険を及ぼすようなモノがある時に警告を出してくれるシステムなんだと思うんだ。だからきっと、私に対して『危害を加えよう』とか『モノを盗もう』とか、マイナスの感情を持つ存在《モノ》にも警告を出してくれるだろう、と予想している。

それを踏まえた上で、鬼ぃさんに対して生存戦略《サバイバル》さんの警告が出ていない……ということは、きっと信じてもいいっていうことなんじゃないかな、と、私は思う。

何より、せっかく会った初めての異世界の人だし、信じてみたいじゃないか！

「そろそろ私も、火の始末して寝ようかなー」

鬼ぃさんがもぞもぞと毛布にくるまったのを確認し、私も折り畳みのスツールから立ち上がった。足元に置いておいた火消し壷《つぼ》に焚火台の中身を移して蓋《ふた》を閉めれば、自然と火は消えてくれる。火消し壷は有能ですな。

そのうち、この消し炭も使ってみよう。火付きが良いらしいし。

ふと空を見上げると、空には二つの月がぽっかりと浮かんでいた。連星、というやつだろうか……。

片方は三日月で片方は満月という地球《むこう》では見られない光景に、まったく見知らぬ世界にやってきたんだという感覚がじわじわと身体に染み込んできた。

火消し壷を車体の脇に置くと、キャビンの窓際に置かれたスプリングのよく利いたソファーに腰を下ろす。

「うーん、異国情緒あるなぁ……！」

ガラス窓の向こうに広がる、満天の星空と仄白《ほのじろ》い連星。青、藍《あい》、紫……黒一色ではなく、複雑に色が滲み合う夜空は、日本で見るよりも綺麗に見えた。街の明かりがないせいだろうか？　空気が綺麗だからだろうか？

チカチカと瞬く星を見ているうちに、我知らず瞼《まぶた》が落ちてきていた。それもそうか。日常から非日常に突然叩き込《こ》まれて、疲れないはずはないもんなぁ。

このまま、ゆるゆると睡魔に吸い込まれそうになる脳髄が、何かを閃《ひらめ》いたかのようにパチリとスパークする。

「～～～っっっ！　まだダメだ！　今のうちに車内がどうなってるか確認しておかなきゃ！」

今まさに閉じようとしていた目が、カッと見開かれたのが自分でもわかった。その勢いで跳ね起きてソファーから降りる。

何はどうあれ、しばらくはこの世界で暮らさなくちゃいけないんだ。幸いにして、私にはサバイバル向きのスキルと移動&籠城《ろうじょう》に秀《ひい》でたスキルがある。そのアドバンテージを駆使して、諸国漫遊物見遊山と洒落《しゃれ》込みたいわけですよ！

そのためにも、車内がどうなっているのかを確認しておかなくちゃ！

『敵を知り己を知れば百戦殆《あやう》からず』ってね！

ソファーの上で体を起こしたことで、気になって気になって仕方のないキッチンが真正面に見える。

やっぱり、まずはここから調べていきたいよね、うん！

ピッカピカのシンクに、そこそこ広い調理スペース。ホーロー引きの三口のコンロは、ちょっとレトロな感じのデザインだ。シンクの下には観音開きの扉が付いており、収納スペースになっているようだ。上を見れば吊り棚《つだな》が付いていて、何かが収納されている。

キッチンの右手側には、胸ほどの高さの冷蔵庫があり、その上に載っているのは銀色の炊飯器。傍らに置いてあった取説を斜め読みする限り、ダイヤモンドコーティングを施した内釜《うちがま》を高火力で包み込み、お米をふっくらと炊き上げるんですって！

しかも、普通の炊飯器とたいして大きさは変わらないのに、二升まで炊ける大容量タイプなんですって‼　凄《すご》いな、この炊飯器‼

お店で買おうとしても、お高くて手が出ないタイプの炊飯器だな、うん。

コロンと丸みを帯びたシンプルな外見からは想像もできない程に有能な炊飯器をそっと一撫《ひとな》ですれば、ほんのりと冷たくすべすべとした感触だった。埃《ほこり》が積もっていたりする感じはまったくない。

「うーん……このキッチン、ウチの台所より立派なんじゃないかな？」

コンロの下には、赤い箱……オーブンレンジがでんと据え付けてあった。

こちらもコレ一台でオーブンとレンジの機能だけでなく、グリル機能にスチーム調理、あたため・解凍機能……加熱水蒸気でのノンフライ調理などなど、お肉を焼いたり蒸し物料理が作れたりする高性能品みたいだ。

シンク下の収納スペースには、お鍋やらフライパンやら包丁やらの調理道具と、お皿やマグカップ、カトラリーなどの食器類。それと、お酒やお酢、缶詰など重量のある食品類がキレイに収納されている。

　調理スペースの上の吊り棚に置かれているのは、砂糖や塩、各種スパイスなど調理中によく使うような調味料だ。なお、各食品に貼られたラベルには、様々なフォントの日本語が躍っていた。まさかのメイドインジャパンである。

「さてさて……メインイベント……ドキドキワクワクの冷蔵庫チェックですよ！」

　一人暮らし用サイズの冷蔵庫は、小さいといえどもツードア式のものだった。

ついでに、扉を開けたら外観からは予想もできない広々とした空間が広がっていた……っていうのは、もうお約束と言ってもいいんじゃなかろうか？

　それより私が驚いたのは、冷蔵庫の中に、思っていた以上のものが入っていたことだ。

「えーと……白だし、お醤油《しょうゆ》、ケチャップ、ウスターソース、マヨネーズ……お味噌《みそ》と味醂……やった！　バターと固形コンソメがある！　あとは小麦粉とお米まで……!!」

　冷蔵庫には『中身はサービスだからね！　べ、別にアンタのタメじゃないんだから！』とツンデレじみたメモと共に、調味料各種、小麦粉が一袋に2Lペットボトルのような透明容器に入ったお米まであった。

　他にないかと思っていろいろと探してみたけど、食品はこれで全部だったみたいだ。

　しかし、何というか……冷蔵庫と吊り棚、収納スペースを確認する限り、ここの食料品の品揃《しなぞろ》えはどうも私のアパート《ウチ》の冷蔵庫とか食品棚の中身に準拠してる感じがするんだよなぁ。

　お味噌とお醤油、お酒は私の地元の醸造所さんで作っている商品だったり、バターは実家の父が『北国に出張に行った時のお土産』と言って送ってくれたものと同じだったり、自分へのご褒美のつもりで買った瓶入りの高級濃厚マヨネーズだったり、トマト缶の備蓄があったり……。

決定的だったのは、スパイスの瓶が並ぶ中に、私手作りの特製スパイスミックスの瓶が紛れていたことだ。

どういう原理なのかはわからないけど、正直に言えばもの凄くありがたい。

まったく知らない世界で過ごす上で、食べ慣れた味って日々気力を保つために重要な役割になると思うし！

それに、小麦粉とかお米とかの主食級があれば、ある程度は食べるのには困らないし、目論見通りしばらくプラプラ物見遊山しても大丈夫なんじゃないかな？

当座の食事の目途がついて安堵《あんど》したせいか、忘れていた疲れと睡魔が再び猛威を振るい始めた。

ぐらぐらと揺れ始めた視界を叱咤《しった》して、バングベッドの階段を上る。

実は、キャンピングカーのバングベッドで寝るの、密かに憧《あこが》れだったんだよね……！　夢にまで見た寝心地を実感できる……！

ニンマリと緩む頬を引き締めることをしないまま、いそいそとベッドに横たわる。

思った以上にふかふかだなぁ……と、ちゃんと思えたかどうか……。

すぅっと意識は真っ暗な深淵《しんえん》に飲まれていった。

◆◇◆

えー。現在時刻は朝の六時です。辺りはすでに明るくなっていますが、まだうっすらと霧が残っていたりして、いかにも『早朝！』という雰囲気が色濃く残っております。

そんな時間に起きてるの？　と言われそうですが、起きてるんです。起きちゃったんです。

バングベッドがあまりに好みの寝心地すぎて、枕に頭がついた……と思ったらもう朝だったんだけど、興奮してたのか五時くらいに目が覚めちゃって……。二度寝しようかなーと思ったんだけど、それよりは朝マズメにミルクトラウト狙おうかな、って！

そんなわけで、七〇cmクラスのミルクトラウトを一本釣り上げて車に戻ってきたんだけど……。

「本当にすまなかった！　礼を言う！！！」

「あ、いや、そんな大したことしてないので大丈夫です……あの、すみません。いたたまれないので顔上げてください」

もうすでに起きていたらしい鬼ぃさんに気付かれて、土下座の如き勢いで深く頭を下げられてます。

イヤイヤ勘弁してください。そんなにたいそうなことしてないですよ！

むしろ、鬼ぃさんが食べてくれたお陰で、今日も釣りが楽しめましたし‼

お願いですから、顔を、上げて〜〜〜〜！！！

私の必死のお願いにようやく身体を起こしてくれた鬼ぃさんは……昨日と比べると、だいぶ顔に生気が戻っていた。

うんうん。野外活動において、栄養補給と休憩は大事だよねー。

……ただ気になるのは、その手に持ってる……木の皮⁇

「あの……その木の包み、何ですか？」

「ああ。アルミラージの肉だ。たまたま見かけたから、狩ってきたんだ。食事と寝床の礼に、と思って」

鬼ぃさんの手には、経木《きょうぎ》――物を包めるよう、材木を紙のように薄く削ったもの――に包まれたナニかが携えられていた。

不躾《ぶしつけ》かな、と思ったものの好奇心を抑えきれず、中身を尋ねてしまった私の前で、鬼ぃさんは経木をゆっくりと開いてくれた。

中には、薄桃色をした……お肉⁇

「あるみらーじ……あの、角の生えたウサギっぽい？」

「ああ。ウサギだけあって美味《うま》い肉だから、礼に丁度いいかと」

何となくどこかで聞いたような単語に、必死で記憶の引き出しを探してみると、いつかのＴＲＰＧセッションで出てきた魔物の名前がヒットした。

確か、額に一本角の生えたウサギの魔物だったはず……！　おずおずと尋ねる私に、鬼ぃさんはさらに注釈を加えてくれた。

おお！　合ってた！　ってか、アルミラージ美味《あいつら》いのか！　そうか。ウサギ肉、みたいなものか。一度食べてみたいと思っていた、ウサギ肉か！

…………てか、貰《もら》っていいのかな……？

別にお礼が欲しかったわけじゃないんだよなぁ。ただ単に、見て見ぬふりができない小心者《チキン》だっただけだし……。それなのに、お礼としての価値があるほど美味《おい》しいらしいお肉を貰うとか、ちょっとアカンのでは？

「あー……その……ウサギ肉は嫌いだったか？」

「あ、いえ！　そうじゃなくて、お礼を頂くとか考えてなかったので！　あの、本当に気にしないでください」

「いや、そうもいかないだろう。貴重な食料と、寝床まで借りたんだ。命を救われてこの程度では足りないと思うが、受け取ってくれないか？」

「…………えっと……うん。あの、じゃあ、頂きます。ありがとうございます」

「いや、礼を言うのは俺の方だ。本当に助かった！　こちらこそ、ありがとう」

真剣な表情の鬼ぃさんに気迫負けしたっていうの半分、このままじゃ水掛け論だし……という気になったの半分で、私はアルミラージのお肉を受け取った。

食料は結構確保できてるし、寝床も別にあったんです！

…………とは言えない雰囲気だったよ……。

受け取ったお肉を眺めてみれば、余計な血が回ってる様子のない綺麗《きれい》な桃色のお肉と、うっすら乗っている脂とのコントラストが、見るからに美味しそうだ。

……かえって気を遣わせて申し訳ないなぁ……。

「……そういえば、どうして漂着しちゃったんですか？」《あんな感じになっ》

「いや……恥を晒《さら》すようで情けない話なんだが……」

折角のお肉が私の体温で温まらないようタックルボックスに置くと、ふと疑問に思っていたことを聞いてみた。釣り上げたミルクトラウトは、下草の上に置くとしましょうかね。

ちょっと長くなりそうだったので、お互いに適当な大きさの石に腰かけて、だ。立ったままだと疲れちゃうもんね。

鬼ぃさんの話によれば、水浴びの最中に『フェレッタ』という小型の魔物に食料を含む荷物を遊び半分に持ち逃げされ、周囲にバラまかれてしまったそうで……。

野営道具は泥まみれながら回収できたものの食料品は食い荒らされてダメになってしまい、空腹のあまり土手っぷちの木の実を採ろうとして失敗↓下の川に転落↓どんぶらこ～どんぶらこ～……という流れだったらしい。

なお、せっかく回収した野営道具も、川に流されている間になくなってしまったとのこと。

手元に残ったのは、しっかり肌着の中にしまい込んでいた身分証と旅費。そして、装備《みにつけ》していた武器と防具くらいなんだそうだ……。

鬼ぃさんマジ不運。

「え……フェレッタって、そんな危険な魔物なんですか？」

「いや。見た目は可愛《かわい》いし攻撃力もさほどないし、基本的にはおとなしいんだがな……。好奇心が旺盛《おうせい》で群れで行動するし、すばしっこいし、器用だしで、見慣れない荷物なんかをかっさらったりしてくるんだ……」

「あぁ～～……イタズラ半分に絡んでくる感じですかねぇ……」

「やられる方はたまったもんじゃないがな……」

そりゃあもう深～～～～～～～～いため息をつく鬼ぃさんは、苦虫を噛《か》み潰《つぶ》したかのような表情だ。悪戯《いたずら》半分で絡まれて死にかけたんじゃあ、そうもなるとは思うけどね。

ん？　あれ？　それじゃ……。

「……ってことはもしかして、今は食料品とか野営道具とかなくなって、身一つってことですか？」

「………………まぁ、そうなるな……」

鬼ぃさんがガクッと項垂《うなだ》れた。

ああ！　ごめんなさい‼　とどめ刺すつもりはなかったんです！！　ただちょっと気になっただけでゴニョゴニョ……。

「くっ……情けない話をしてしまってすまなかった！　俺はヴィルだ。昨日は、本当に助かった。ありがとう！」

「ヴィルさんですね！　私はリンと言います。情けは人の為ならず、と言いますし、今お返しも貰いましたし、あんまり気になさらないでください！」

おお！　鬼ぃさんのお名前判明です。ヴィルさんですか。なんかこう、似合ってますね、うん。

そして私は、あえて苗字は名乗りませんでした。

いや、なんかねぇ。ファンタジーの舞台になりそうな中近世頃の『名字』って、和洋問わずなんかお貴族様とか豪農・豪商さんとか、エライ人にしかついてないイメージがあるもんで……。

常識知らずの小娘——ただしトウは立っている——なのに名字があるとか、突っ込まれたら面倒だし、いろいろとメンドクサイことって避けたいじゃないですかー？

ニッコリ笑って握手のために手を差し出すと、困ったような顔でヴィルさんがため息をついた。

「……何というか、少しは警戒した方が良いんじゃないか？」

「うーん……素人考えですけど、もしヴィルさんが悪い人だったら、お礼のお肉を取ってきてくれたり、事情を説明してくれたり、名前を名乗ったりしないと思うんですね？」

「……ほぅ？」

「もし泥棒なりなんなりするつもりなら、私が起きてくる前に荷物を盗んで逃げればいいし、こんな人目のない所なんですから、人攫《ひとさら》いとかなら私に気付かれないよう襲えば証拠も残らないし……」

……そう。『警戒しろ』と言われても、律儀にお礼を持ってきてくれたり、今までの事情を打ち明けてくれたりと手間を取ってくれる人が、いきなり私を害そうとするか……と言われても……うーん……。

危険を教えてくれる生存戦略《サバイバル》さんも特に反応してないし、そもそもそんなことするつもりなら、もうとっくにヤられてると思うんだよなぁ……。

想像の中とはいえ私なんかを相手にすることになったヴィルさんに申し訳ないけど、犯《ヤ》るだけ殺《ヤ》って盗り逃げしたところで、犯行現場が見渡す限り誰もいないようなこのレアル湖の湖畔じゃあ、迷宮《オミヤ》入りどころか、そもそも事件にすらならないんじゃない？

信用させての物取り……の方向も考えたけど、現時点で何も持ってないように見える私の信用を得てから犯行に及ぶより、私とは適当に別れて他のターゲットを見つけた方がコスパが良いような気もするしね。

……そして何より……。

「なんていうか、ヴィルさんが悪い人に見えなかったもので……」

「……う、まぁ、確かに、恩人をどうこうしようという気は天に誓ってないんだが……うーん……」

結局のところ、今、私の目の前で複雑そうな顔で眉尻《まゆじり》を下げるヴィルさん《おにいさん》が、何だかんだで悪い人に見えない……っていうのが一番大きい理由なんだけどさ。

そこまで人を見る目があるわけじゃないけど、あの聖女召喚とやらの場所にいた連中よりは良い人に見えるよ、うん！

『この人を信じない』っていう選択肢だってあるだろうけど、せっかく袖《そで》振り合ったのにそれは寂しいじゃないか！

「というか、一人旅ができるってことは、ヴィルさんて実は旅慣れてたりしますか？」

「ん？　ああ、そうだな。こんなヘマをしておいてアレだが、一応はこれでもそこそこの冒険者だ」

石に座り直して、改めてヴィルさんの顔をまっすぐに見つめる。

場の雰囲気が変わったことを察したのか、こちらを見返すヴィルさんの瞳《ひとみ》にも力が籠《こも》った。

ちょっと思うに、考えようによっては良い機会だと思ったのですよ。

近くの村か町までヴィルさんと一緒に行動させてもらって、私からは食料と寝床を提供し、ヴィルさんに護衛してもらう&こちらの世界の情報を貰えればＷｉｎ－Ｗｉｎなのでは、と！

「冒険者！　やっぱりそういうのがあるんですね！！！」

「あ、ああ。ある程度の規模の町や村にギルドや支部があるが……どうかしたのか？」

「いえ……ちょっと事情がありまして、そういったものには縁がなかったもんですから」

でも、そうか。やっぱり『冒険者ギルド』とかあるのか！　まさにファンタジー系ＴＲＰＧの世界だなぁ。

怪訝《けげん》そうな顔をした鬼ぃさんにある意味では真実を告げつつ、私はなおも言葉を紡ぐ。

「えっと、それでですね……えー……そちらの目的地に着くまでで構いませんので、食料と寝床を提供しますから、一緒に連れていってもらうことはできますか？」

「は……？　あ、いや……俺としては願ってもない話だが、大丈夫なのか？　見たところ大した荷物もないようだが……？」

「あ。私は何というか、えー…………食べられるものを見分けられるスキルとかいろいろあるので、現地調達が可能なんですよ」

「本当か⁉　俺みたいな大食漢からすれば、そのスキルは羨《うらや》ましいな！」

ウソは、言ってない。

生存戦略《サバイバル》さんは食べられるか否か教えてくれるし、『いろいろある』うちには野営車両《モーターハウス》だって含まれてるし。

そう告げれば、ほんの一瞬、瞬きを忘れたヴィルさんが、次の瞬間高らかに笑い始めた。

そうだよねー。生存戦略《サバイバル》さん、有能スキルだよねー。戦闘には一切役立たないだろうけどさ。

そんな生存戦略《サバイバル》さんからの警告アラートが出てないから、ヴィルさんは安全《しんじてもいい》なんだろうなー、っていうのも、ある。

ただまぁ、アレか。もし同行させてもらえるというのであれば、野営車両《モーターハウス》のことも黙ってはおけないと思うので、頃合いを見て話そうと思います。

それまでは何とかごまかそうとは思っているんですけどね……。

「そんなわけなので、もしご迷惑でなければ同行させていただけるとありがたいんです。ちょっと事情がありまして、こちらの知識があまりないもので……」

「いや。そちらに支障がないなら、俺としては願ったり叶《かな》ったりだ。よろしく頼む！」

ニッコリ笑顔とガッシリと力強い握手は、万国共通の親愛の証ですよね！

……と。ぐぎゅるるるううう……と、ヴィルさんの胃袋が空腹を訴え始めた。それに共鳴するかの如く、ぎゅぎゅーっと私の腹の虫も鳴き声を上げる。

「……詳細は、ご飯食べつつ話しますか！」

「……いや、スマン…………せめて薪でも拾ってくる」

何はともあれ、清々しく爽《さわ》やかな共闘協定締結の場面をブチ壊した鬼ぃさん……ヴィルさんと私の腹の虫を養いつつ、詳しい話をしていきたいと思いますよ！

すまなそうに頭を下げて薪を拾いに行ってくれたヴィルさんの背中を見送ると、私はさっと身をひるがえして野営車両《モーターハウス》の車内へと飛び込んだ。できることなら、ご飯が終わるまでは野営車両《モーターハウス》のことをバラしたくないんだよね。

きっと大ごとになっちゃうし、大ごとになったらソレに対する説明も必要になるだろうし……そして何より、ご飯の前にトラブルがあったりすると、ご飯が美味しく感じなくなっちゃうし……。

冷蔵庫にお礼で貰ったアルミラージのお肉を突っ込むついでに、ミルクトラウトの身と、お米少々、塩・コショウ、シンク下にあったオリーブオイルと、昨日出汁を取っておいたお鍋《なべ》を取り出して、すぐ運び出せるよう野営車両《モーターハウス》のドア口付近にまとめておく。外に出してて動物に食べられちゃってもいやだしね。

もう一度台所に戻って、まな板とお皿、フライパン、調理台替わりの折り畳み式のミニテーブルと折り畳み椅子二脚とを抱えて、こちらは外に。どうして椅子が二脚もあるのか、というと、釣り場で使う小さくて簡素なものと、キャンプ地で使う背もたれとか肘かけがついてる大きなものとの両方があるから。体格的に、ヴィルさんに大きい方を使ってもらおうかな。

今日の朝ご飯は、ミルクトラウトのアラ汁おじやと、カルパッチョ、今日釣ったミルクトラウトのホイル蒸しにしたいと思いまする。

お刺身じゃなくてカルパッチョにしたのは、オリーブオイルをプラスすることで『少しでも腹持ちしますように……！』という切実な願いを込めている。

もちろん、具材代わりにおじやにブチ込んで食べてもいいように、両方の味は調整するつもりだ。出汁殻となったアラに残った身も、ほぐして具材にする予定なので、そこまで貧相にはならない……と思いたい。

ちなみに、内臓やら骨やらは、簡単に穴を掘って埋めて始末をしましたよ。自然に還りますように。ナムナム。

ついでだから、もう少し具材がないか湖の周りでも見てこようっと。野草でも生えてればおじやに入れてもいいだろうしね。

そんな期待を胸に抱きつつ近くの水場まで来てみると、『野草』はそこらじゅうに生えていた。

『野セリ』という野草で、葉っぱをちょっと齧《かじ》ってみると、セリによく似た味と匂いがする草でした。

ただ、この野セリ、近くに『毒野セリ』という非常に姿形がよく似た毒草が生えているのだ……。

生存戦略《サバイバル》さん曰《いわ》く、植物性神経毒で死ぬ可能性もある……とのこと。

「あぁー。生存戦略《サバイバル》さんマジ有能ですわぁ……！」

これを同定しながら採取しろって言われても、素人にはまずムリなんじゃね？　ってくらいによく似た野草なんだよぅ！　でも、流石は生存戦略《サバイバル》さんだ。毒草があっても何ともないぜ！

セリの根っこは美味しいから、味の似てる野セリもきっと美味しかろうと、根っこごと引き抜いて持ってきていたザルにてんこ盛りに集めてみた。

朝ご飯で半分使おう。おじやに入れたら美味しいと思うんだ。

お昼は、これをさっとゆでておひたしにでもしようと思う。シャキシャキしてて香りが良くて、美味しいんじゃないかな。

水辺から帰ってきて下拵《したごしら》えを始めていたら、ヴィルさんも帰ってきたようだ。私が抱えたザルにてんこ盛られた野セリの山にしゅんと肩を落とす。

「あー……その、草を……食べるのか？」

「流石にこれメインじゃないですよ！　昨日釣った魚も、今日釣った魚もあるので、それを使おうと思ってます。おかゆ的な感じで良いですか？」

私の問いかけに、ヴィルさんがきょとんと瞳を瞬かせる。

「粥《かゆ》は好きだが……俺も食べて良いのか？」

「当たり前じゃないですか！　同行者ですから！」

「……そうか……ありがとう！」

自分一人だけご飯を食べる、とかいう鬼の所業をするつもりはありませんよぅ！

拳《こぶし》を握りつつ即答すれば、ヴィルさんの顔が嬉《うれ》しそうに綻《ほころ》んだ。

「薪の準備は俺がやろう」と、ヴィルさんが大きな流木を薪割《バトニング》りしてくれたので、焚火台《たきびだい》で火を熾《おこ》す。ここら辺には昨日手が出せなかった大きい流木しか残ってなかったから、非常にありがたかったですよ。

ある程度火が安定したら、鱗と内臓を取ったミルクトラウトに塩・コショウをふって、アルミホイルでぐるぐる巻きにしたものを、火の中に突っ込んで蒸し焼きに。その後、金網とフライパンを置いて、まずはオリーブオイルでお米を炒《いた》めるのだ。

本当はここでニンニクとか生のすりおろしショウガとか入れたら美味しいんだろうけど、残念ながら冷蔵庫さんに入っていなかった。スパイスボックスにはジンジャーパウダーは入ってたけど、ソレはなんか違うんだよなぁ……。乾燥してるヤツだし、さ……。

ニンニクもショウガも日保ちするものだし、どこかの市場かなんかで手に入れられないか探すことにしましょうかね。

で、お米が透き通ってきたら軽く塩・コショウを加え、ミルクトラウト出汁とアラからむしった身とお醬油《しょうゆ》少々を入れ、火の弱い所に置き直してゆっくりと火を通していく。

あんまりかき混ぜると粘り気が出るので、底を焦げ付かせないよう、時折搔《か》き回すくらいにしておく。あえて蓋《ふた》をしないのは、水分を飛ばしつつ煮込みたいから。

その間に、一晩寝かせて熟成させておいたミルクトラウトの身を薄切りにして、お皿に並べていく。一匹分ともなると、結構な量ですよ。

野セリの柔らかそうな葉っぱの部分を上に盛って、塩・コショウとオリーブオイルをタラリとかけ回したら、ミルクトラウトのカルパッチョ風サラダのできあがりだ！

ヴィルさんの目が、ちらちらとこちらを窺《うかが》っている。

腹の虫の悲鳴がこちらにまで聞こえてきているところを鑑みるに、相当お腹が空いているようだ。

「あー……もうちょっと待ってくださいね！　もうすぐ煮えると思うので……！」

「何というか、すまん……。どうにも制御できないんだ……」

「でも、わかります。料理してる時の匂いって、空腹を刺激しまくりますもんね」

片手で目元を覆って項垂れてしまったヴィルさんに声をかけつつ、フライパンの中身を搔き混ぜる。

ふむ……ちょうどいい具合にお米が柔らかくなっているようなので、刻んだ野セリを加え、さっと火を通したらできあがり！　リゾットって言うには汁気が多いしアルデンテでもないんだけど、お米を炒めて作ってるからリゾット〝風〟おじやなわけですよ。ホイル蒸しも取り出して、包んでいたアルミホイルを開くと、ふわっと香ばしい匂いが鼻先をくすぐっていく。

待ちきれないという態《てい》のヴィルさんに、たっぷりとおじやの入ったお椀《わん》とスプーンを手渡した。ホイル蒸しも、半身分を皿に盛ってミニテーブルに。

お箸《はし》は使えないだろうから、カルパッチョ風サラダにはサーバー用スプーンとフォークを添えてある。

「本日も糧を得られたことに感謝します」

「いただきまーす！」

思い思いの食前の祈りと言葉を紡ぎ、いざ、実食！

よく煮込んだおじやは、汁……というか重湯のようにたっぷりとトロミがついていた。よーく冷まして口に運ぶと、お米とミルクトラウトの優しい甘さが口いっぱいに広がっていく。

使った材料が新鮮だったせいか、魚臭さは全然ない。出汁作りの時点でお酒を使い、味付けにお醤油を使ったせいもあるかなー。薄味だけど、しっかり出汁が利いているお陰で物足りなさは感じない。

出汁を取った残りのはずなのに、ほぐし身を噛《か》みしめると奥からじんわりと旨味が広がるのにも驚きだ。

火が通った野セリは香りマシマシで、ともすれば重たくなりがちなトロミのあるおじやがさっぱり美味しく食べられるし、柔らかいおじやの中ではシャキシャキした食感がことさら美味しく感じられるよぅ！

ホイル蒸しも、作るのは簡単なのに、こんなに美味しく仕上がってくれて言うことなしだ。

塩焼きと違って水分が抜けていないから口当たりはふわふわと柔らかく、舌の上でとけていきそうだ。獲れたてピチピチなのに、旨味が舌の根に纏わりついてくる。

「…………………」

「？　どうしました、ヴィルさん？　お口に合いませんでした？」

「違う！　違うんだ！　まさか……まさか野外調理でこんなに美味《うま》い飯が食えるとは……っ‼」

「えぇー⁉　いや、ただのおじやとホイル蒸しですよ？」

一口おじやを啜《すす》ったっきり、ヴィルさんの動きが止まっていた。馴染《なじ》みのない味だったかな、と思って声をかければ、鬼気迫る勢いで返される。

え、えっと……確かにね、我ながら美味しくできたわー、とは思うけど、そこまで感激されるほどのものでもない気がする…んだけど……？

困惑する私を他所《よそ》に、ヴィルさんは一心不乱におじやを口に運んでいる。瞬く間に空になったお椀に、ヴィルさんの視線が落ちて……。

「……リン……！　その、すまないが、お代わりを貰《もら》っても……？」

「あ、もちろんです！　いっぱい食べてください！」

ヴィルさんが恐る恐るといった様子で空になったお椀を差し出してきた。

深型タイプの大きめのフライパンで作ったから、まだたっぷりおじやも残っているし、好きなだけ食べて頂ければ幸いですよ！

「ん～……カルパッチョも美味しい！」

おじやとホイル蒸しで熱くなった口の中をクールダウンすべく、カルパッチョ風サラダを口に運ぶ。

……うん！　こっちも文句なく美味しい！　何せ、生臭さとか魚臭さが一切ないんだもん。

口に入れた瞬間、ほのかに甘いミルクトラウトの脂が舌の上にジワ～ッと広がり、やや遅れてじんわり融けた粗塩のしょっぱさが後を追う。鮮やかに香る野セリと爽やかなオリーブオイルが、全体をさっぱりとまとめあげている。

薄造りにしてるのに食感はけっこうしっかりしていて、噛んだ時にコリコリ……というかコニコニ……というか、歯を押し返すような弾力がある。

ヒラメのお刺身の弾力をもうちょっと強くした感じ、と言えば伝わるだろうか？

あつあつのおじやに入れると簡易しゃぶしゃぶ状態になって、半生の身がほろほろと口の中で崩れていく。

「うん。我ながらコレはなかなかなんじゃないかな！」

やべーわぁ。美味しいモン作ったわぁ……とか改めて自画自賛してみる私の横で、無言のヴィルさんが瞳《ひとみ》を輝かせて作ったご飯を食べてくれている。

ふと、次第に明るさを増していく空を眺めやる。

今日の異世界の空も、高く、青く澄み渡っていた。

◆◇◆

「リンは料理が上手《うま》いんだな！　料理人か何かだったのか？」

「料理は単に趣味なだけですねぇ。いろいろと作るのが好きなんです！」

お互いにお腹も膨れ、食後の後片付けとテントの撤収も終わり。

昨日散々飲んだのに、ちっとも中身が減る気配がない不思議な麦茶を飲みながら、感心したような目でヴィルさんが私を見つめている。

いやー、ご飯の腕前か……どうだろう？

私は自分で作るご飯は美味しいと思うけど、他の人にとってはどうなんだろうね？　家族や友人には好評だったけど、お世辞ってこともあるだろうし……。

多分、ヴィルさんがお腹減ってるからそう感じるんだと思うなー。空腹は最大のスパイスなり、ってね。

ちなみに、私にとって料理は趣味というか、何というか……。アレも食べてみたいこれも食べてみたい、じゃあ作ってみるか！　という行動原理で動いてる、ただの食いしん坊なんだよ。

そんな感じで、自分の欲望に従って好き勝手に作るだけだから、料理人にはなれないだろうなぁ。

それよりも私は、減らない麦茶の方が気になるんだけど……汲《く》めども尽きぬ麦茶の泉、ってか？

いやまさかそんな……ねぇ……。

「ところで、リン。これは俺の勝手な独り言だが……お前はいったい何者なんだ？」

「ふぐっっ‼」

おぅふ！

何ですかそのいきなりな剛速球は⁉

思わず麦茶を吹き出しそうになった私をわざとらしく無視しながら、素知らぬ風のヴィルさんが嘯《うそぶ》く。

「少なくとも俺は、今俺たちが座っているような自在に折り畳める椅子を見たことも、火を焚《た》いている金属の台も、不思議な手触りの天幕も、寝床も、見たことがない」

「う、うぅぅぅ………それ、は……」

やだー！　めっちゃヴィルさん鋭いんですけど！

でも、そのくらい観察眼や推察力がないと、冒険者なんてやってられないだろうしな……。ただ、その鋭いツッコミに晒《さら》されてるこちらとしては、どう対応すべきか判断がつかなくて大変なんだけどね！

「まぁ、リンが何者であろうとも、俺はリンに助けてもらった身だからな。よほどのことがない限り、俺が進んでリンを傷つけるような真似はしないと誓うが」

「よ……よほどのこと………っていうのは？」

ヴィルさんの思わせぶりな言葉に、我知らず口籠《くちごも》った私に、ヴィルさんが肩を竦《すく》めつつやんわりと笑いかけてくれる。

「…………そうだな……仲間を裏切ったり、傷つけたりしようとした時とか、だろうな」

「その点は大丈夫です！　端くれとはいえ医療に携わる者ですから。故意に人を傷つけたりしませんよ！」

医療職の誇りにかけて、仲間を自発的に傷つけるような真似なんて！

……でも、ここまで突っ込まれてる以上、私の事情とかスキルを話しちゃった方が良いのかな？

そもそも一緒に行動させてもらう以上、いつまでも黙ってはいられないし、第一、私の性格からして最後まで隠し通せるとも思えないんだ……。途中でボロを出して不信感を抱かれるより、最初から話しちゃった方が良い気がするなぁ。

その上で、スキルを妙なことに使うつもりで狙われたりとか、不穏な雰囲気になったら野営車両《モーターハウス》で逃げようと思います！

「えーと……あー……あのですね、ヴィルさん。ちょっと出発する前にお話ししておきたいことがあってですね」

「どうした、リン？　そんなに真面目な顔で話すことなのか？」

「ええ……まあ、何というか……見てもらった方が早いかなー」

決意はしたものの、何をどう話し出せばいいかわからなくなって、チラリと目の前のヴィルさんを眺めてみた。

わかっているだろうに、麦茶の入ったコップを片手に小首を傾《かし》げるヴィルさんは、ガタイが良い分そのギャップがあざと可愛《かわい》い……ように見えて困る。

……なんかなぁ……親しみやすいイケメンって困るわあ……。

とりあえず、野営車両《モーターハウス》に『ヴィルさんにも車体が見えるようにしてー』と電波……もとい、思念をゆんゆんと送ってみる。百聞は一見に如かず、だ。

次の瞬間、ガタンと音を立てて椅子が転がった。

いきなりヴィルさんが立ち上がったからだ。

私の目には常時映っている野営車両《モーターハウス》が、ヴィルさんにも見えるようになったんだろう。

「リ、リン……これは……!?」

「あー……驚かせてすみません。これが、今からお話しする私のスキル？　なんです」

「これが、か……⁉　リン……お前、いったい何者だ……？」

「えー……ただのしがない鍼灸師兼介護福祉士《しんきゆうし》なんですけどねぇ……」

野営車両《モーターハウス》を見据えながら呆然《ぼうぜん》と呟《つぶや》くヴィルさんの視界の端で、私は頭を下げた。

うん。こんなわけのわかんないことに巻き込んでしまって申し訳ないという自覚は、ある。

こちらを見るヴィルさんの目には、驚きと混乱とともに隠しきれない警戒心が混じっていた。

……まぁ、そうなるよねぇ。こんな奇怪なことが起きたら、私だってそうだ。

だからこそ、ヴィルさんが納得してくれるまで話す必要があると、私は思うんだ。施術じゃないけど、説明と同意《インフォームドコンセント》って、日常生活でも大事だと思わん？

「えーとですね、まず何から話せばいいのかわかんないんですけど、私は『聖女召喚』とやらでこちらの世界にやってきました。異邦人ですね」

「聖女召喚……？　いや、吟遊詩人の詩や昔話で聞いたことはあるんだが……本当にそんなものを実行したやつがいるのか？」

「んー……私もよくわからないんですが、近くにいた人が聖女だのなんだの、って言ってたので……」

「聖女、なぁ……俺が子供の頃に聞いた昔話だと、異世界から呼ばれた女で、魔物を浄化して世界を平和に導いた、っていう存在らしいが……」

「あぁ。実に〝らしい〟お話ですね……」

怪訝《けげん》そうな顔で首を捻《ひね》るヴィルさんの様子から見るに、どうやら「聖女召喚」は半ばフィクションと化してるっぽいなぁ。昔話……というか、神話・伝承の部類に片足を突っ込んでるんだろう。

とはいえ、こうして実際に異世界に召喚されてきた人間が少なくとも二人――私と名も知らぬJK――はいるわけで……。

この乖離《かいり》はいったい何だろうな？

「それで、私ともう一人の子が召喚されて、私は『役立たず』ということでこの周辺に飛ばされました」

「……もしその聖女召喚とやらが本当だとして、勝手に召喚した挙句、調べもせず役立たずと判断し、こんな僻地《へきち》に強制転移、か……リンが本当の『役立たず』だったら死んでいるところだぞ⁉」

「……それが狙いなんじゃないんですかねぇ……。視界に入るのも汚らわしいとか言われた気がしますし……」

とりあえずお互いに椅子に座り直し、お茶も入れ直したところで私はこれまでの経緯をざっくりと説明する。

最初は驚いた様子だったヴィルさんも、終いには額を押さえてがっくりと項垂れる程に消沈していた。

……うんうん。あの連中のやりようは非道だよねーと自分では思ってたけど、どうやら他の人《ヴィルさん》から見てもド外道な扱いだったらしいよ。

私の感性間違ってなかった！　良かったぁ！！！

「で、飛ばされてから発動したのがこのスキル、ということか……」

「はい。『特殊スキル』とかで、野外でのみ発動するらしいです。この中に、かなりの量の荷物を入れたり出したりできます」

嘘は言ってないパートツー。あの四次元収納はかなりの量が入ると思われるからね！

そもそも四次元収納は置いておいても、野営車両《モーターハウス》自体にそれなりの量の物質を積めるわけで……。

「なるほど……しかしこれが『役立たず』とは……戦闘そのものには役に立たないかもしれないが、行軍にはかなり役立つんじゃないか？」

「その辺はどうなんでしょう？　召喚されたのが屋内だったので、スキルが見えなかったんじゃないかと思います。それに、少人数なら役立つでしょうけど、軍隊クラスになるとあまり効果はないかと……」

「いや。使用者の座標起点で、任意に出し入れ可能な大容量収納がある箱を操れるのであれば、リンとリンが乗る騎馬一頭という最小限で大量の食料や医薬品、武器防具などの道具を輸送できる。戦線維持に持ってこいの能力だ」

「え……なにそれこわい」

私一人で戦線維持が可能そうとか、そんなの知られたらあの連中のことだから嬉々《きき》として使い潰《つぶ》しにくるんじゃね⁉　めっちゃブラックじゃね⁉

……っていうか、ヴィルさんの口振りから判断するに、もしかして野営車両《モーターハウス》、乗り物だと認識されてない感じ？　思い返せば『箱』って言われてたから、ただの大きな箱に見えたんだろうな、うん。

まぁ確かに、こんな鉄の塊が自走する、って想像できないよね……私も時々どうしてこんな重いのに動くんだろ……って思うし、飛行機なんか理屈はわかるけどなんでアレ飛ぶんだろ……って思うし……。

想像の範疇《はんちゅう》外ですよね！

それよりも今は、難しそうな顔で考え込むヴィルさんの様子に、不穏な想像が湧き上がる。

……もしコレ、ヴィルさんに捕まってあの召喚された国に戻されたりしたら、確実に使い捨てられて過労死する未来確定じゃないですか、ヤダー‼

「……なぁ、リン。お前、これからどうするつもりだ？」

「うーん……正直な所、衣食住のうち食と住は何とかなってるんで、しばらくはこっちの世界を満喫しようかな、って思ってます」

「なるほどなぁ……戦争の英雄になる気はない、と……」

「ないです、ないです‼　特に、勝手に召喚《よ》んでおきながらポイ捨てする連中のために働きたくないです！」

「それはそうだよな……俺としても、恩人が使い潰されるのはいい気がしない」

沈黙を破って話しかけてきてくれたヴィルさんを、チラッとだけ生存戦略《サバイバル》さんで盗み見してみた……けど、赤枠《けいこく》は出ていない。……大丈夫、なの……かな？

さっき『俺が進んでリンを傷つけるような真似はしない』って言ってくれたし、その言葉を信じるけどね‼

今後どう動くべきか、何を知るべきか、そして、どう生きていくべきか……。

どっぷり思考の渦にハマり込んでいると、ヴィルさんがふと顔を上げた。

んんん⁇　何ぞ決意をされたようなお顔ですが、何かありました？

「……なぁ、リン。さっき『こっちの世界を満喫したい』と言っていたが、どんな風に満喫したい？」

「え？　えぇー……うーん…………そう、ですね……」

「街に入るのにも金がかかるし、身分証がいるぞ？」

改めて聞かれて、はたと思考が停止した。

……そうだ……『満喫したい』って思っても、具体的に考えてなかったわ！　……ってか、そもそも私、こっちの世界のお金なんて持ってないよ！

手に職系の資格とはいえ、本業の鍼灸……は、道具があるかどうかわかんないし、開業の手続きとかどうすればいいかもわかんない……。

ある程度のマッサージもできるけど、これもまた開業の手続きやら何やらがさっぱりわからない。

生存戦略《サバイバル》さんを駆使して食べられそうなものを採って売って……ということもできそうだけど、それにしたって仲介業者を通す必要があるかどうかとか、個人売買に関して許可がいるかどうかとか、売買に関する決まりもわかんないし……。そして何より危険生物とかと出会ったときに身を守るすべがない！！！

そして、商売を始めるにしろモノを売りに行くにしろ、街に入るためのお金も身分証もない……。

…………あれれー？

もしかして私……詰んで、る……？

「……その様子だと、けっこう困っている感じか？」

「そう、ですね……思った以上にマズい状況でした！　お金もなければ身分証もなかったです！」

「そんなことだろうと予想はしてたが…………それなら……リンさえよければ、俺の……俺たちのパーティの飯番と、簡単な荷物運び《ポーター》をやらないか？」

「飯番と荷物運び《ポーター》、ですか？　飯番は料理人的な？」

押し黙ったまま考え込み始めた私の目を、ヴィルさんが覗《のぞ》き込んでいた。

パーティという言葉に、一瞬、気分が浮上する。

やっぱり冒険者はパーティを組むんですね‼　ダンジョンに潜ったりするんですね⁉　前衛と後衛に分かれたり、乱戦エリアが発生したり、味方が遮蔽物《しゃへいぶつ》になったりするんですね⁉

ファンタジー世界での最たる生活でしょうし、それを目の前で見てみたい気はしますが、『料理番』なんて務められるほど、立派な料理は作れないんだよなぁ……。

「〝料理人〟が出すような凝ったものを作ってほしいわけじゃないんだ。リンの好きなように、作りたいものを作ってもらえればそれでいいんだが……」

「でも、それだとさっきみたいな感じのご飯になるかと思うんですけど、そのくらいなら別に誰でも作れません⁇」

飯番かぁ……思わず首を傾げる私に、ヴィルさんがそっと顔を背けた。

「…………それが……俺たちのパーティは、何故か飯を作ろうとすると壊滅的な結果になる奴ばかりが集まってて、な……」

……え……ちょっと……え？　マジで……？　そんなに壊滅的なんです？

「ダンジョンに潜って魔物とやり合って宝箱を漁《あさ》って……疲れ切ってキャンプをしても待っているのは焦げた生肉と、舌がひりつく程に塩辛いか、湯の如く薄いかというスープだけなんだっっ‼」

「ちょっと何言ってるのかよくわかんないんですけど…………あ、いや、ニュアンスはわかりますが……」

……焦げた生肉て……何その矛盾の塊……？　多分、強火で焼きすぎて表面がコゲコゲ、中は血も滴るジューシーすぎるレア……って感じなのかな？

濃すぎるか薄すぎるかなスープって……煮詰まったか水が多すぎたかのどっちか⁇

えー、でも、料理ってそんなに難しいか……？　ある程度レシピ通りにやれば、そこまでひどいモノはできあがらないんじゃ……⁇

「昨日食べた……リンが焼いたあの魚は、絶妙な焼き加減と塩加減だった！」

「お、おぅ？」

「朝の粥《かゆ》だって、底が焦げついて炭になっているわけでも、火が通っていなくてガジガジに硬いわけでもなかった！」

「何ですかそのお粥⁉　食べたんですか⁉　まさかの実体験ですか⁉　何その大惨事‼」

「そう、依頼《クエスト》のたびに大惨事なんだ！　報酬も出すし、依頼《クエスト》の時以外は自由に過ごしてくれて構わない！　だから、頼む！　俺たちのパーティを助けてくれ‼」

気が付けば、恐ろしい程に真剣な表情のヴィルさんの顔が間近にあった。

過去の惨事を思い出したことで、いっそうスカウトに熱がこもったんだろうか？　私の両肩をガッシリと掴んだヴィルさんは、ともすればそのまま私をガクガク揺さぶるんじゃないかという程に鬼気迫る雰囲気を滲《にじ》ませている。

えーと……うん。わかる。私も食いしん坊だから、ご飯が美味《おい》しくないと、それだけでもうげんなりする気持ちはわかるよ？

そして、そんな大惨事みたいなご飯になっちゃったら、私だって鬼気迫る勢いで料理人を探すだろうなぁ……っていうのも予想できるよ？

でも何も、そんな……世界の中心で哀を叫びそうなほどにならなくても……。

それに、料理のできる冒険者さんなんていっぱいいそうだし、私である必要はないんじゃ……??

「……………リン……『私じゃなくても』って顔をしているが、料理ができる連中はすでにどこかのパーティと専属で契約してたりするんだ……だからここでフリーなリンと出会えたのは僥倖《ぎょうこう》なんだ！」

「おっふ……心読まれた……そして、専属とかあるんですね……」

「何より、リンにとっても悪い話じゃないと思う。俺たちを手伝いながら金も貯められるし、依頼《クエスト》がてらいろいろな所に行けるぞ？」

「………そう言われると、魅力的ですね……」

世界のいろいろな所を回れて……というのは、まさに私がやりたい『物見遊山』じゃない？

しかも、自分にできることが人の役に立って、その上お金も貰《もら》えるというのはもの凄く魅力的だ！

「それに、仮に運良く街に入れたとして、リンの事情をまったく知らない連中のところで一から人間関係を作って働くより、事情を知ってる俺がいる職場《ところ》の方が気が楽じゃないか？　俺もフォローできるし、他の連中との橋渡しもしてやれるぞ」

「おおお……フォローしてもらえるのはありがたいですね！」

「もちろん一〇〇％安全な旅路とは言えないが、うちのパーティはそこそこ腕の立つ連中もいるし、女のメンバーもいるから、多少は安心してもらえると思う」

今の状況についていけず、若干ポカンとしている私に気付いているのか、いないのか……ヴィルさんが、自らのパーティメンバーの詳しい人となりを話してくれるんだけど……ちょっと……ちょっとだけ待ってください！　ちょっと今までの話を脳内で整理させて‼

えー……何というか……めっちゃ気合の入ったプレゼンを以《もっ》てスカウトされてる気分です……。

でも、言われてみればそうかもなぁ……とは思うんだ。

「異世界からやってきて、使い勝手の良いスキルがあります‼　でも、こっちの常識知らないです！」……なんて人間がいたら、あんまりロクな目に遭わない気がするんだよね。

頼れるモノは自分しかいないこの世界で、手を差し伸べてくれたヴィルさんの申し出はかなりありがたいと思う。当座の生活費すらもない現状を鑑みる限り、断るのは良い手じゃないよねぇ。

「……………ていうのは、建前だ」

「はぇ？」

……………と。ヴィルさんの説明に聞き入っていると、思わぬ単語が飛び出してきた。たてまえ……？　プレゼンではあまり聞かない単語じゃなかろうか？

思わず顔を上げると、照れたように、はにかむように笑っているヴィルさんの笑顔がすぐ間近にあった。

「空腹で行き倒れかけていたところを救ってくれたお人よしな恩人の助けになりたいと、個人的に好意をかけたり報いたいと思っても良いだろ？」

「……………へぁっ⁉」

「何だ、その声？　自分自身も窮地に陥ってるのに、それでも他人を助けようと動いてくれたリンを、助けてもらった俺が助けるのは当然だろう？　余計な苦労をしなくて済むようにしてやりたいと思う程度には、俺はリンのことが気に入ってるんだ」

「い、いやいや……そこまで……そこまで思わなくても大丈夫です‼　かえって申し訳ないです‼」

間近で浴びせられたイケメンパワーに妙な声が出てしまったが、別に私悪くなくない⁉

……若干強面《こわもて》とはいえ、まごうことなきイケメンに面と向かって『気に入っている』とか言われるのは、照れるじゃん‼

一宿一飯の恩義的なアレだということはわかっているが、それでも破壊力は十分だ。

イケメンKoeeeeeeeeeeeeee！！！！

……でも……。

「少なくとも俺は、リンをパーティに入れることを前提に、お互いに仲良くなりたいと思っている。だから……」

『どうすればお互いに納得し合えるか、相互理解《はなしあい》をしようじゃないか』と……。

血色の瞳《ひとみ》を眇《すが》めて『逃がす気はない』と言わんばかりの獰猛《どうもう》な笑みを浮かべるヴィルさんに、一瞬とはいえときめきかけたのは小鳥遊《たかなし》倫《りん》、一生の不覚である！

不覚なんだったら！！！！

「……ところで、リンが別の世界から来たというのであれば、リンから見て、この世界で不思議なことはあるのか？」

「うーん……一言でいえば、見るものすべてが不思議な感じです。何せ、私がいた世界では、ヴィルさんみたいな見た目のような人はいなかったですし、魔法もありませんでしたし……」

「そうなのか？　……何というか、その……見慣れない姿を不必要に怖がられなくて良かったとは思うが、多少は気にした方が良いとは思うんだが……？」

「そうですね。今後は気を付けるようにします、ハイ……」

不思議なことの引き合いにヴィルさんを出しちゃったけど、正直なところ昨日からあまりにいろいろなことが起こりすぎて、ヴィルさんの外見くらいじゃあんまり驚かなくなっちゃったというか、なんというか……。

いや、ビックリしないわけじゃないんだけど、野営車両《モーターハウス》とか生存戦略《サバイバル》さんに比べるとちょっと衝撃が薄いというか、その……何て言えばいいのか……。

「……何でだか不穏な気配を感じるのは、俺の気のせいなんだろうか？　まぁ、いいか。見ての通り、俺の種族は鬼竜《ドラグール》だ」

「どらぐーる……」

「膂力《りょりょく》にも魔力にも長《た》けてはいるんだが、今回リンが助けてくれなければ飢え死にしてた可能性がある程度には燃費が悪いことに定評がある種族だな」

「おぅふ！　じゃあ私、良いタイミングでヴィルさんを助けられたんですね！　間に合って良かった……！」

鬼竜《ドラグール》とか人外の種族、ですよね!?　いよいよファンタジックな世界観になってまいりましたよ！

……それにしても、ヴィルさんがまさかそこまで高燃費だったとは……。

でも、ヴィルさんは戦闘能力はあるけどお腹が空くとヤバい。私は戦闘能力はないけど、食べ物を探して調理する程度の能力はある……。

つまり、私とヴィルさんのコンビ、お互いに補い合って良い関係を築けるのでは!? 『よぅ。相棒《チューマ》!』とか呼びかけられる程度には仲良くなれるのでは!?

「それにしても、うちのパーティにリンを連れて行ったら、まずアリアが離さないだろうな……」

「アリアさん……というと……」

ついさっき聞いた気がする単語に関する情報を、脳内から引っ張り出す。プレゼンの時にヴィルさんが話してくれた、パーティメンバーだったはずだ。

美人さんでボンキュボーンのナイスバディで糸を巧みに操って戦う糸使いさんで……と属性がてんこ盛りだというのに、さらにそこに『蜘蛛人《じんがい》』で『人妻』属性まで加わっているというとんでもないお姉さん、というように記憶している。

「……たしか、糸使いの女の人でしたっけ? ご飯も甘い物も大好き、っていう……」

「ああ。俺もたいがいに食う方だが、アリアもよく食うからな。そもそも同性仲間を欲しがってたんだ」

よし、当たってた!

ちなみに、蜘蛛人《くもびと》って言っても、外見は完全に人間で、虫っぽい要素はほぼないらしい。ちなみに、旦那《だんな》さんもパーティメンバーで、魔導錬金術師をしているエドさんとおっしゃるようですよ。お嫁さんのアリアさんにメロメロ(死語)で、仲良くイチャイチャしようとアリアさんにちょっかい出しまくってるとのこと。

りあじゅうばくれつしさんするべし。じひはない。

「いや……アリアだけじゃないな。エドも、セノンもそれなりに食うか」

「あー……食事当番頑張りますね。大丈夫です。いっぱい作るのは慣れてます」

セノンさんは、エルフの男性神官さん。

エルフで神官……と聞くと、儚《はかな》げな外見で自然を愛し野菜や果物しか食べなそうなイメージだけど、ヴィルさんの話を聞く限り、焙《あぶ》った骨付き肉を両手に持ってかじり付くことも厭《いと》わない程度には外見詐欺《ワイルド》な方だそうです。

……かえって見てみたいわ……両手に炙《あぶ》り肉を持って豪快に喰らうエルフとか‼

……それにしても、ヴィルさんご一行はどれだけご飯を食べるんだろうか……？

でも、きっとなんとかなるさ！　食材が足りなくなったら好きなだけ狩ってやる、とのことですよ。最大八人まで増えた実家でのおさんどん経験が火を噴くぜ！

……ま、心配なのはエンゲル係数かなぁ……。

「ちなみに、基本の食費はどこから捻出《ねんしゅつ》されるんですか？」

「パーティで受けた依頼《クエスト》の達成金やドロップ品を売った金の中から、一定割合を食費や薬なんかを買う費用に充てている。その残りを頭割りにしたものが、個人の報酬だな」

「あー、なるほど……実入りによって食費とか医薬品費とかの共同用品管理費的なものの額が流動する感じですね」

「それで、リンの個人報酬なんだが……最初のうちは五等分して分けたうちの六割でも大丈夫か？」

『五等分して分けたうちの六割』ということは……。

依頼《クエスト》を達成した後の基本報酬のうち、共同用品管理費を差し引いた分の収入──これを仮に報酬金元本と呼ぶとして──を、私を含めた五人で頭割りして、私は私の取り分からヴィルさんとメンバーさんたちに一割ずつお返しする……という形かな？

研修期間みたいなものだと思えば満額貰《もら》えないのも理解できますし、命がかかってる『戦闘』の部分をみなさんに丸投げする上に守ってもらう立場なんですから、ある意味バランスが取れてると思いますよ。

「……わかりました、大丈夫です。報酬が貰えることを確約してもらっただけでも御の字ですし」

申し訳なさそうな声でヴィルさんが告げてくる内容を、自分なりに考えた上で返事をしたので少し間があいてしまったが、それでもヴィルさんが少し安心したように息を吐く感触が伝わってきた。

お金に関しては、慎重を期した方が良いと思いますよ。

報酬金元本が上がらなければ、報酬を受け取る頭数が増えれば増えるだけ個人の報酬額は減っちゃいますからね。私が仲間に加わったことで基本報酬を……ひいては報酬金元本をどれだけコンスタントに上げ続けられるかわからない以上、取り分を決めるのは難しいと思いますしおすし……。

それに、以前からパーティ内で専属の荷物運び《ポーター》が欲しい、という話はあったそうですが、だからといってヴィルさんの独断で雇われた私を、お仲間さんの方が快く受け入れてくれるのかどうか……っていう面もあると思いますしねぇ。

それに、まだ完全にスキルを使いこなしているとは言えない私がいきなりパーティに加わって大丈夫なんだろうか……？

「なぁ、リン。もしよければ、少しこの辺を探索してみないか？　実際に動きながらスキルを使ってみたり探索してみれば、掴《つか》めるものがあるんじゃないか？」

「え？　いいんですか？」

パーティに入れてもらえるのは私個人としては凄く助かるという思いと、パーティの足手纏《あしでまと》いになってしまったら申し訳ないなという思いと……。

相反する思いに挟まれて身動きが取れなくなってしまっていた私の様子に気付いたのか、ヴィルさんが提案してくれた。

ヴィルさん、観察眼凄いなぁ。

「俺としても、リンにどの程度体力があるのか……実際にどのくらい動けるのかを知っておきたい。その方が、今後ダンジョンに潜る時の計画を立てやすいしな」

「ああ。行軍計画的な感じですか。それは確かに……体力とか運動能力は大事な判断材料ですよね」

わかるー。機能訓練計画を作る時に、現状を鑑みた上で無理なく達成できる小さな目標を段階的に作っていく……って大事なことだと思ったもんね。

現状を無視して計画作ったって、頓挫《とんざ》するだけだもん。現実を……今の自分の実力を知るって大事ですよね。

「それに、リンのスキルはかなり有用だとは思うが、どんなに強いスキルだったとしても万能の力ではないからなぁ」

「それは何となくわかります……」

「だからこそ、スキルは自分で納得がいくまで使い倒して、スキルでできること、できないこと、カバーできること、できないことを知っておくといい」

至極まっとうなヴィルさんの言葉に、少し頭の芯《しん》が冷えた。冷静に考えてみると、まったくもってその通りだと思う。

かなり有能な生存戦略《サバイバル》さんだけど、万能なスキルじゃないことは何となく気が付いていた。生存戦略《サバイバル》さんは生き延びる手伝いをしてくれる……というだけで、【生存戦略《このスキル》があれば必ず生き残れる】という代物ではないのだ。

例えば、生存戦略《サバイバル》さんが『戦わないと死ぬよ！』と教えてくれたとして、生まれてこのかた『戦闘』などしたことがない私が徒手空拳《としゅくうけん》で相手を打ち負かせるものなのだろうか……？

どんなに頑張っても、丁々発止と命のやり取りをし慣れている相手の方が有利なのではないだろうか……。

例えば、生存戦略《サバイバル》さんが『コイツは危ない奴だから逃げろ！』と教えてくれたところで、今までろくにスポーツもやってこなかった私が逃げ切ることができるだろうか……？

体力的な問題なら、最悪野営車両《モーターハウス》で振り切ることもできるだろう。でも、もしそれが権力闘争や巨大な陰謀などの、切り抜けるためには知恵と知識が必要なものだったとしたら……？

これも恐らく逃げ切ることは難しい。こちらの世界を取り巻く状況も常識も何もかもがわからない私が逃げ切れるとは到底思えない。良いように外堀を埋められて逃げ道をふさがれるだけだ。

………そう。たとえどんなに生存戦略《サバイバル》さんが有能でも、それを使いこなすべき私がへなちょこだったらどうしようもないのだ。

なぜなら、生存戦略《サバイバル》さんが与えてくれる情報や知識を統合・判断し、最終的な意思を決定するのはあくまでも『私』なのだから……！

それに野営車両《モーターハウス》だって、どこでも使えるわけじゃない。野外であることが最低条件だし、展開するにはある程度の広さが必要だし、運転するにしたってそれなりの幅の道がないといけないし……。

……結局のところ、スキルだけじゃなく私自身を鍛えていく《ブラッシュアップする》必要はあるんだなー、ってことか。方向は違うけど『自分の技術を磨く』っていう点では、向こうの世界もこちらの世界も変わんないんだなぁ……。

そして、そんな大事な自分の現状を知る機会と、スキルを知るための機会が今目の前にあるというのであれば……。

「いろいろご迷惑をおかけすることがあると思いますが、よろしくお願いします、ヴィルさん！」

「それじゃあ、行こうか。少し歩いてあの森で何か採取できるものがあるか探してみよう」

外に出していた調理道具やヴィルさんが使ったキャンプ用品を野営車両《モーターハウス》に収納し、いつも行動時に使っているボディバッグにすぐ取り出せるよう水筒や飴《あめ》、タオルを詰め込んで……。

いざ、ファンタジーの世界へ突入ですよ！

「あ、そうだ！　ちょっと待ってくれ」

「何かありました？」

「ここいらは大して強い魔物は出なかったと思うが、念のため羽織っていてくれ。ロックディアーのレザーマントだ。多少暑いだろうが防御の足しになる」

「ふへっっ⁉」

引き留められたと思ったら、ヴィルさんが羽織っていたマントをくるりと巻き付けられました……。ヴィルさん、マジ気配りの人ですな、うん。

でも、防御力が上がるのは非常にありがたいのでお借りしておこう……っていうか、レザーマントっていう割に、柔らかでしなやかで……コレかなり良いお品なのでは……？

しかし、ヴィルさんが羽織ってると膝丈《ひざたけ》くらいなのに、私が巻いてると足首くらいまであるんですが……。

くっっ……！　チビじゃない！　チビじゃないぞ！　ちゃんと一五〇cm以上あるんだ！　鎮まれ……私の劣等感！

「それじゃあ行くか、リン。リンのペースで良いからな」

「…………ア、ハイ……」

『もうやめて！　とっくにわたしのらいふはぜろよ‼』……とさけびたいくらいに、おにいさんのえがおがまぶしかったです。

……ヴィルさん、面倒見良いし、イケメンだし、めっちゃいい人だけど、近くにいると心臓がいくつあっても足りないぜ！

イケメンってこわい！

◆◇◆

えー……現在ですが、そんな恐ろしいイケメンであるヴィルさんと並んで森に向かっている所ですよ。

流石《さすが》に現役冒険者だけあって、ヴィルさんはいろいろと話をしてくれる。

そもそもヴィルさんは現在はエルラージュを拠点に活動している冒険者で、今回はたまたま私用で一人旅をしている途中に、思いがけない事故に遭ってしまった……という感じらしいですね。

不運と一緒に踊っちゃったんですかね？　ご愁傷さまです。

で、そのエルラージュの街は湖の向こう側にある……ということで、このチュートリアル的な採取練習が終わったら、そちらに向かうことにしている。

森は少し高台にあるらしく、一時間半くらい歩いているとちょっとした上り坂に差し掛かった。道の横が斜面になっている。高さは三ｍ程だろうか。斜面の上はいろんな種類の広葉樹が混じった、雑木林になっているようだ。

いやぁ……それにしても、この空気の清々しいことよ！

「うはぁ……！　空気が美味《おい》しい‼」

「空気……………美味《うま》い、か……？　そもそも腹に溜《た》まらないんじゃないか？」

深呼吸する私の隣のヴィルさんが、風情のないことを言ってるようだけどキニシナイ！

瑞々《みずみず》しく生い茂る枝葉が、適度な日陰を作ってくれているせいだろうか？　だいぶ日が昇っていて日差しは暖かいけど、風が心地いい涼しさを運んでくれる。お借りしたレザーマントは確かにちょっと暑いけど、その分吹き抜けていく風の心地よさは格別ですな！

ぐるぎゅごごご……。

【閑さや　腹にしみ入る　虫の声】　byリン　タカナシ　心の俳句

「……もしかしてヴィルさん、もうお腹空いたんですか？」

「小腹は、空いたな」

予想もしていない所での腹の虫に思わずヴィルさんの方を向くと、小首を傾げつつお腹を押さえて微笑む鬼ぃさんが立っておりました。

……親しみやすいイケメンの破壊力、コワイ‼

でも、何だかんだで私もお腹空いたなぁ……。朝早く起きると、お腹空くのも早いよね……。

こりゃあアレだな。時間がある時に、私ら用の日保ちする腹の虫養《おやつ》いを作っておいた方が良いかもなぁ。

「……あ！　良いのがある‼」

「どうした、リン？」

「何か生ってますよ！　木の実っぽいのが‼　ほら‼」

「……生って、る……か？」

何か小腹の足しになりそうなものはないか……と周囲を見渡した時、ある木がふと目に留まった。木漏れ日に照らされて、ほんのり緑がかった白い実や赤い身、そして濃紫の実をつけている。

実家の近くにあった公園の遊歩道に植えられていた、桑の木にそっくりだ！

どこだ？　と掌を日除け代わりにして探すヴィルさんだが、まだその木を見つけられないようだ。

ふふふ……私の食べ物サーチアイは、もうすでに何本か同じような木を見つけているぞ‼

「生ってますよー！　ほら、あそこ！　あの土手の上の木！　赤とか濃紫の！」

「ああ、アレか！　…………だが、食えるのか？　木の実は毒のあるものも多いぞ？」

あそこですー！　と指さして、ようやくヴィルさんもわかったらしい。最後の方なんか私の隣にしゃがみ込んで、私の視線の高さに合わせてたけど……そんなに難しいかな？

しかも、微妙に気になることを呟《つぶや》きますね……。

でも確かに、野草って毒があるものも多いんだよね。お腹壊すくらいならいいけど、死んじゃったりしたら元も子もないもんな……。

【ハールベリー（食用：美味）

漿果《しょうか》の一種。

小さな粒が集まって一つの果実を形成する。

濃紫色に熟したものは甘みが強く、美味。

未成熟なものは酸味が強く、硬いので生食には向かないが、ジャムなどの加工品として使われることがある。

葉を乾燥させたものを煎《せん》じて、薬草茶として飲むこともある】

「生存戦略《サバイバル》さんは言っている……毒はないし美味しいと！」

「そうなのか？　よし、採りにいこう‼」

「え、速っ‼　ちょっと待ってくださいよー！」

食べられるとわかった瞬間、目に見えてヴィルさんのテンションが上がった。斜面に向かって軽く助走をつけて走り寄ったかと思ったら、そのまま軽々と飛び上がり、たった一度斜面を蹴《け》っただけで上まで登っている。

……ヴィルさんの身体能力スゲぇな……‼

うぅぅ……こっちも負けてられないですよ！

……負けてられないけど、流石にあんな身体能力はありませんよ‼

でも、私もかつては木登りに護岸ブロック登り、納屋屋根ジャンプに手すり滑りと、野生児の名をほしいままにしたおてんば娘！

昔取《むかしと》った杵柄《きねづか》で、きっとまだ土手登りだってできるはず……！

十分と思えるくらいに距離を取って、助走をつけて……いざ！

「大丈夫か、リン？」

「…………………お手数をおかけしました…………」

結局、勢いにのって途中までは登れたものの、そのまま登りきることはできませんでした。

うーん……昔はもっとひょいひょい登れた気がしたんだけどなぁ……。

ま、まさか、体重⁉　体重なのか⁉

しかも、両手両足を使って必死にクライミングしたものの、あと五〇センチという所でバランスを崩してヴィルさんに助けてもらうハメになっちゃうとか……足元の土が崩れて転落しかけたところで、ヴィルさんが腕を掴《つか》んで引き上げてくれたんだよね。

ついついい『ファイトォォォォ！』『いっぱぁぁぁつ‼』の掛け声が、頭の中にこだましてしまった私は悪くないと思う。

……でも、いとも簡単にヴィルさんは引き上げてくれたけど、コレけっこう腕に負荷がかかる行為なんじゃないか⁉

冒険者の腕を壊してしまうとか、万死！　私万死‼　と思いつつ、引っ張り上げてくれたヴィルさんの腕を慌てて触察してみる。

「ごめんなさい、ヴィルさん！　重かったでしょうに‼　腕大丈夫ですか⁉　痛い所ないですか⁉」

「どうしたんだ、リン？　そんなに慌てて……特に痛みも何もないぞ？」

……うん。今の時点では、圧痛も運動痛もないみたいだし、炎症の所見もない……かな？

ヴィルさんの表情を窺《うかが》っても、ケロリとした様子しか見受けられない。

大丈夫そうかなー……と思ったとたん……。

「リンの一人や二人軽いもんだ。もう少し重くても大丈夫だぞ？」

「うえぇぇぇ……こんな時、どういう顔をすればいいかわからないよ！」

まったくの悪気ゼロという顔で、女子的には聞き逃せない言葉をかけられた。

……私がもっと重かったら、雪だるまですぜヴィルさん……！

何となく悔しくなったので、触察ついでに腕橈骨筋《わんとうこつきん》の筋腹を母指で圧迫してみた。押している指には、みっちりと筋肉が詰まっている感じが伝わってくる。

チクショウ！　良い筋肉しやがって！　筋繊維が若いよぅ！　むくみが少ないよぅ‼

「っっっ！！！　リン、痛い！　何だコレ、そこ痛いぞ⁉」

「あー……結構張ってますもんね……お仕事柄、ですかね？」

悲鳴を上げるヴィルさんに流石に申し訳なくなって、肘《ひじ》周りと前腕を軽く揉《も》んでから腕を放した。

斜面の上は、予想通り雑木林だった。思ったよりも木と木の間が空いていて、下までしっかり太陽の光が届くようになっている。

下草も刈られた形跡があるし、定期的に人の手が入ってるのかな？

「ああ。この辺りは自然が豊かなもんで、近くの街道を行き来する隊商の連中がたまに林で採取していくんだ。何か月かに一度はギルドから冒険者と樵《きこり》が派遣されて、林の整備をしてるぞ」

「冒険者の人も行くんですか？」

「野生の獣や魔物が出るからな。それを定期的に間引いて、街道の安全を守るんだ」

「なるほど！」

そういえば、最初にレアル湖に来た時、林の近くを通ったかも！

舗装こそされてはいなかったけど、土が踏み固められてて走りやすかったっけ……。そっか。隊商が通るような道なら、整備もされてるよね。

ヴィルさん曰《いわ》く、例年通りの日程であれば少し前に林の整備と魔物の間引きが行われているはずなので、まだそれほど警戒しなくてもいいとのことらしい。

ちょっと安心しましたよ。

元いた世界では、山菜やキノコ採りの時に熊やらイノシシに襲われる……なんてニュースになってましたからねぇ……。

さて。ボディバッグに入れてきたコンビニ袋を広げて、節度を守りつつさっそく採取開始ですよ！

もちろん、おやつに使う分だけ……自家消費できる分だけを分けてもらう。そういう意識を忘れずに挑むつもりだ。森の恵みはみんなのものだもんね。

木はそこまで高くない上、根元の低い所からも何本も枝分かれしているので、それほど背が高くない私でも楽に実を採ることができた。

黒く見える程に色づいた実は、軽く触れる程度の力を入れただけでポロポロと落ちる。薬草茶の原料にもなるということなので、柔らかそうな若葉もちょっとずつ頂いていこうと思いますよ。

大きめの実を口に放り込むと、甘く濃厚な果汁がジュワッと溢《あふ》れてくる。微かな酸味が後味に残るからか、口飽きせずにいくらでも食べられてしまいそうだ。うん。昔食べた桑の実の味に、よく似てる気がする。

虫食いや熟していない実を避けながらある程度の量を掌に摘んでおき、掌一杯になったらコンビニ袋に落としてくんだけど……。

「ヴィルさん、ヴィルさん、採るそばから食べないでくださいよー」

「あ、すまん。甘酸っぱくて美味いもんだから、つい……だが、リンも食べてるだろう？」

「……バレてました？　美味しいですね、ハールベリー！」

なんかねー。袋に入れる前に、ついつい食べちゃうよねー。

私もヴィルさんも、ハールベリーを採ることは採るんだけど、つまみ食いしてる頻度もそれなりに高くてねぇ……。

あ。めちゃくちゃ酸っぱいのに当たっちゃったのかな？　ヴィルさんが盛大に顔顰《しか》めておりまする。

……何か可哀想になって、今採ったばっかりのちょっと大きめの実を差し出したら、無言で食べてた。今度は甘かったようで、うんうん頷《うなず》かれた。

「ヴィルさん、口の周り凄《すご》いことになってますよ？」

イチゴ色の瞳《ひとみ》を輝かせ、夢中になって食べてるヴィルさんの口の周りは、もうすでに紫に染まっている。その汚れが、何となく気になってしまったのが運の尽きだろうか。無意識のうちに、手持ちのミニタオルでヴィルさんの口元を拭《ぬぐ》ってしまっていた。

…………。

…………ハッツ‼　やらかした……！

食事介助の一環で人の口元拭ったりもするから、何の気なしに手が出ちゃった！

しかも、拭ってみたところでなかなか色が落ちない、っていうね……なんかもうごめんなさい‼

思わず手を引っ込めてしまったものの、ヴィルさんが気を悪くしたような様子は特に見られない。

「ん。あ、スマン……洗浄《リーン》！」

ちょっと眉根《まゆね》を下げつつ、パチンと指が鳴るのと同時に昨日も見た薄緑の光が顕《あらわ》れ、瞬く間にヴィルさんの口元についていた汚れが落ちていく。

昨日と違うのは、今日は私の身体の周りにも光がまとわりつき、果汁で汚れた指先や、クライミングで付いた服の泥汚れを落としていってくれている所だ。

「お、おぉぉおおぉぉぉ！　なんか綺麗になった‼　何ですか、コレ」

「『生活魔法』の一つだな。風呂《ふろ》も入れなければ洗濯もできない冒険中はかなり重宝するぞ」

綺麗になった手や服を見て年甲斐《としがい》もなくはしゃいじゃったけど、コレは仕方なくない？

ちょっと汗ばんでいた身体まで、シャワーでも浴びたかのようにサッパリしてるんだぜ⁉

すげー‼　魔法すげー！　ふぁんたーすてぃーっく‼

……ん？　なんか、視線が……。

恐る恐るヴィルさんを振り向けば、微笑ましいような、生暖かいような、何とも言えない目で見られておりましたよ……！

ちくしょう‼　どうせ、年相応の落ち着きがない人間ですよ‼

いつまでたっても子供っぽさが抜けないダメ人間ですよ‼

なお、洗浄の魔法があるのに何で事の発端にもなった水浴びをしていたのか聞いてみたのですが、単純に『歩いているうちに暑くなってきたときに、川の水が冷たくて気持ちよさそうに見えたから！』……という、なんともダンスィな理由でしたよ！

冷静そうに見えるヴィルさんが、一人旅の途中で水浴びなんて無謀なことをするとも思えないけど……もしかして、その時点でお腹が空きかけてて、理性が半分くらいに飛んでたんじゃ……？

……理由はともかく、命があって何よりでしたね……。

……そんな雑談を挟みつつ、こりずにつまみ食いもしつつだったけど、なんとかコンビニ袋が重たく感じる程にハールベリーが採れました。

また指が紫色になっちゃったけど、まぁしょうがない。美味しいモノを手に入れるには、代償が必要だよね。

……そう。指先は犠牲になったのだ……食欲の犠牲にな……。

ちなみにヴィルさんに関しては、自分が採った実を袋に入れてもくれたけど、つまみ食いもわりとしていたことをここに記しておく。

……え？　お前はつまみ食いしなかったのかって？

ついさっき、私とヴィルさんの口周りと指先を中心に、再度洗浄の魔法をかけてもらいましたが、何か？

うん。私とヴィルさんの食い意地はどっちもどっちでいい勝負だと思うよ、うん。

「リン‼」

もう少し採っていこうかなー……と、隣の木の枝に腕を伸ばしかけた時。ヴィルさんの鋭い声が鼓膜を震わせた。

「え？　わぶっっ！！！」

それと同時にグイッと身体が引き寄せられ、鼻の頭が何かに勢いよくぶつかる。その衝撃で落ちそうになった袋をギリギリで保持しきった私超エラい！

目の前には、存外に硬い革の胸当て。鼻先を掠《かす》めるのは、手入れ用のオイルの匂い……。

身体が締め付けられている感触に何事かと視線を下げてみれば、太い腕が私の身体に回されている。

弾かれたように上がった視線の先には、森の奥を鋭い瞳で睨《にら》みつけるヴィルさんの顔があった。

え……⁉　なに⁉

……え……わ、私、今……ヴィルさんに抱きかかえられてる⁉　状況を認識した途端に、羞恥心《しゅうちしん》が湧き上がる。

いやいや、だって、そんな‼　今までの生きてきた中で、男の人を抱えたことはあっても、男の人に抱えられたことないですよ⁉

全身の血が頭部に集中したかのような錯覚を覚える程、顔が熱い……。なのに、頭の芯《しん》は凪《な》いだように冷たく醒《さ》めていく。

左腕で私を抱き寄せるヴィルさんが、右手で両刃の剣を構えているせいだ。

剣が向けられた先を辿《たど》っていけば、黒い鳥のようなモノが三羽……今にも飛びかかってきそうに鋭い蹴爪《けづめ》で地面を掻《か》いている。

何だろ、アレ……おっきいカラス……？

【ファントムファウル（食用：美味）
山間部に住む鳥の魔物。
い、い、い、い、人を襲うこともある】

——瞬時に、世界が赤く染まった。

生存戦略《サバイバル》の赤枠が、視界を埋め尽くしているからだ。

全身の皮膚が粟《あわ》立ち、髪の毛がゾワリと逆立つような感覚が脳髄を駆け抜けた。

浮かれるような冒険気分は、もうとっくの昔に霧散している。死の気配が、こんなに身近にあるなんて……‼

生存戦略《スキル》ではなく、本能が囁《ささや》く——死にたくなければ逃げろ、と……！

……………まも、の……？

「…………………っっっ！！！！」

「落ち着け、リン！　大した敵じゃない」

「っ、はッ……！　……な……あれ……ヴィル、さ……まも、の……！」

「俺がいる、リン。怖がらなくていい」

生存戦略《サバイバル》の精神安定の効果を、生まれて初めて感じた死への恐怖が上回ったのだろうか。

咄嗟《とっさ》に暴れそうになった身体が、更にきつく抱き締められた。

情けないほどに喉《のど》が引き攣り言葉も出せない私の身体を、ヴィルさんの大きな掌が宥《なだ》めるように、気を引くように、ぽんぽんと叩《たた》いてくれた。その軽い刺激に、ふ、と詰まっていた息が漏れる。

服越しに伝わる他人の体温が、恐怖に冷えきった身体を……脳髄を、じんわりと融かし、凝り固まった身体と思考が動き始めた。詰まっていた肺が動いたと思った途端。震えた声が途切れ途切れに口を衝いてしまう。

……ああ！　もっとしっかりしたかったのに……‼

相当怯《おび》えていると判断されたのだろう。腰に回されているヴィルさんの腕に、また更に力が籠《こも》った。耳朶《じだ》を打つ低く柔らかな声と更に高まった密着度に、忘れていた羞恥が顔を出す。

一瞬、カァッと頬が熱くなり、目の前の魔物の存在にまたすぐさま青くなった。我ながら忙しいことだ。

そして何より、しっかりしろ私！！！

混乱してる場合じゃないだろう！　まずはこの危機を切り抜けないと物見遊山なんてやってられないじゃん！

…………でも、ちょっと落ち着いた‼

まだ怖いけど、踏ん張れる程度には落ち着いた！！！

ギャアギャアと神経をささくれ立たせる鳴き声に顔を上げれば、怯える私を嘲笑《あざわら》うかのように、魔物たちがひどく楽し気に鳴き喚《わめ》いていた。負けないように、舐《な》められないようにヤツらを睨みつけながら、生存戦略《サバイバル》さんに念じてみる。

【ファントムファウル（食用：美味）
山間部に住む鳥の魔物。低木と地面とを飛び移るように移動しながら過ごす。
甘い果実や木の実を好んで食べるため、肉にもその香りと甘みが染み込んでいる。卵も食用。
好戦的で人を襲うこともあるが、大きな群れでなければ対処は可能】

……読めた！

さっきの説明文は、だいぶ断片的にしか見えなかった……いや、目を引いたところしか見えてなかったようだ。

よく読んでも怖いけど、それでもさっきよりは少しはマシだ。『対処は可能』って書いてあるじゃないか！　いや、ズブの素人がどうこうできるわけでもないけど、それでもあんなに取り乱すのは悪手だった！

ヴィルさんが庇《かば》ってくれたからいいけど、一人でいたらどうなってたことか……。

こういう時こそ落ち着かなきゃならなかったんだなぁ……。猛省します。

「す、すみません、ヴィルさん……落ち着きました……」

「ん？　もう大丈夫なのか？」

「ハイ……お手数をおかけしました」

頭が冷静になってくると、この密着した状態が非常に気恥ずかしくなってくる。何せ、ヴィルさんの胸に顔を押し付けるような恰好《かっこう》で抱き寄せられているのだ。

これは……これはちょっとアレですぞぉぉ⁉　恋愛偏差値最底辺の喪女には厳しい状況ですぞ⁉

胸板を軽く押し返しながら密着していた身体を離そうとするが、ヴィルさんの腕の力は緩まない。

それどころか、ヴィルさんは魔物たちから視線を外し、私の顔を覗《のぞ》き込んできた。

それを好機と見たのだろう。

一際大きな鳴き声を上げて、魔物たちが勢いよく突っ込んできた。ヒュッと喉が鳴ったのが、自分でもわかった。

だが……。

ヴィルさんは、私を片手で抱えたまま……しかも、その場から一歩も動くこともなく、瞬く間に飛び掛かってきた三羽の魔物を斬り倒していた。

鮮血と共に斬り落とされた頭が目の前で舞ったかと思うと、霧より細かい粒子になってあっという間に風に流されて消えていく。

……………脅威が、去った…………。

静まり返る森に、どさりと低い音が響く。膝《ひざ》の力が抜けた私が、その場に崩れ落ちたからだ。

そんな私を見たヴィルさんが、慌てて剣を収めると視線を合わせるように膝をついてくれた。心配の色を滲《にじ》ませた深紅の瞳が私の目をひたりと見据えて、絡め捕る。

「そういえば、リンは魔物を見るのも、襲われるのも初めてだったんだな」

「………っ、ヴィル……さ……ぅ……うぇ……」

「怖かっただろ？　もう大丈夫だ」

「…………ご、ご迷惑をおがげじまじだ……」

滲んだ涙をぐいっと拭い先に立ち上がったヴィルさんの手に掴《つか》まるようにして、私もよいしょと立ち上がる。

…………いや、普通なら一人で立てるよ!? 起居動作に不自由はないよ!?

ただ、今はちょっとさっきの衝撃で膝がまだ若干本調子じゃないというか、何というか……。

涙でぐちゃぐちゃになった顔と土で汚れた服を見て、ヴィルさんがもう一回洗浄魔法をかけてくれた。

ちなみに、恐慌状態に陥った際に落としてしまったハールベリーが詰まった袋だが、幸い損害は少なく、下の方が若干潰《つぶ》れた？ くらいで済んだ。

……まさかあの状況でも、無意識に食べ物を守ろうとしてた、とか……？ どんだけぇー。

さらに言えば、首を落とされて地面に転がった鳥のような三羽の魔物は、それぞれが黒い羽根の山と、嘴《くちばし》と……そして朝方ヴィルさんに渡されたアルミラージの肉のように、経木《きょうぎ》に包まれたお肉になって地面に落ちていて……。

「……え？ なに、これ……」

「あ、そうか。リンは知らないのか。『魔物』を倒すと、何故かこんな風に『素材』が落ちるんだ。『ドロップ品』と俺たちは呼んでる」

「そざい……どろっぷ……」

「素材はギルドで納品依頼があったりするし、錬金術師なんかは素材自体を材料にして戦闘用アイテムをその場で作ったりするんだ」

驚きのあまり涙も鼻水も枯れ果てた私の目の前で、経木を開いたヴィルさんが「美味《うま》そうだ」と呟《つぶや》いた。……あ。やっぱりお腹空いてるんですね。

いやあ……しかし、素材とかドロップとか、本当にRPGとかTRPGの世界だなぁ……。よく遊んでたシステムだと、倒した後に六面体《ダイス》のサイコロを二個振《ふ》って剥《は》ぎ取り判定するタイプだったんだよね。

……まぁ、私の場合、キャラ作成の時とゲームマスターの時は出目が良いんだけど、プレイヤーキャラクターとして冒険を始めると、2D6の期待値が4になる呪いをかけられてたからなぁ。1足りないとかザラですよ、ZARA。

……あ。ちなみに、地面に落ちていた『素材』とやらは、ボディバッグに複数入れていたコンビニ袋で回収させていただきました。本来であればヴィルさんも収納用の大袋を持ってたらしいのだが、川流れ中になくなってしまったとのことで……。

まあ、野営車両《モーターハウス》の四次元収納スペースに入れておけば場所も取らないだろうし、ね。

ちなみに、素材の使い道として、羽根は防具や衣料品の装飾やアクセサリーに加工したりするらしく、割と需要があるそうなのだ。嘴や爪は、様々な水薬《ポーション》の材料になるらしいですよ。

うむ。使い道を聞いてなおファンタジー………ん？

地面に残った小さな羽根を拾い上げようと屈んだ時に、目の前の絡み合った低木の枝の奥に何かが……？

その「ナニカ」に焦点を合わせ、生存戦略《スキル》に集中する。

【産みたて卵（食用：美味）
ファントムファウルの卵。新鮮なものは生食も可能。
やや小さめだが、その分栄養が凝縮されており濃厚な味がする。
殻が硬く、割るにはコツか力が必要】

……産みたて……あ（察し）。

申し訳ないけど、関係者さんは素材とお肉になってしまったようですし、卵《あなた》も頂いてしまうことにしますよ。美味しくなるよう頑張りますのでな……ナムナム……。

心の中で手を合わせつつ腕を突っ込んでみれば、鶏卵よりもやや小さめな四つの卵が巣の中に転がっていた。

「ヴィルさん、ヴィルさん！　卵！　卵もありました‼　洗浄してください‼」

「それは重畳《ちょうじょう》……と言いたいが……卵に、洗浄を？」

「はい！　殻の汚れを落としておきたいんで！」

殻が硬いとはいえ、卵は卵である。落とさないよう注意をしながら回収し、ヴィルさんのもとへ持っていく。怪訝《けげん》そうな顔をするヴィルさんが、それでも私の要望通りに卵に洗浄魔法をかけてくれた。

もちろん、野生環境に置かれていた卵だからホコリとかゴミとかついてそう……っていうのもあるけど……。

いや、ほら……鳥ってアレじゃん？

総排出腔じゃん？

排泄物《はいせつ》も卵も同じ穴から体外に排出されるじゃん⁇

……ついでと言わんばかりに、魔法が私の手も洗浄してくれたみたいだけど、念のため後で手は水で洗っておこう……。

でも、卵が手に入るなんて、もの凄《すご》くラッキーじゃない？

冷蔵庫さんには入ってなかった気がするし、献立の幅と夢が広がりんぐですよ！

さしあたっては、当初の目的通り私たちの腹の虫養《おやつ》いを作る時に使わせて頂こうかと思いまする。

「ふむ……ベリークッキーでも作ろうかな。余ったら、残りはジャムにして……牛乳があったらマフィンも作れそうだけど……」

「ベリークッキー？　マフィン？」

「どちらも焼き菓子ですね。ハールベリーを混ぜて作るつもりなので、甘酸っぱくて美味しいと思いますよ」

「焼き菓子！　ソレは楽しみだな！」

「まぁ、ちょっと作るのに時間は頂きますけどねぇ」

正直な所、こっちに飛ばされてからお菓子食べてないし、ちょっと甘いものが欲しいと思ってたところだったんだよ。

神経が張り詰める生活の潤滑剤として、甘いものは必要だと思うのですよ。

段差の上から元の道に戻って少し歩いてみると、なんとなく道の先が開けているように見えるなぁ。ちょっと休憩できますかね？

異世界の素材で作るお菓子、か……。どんな味になるのか楽しみだなぁ。

やっぱり野趣溢《あふ》れる感じの味になるんだろうか？　それとも何かとんでもない化学変化が起きて驚きの味になるんだろうか？

何はともあれ、空きっ腹を抱えた私たちは異世界初の甘味に思いを馳《は》せつつ、休憩できる場所を探すことになったのだった。


少し進むと、道の横がちょっとした広場くらいの大きさの空き地になっている場所があった。退避路として使われたりするのかな？

地面に焚火《たきび》の跡とかがあるところを見ると、この辺でみんな休憩をしたり、野営をしたりもするんだろうね。

私とヴィルさん以外の人はいないけど、他の人には見えない野営車両《モーターハウス》がどこでどう事故に遭うかわからないので、ちょっと空き地の奥の方に展開する。

……………いや……いきなり制御を失った暴れ馬とかが突っ込んできて、野営車両《モーターハウス》大破！　とか避けたいじゃん？

大破しちゃっても直す手段がない以上、『かもしれない』行動が大事かな、って……。

ま、私の考えすぎだとは思うけどね‼

「あ、そうだ！　ヴィルさんの乗車設定もしちゃいますね！」

「じょうしゃせってい？」

「あー……えー……実はですね、コレ……中に乗り込んで動かすことができる……って言ったら、信じてくれます？」

「…………はぁ⁉」

おお！　ヴィルさんがめっちゃ呆《ほう》けた顔してる‼　なんかもの凄く新鮮な表情ですよ？　でも、まぁ、気持ちはわかる。

大きいだけの『ただの箱』って思ってた物体《モノ》が動く……って言われても、にわかには信じられないよねー。

しかも、野営車両《モーターハウス》の外観を見えるようにしたり、中に荷物を積んでる姿は見せましたけど、車内に出たり入ったりはしてなかったからなおさらですかねぇ……。

「これが、動く……？　いや、リンが嘘をつくメリットは何もない、と思うが……動、く……？」

「にわかには信じられませんよねぇ……。正直、私も『理屈を説明しろ』って言われると言葉に詰まりますし」

「これは、魔法的なもので動くのか？」

「ごめんなさい！　さすがにそこまではわかんないです」

ガソリンの代わりに魔素とやらが働いてくれているらしいですけど、それが純粋にガソリン代わりになってエンジンを動かしてるのか、魔法的な推進力を生み出してるのかはちょっとよくわからんのですよ……。

エンジン音的な音もするし、振動もあるけど、エンジン《それ》があるように見せてる可能性《つぼく》もあるのかな⁇

何はともあれ、『車が動く』という結果が出るのであれば、エンジンでも魔法でも、構わんのですよ！　呆然《ぼうぜん》とした様子のヴィルさんの前で、心の赴くまま『ヴィルさんも乗せてー』と野営車両《モーターハウス》に念じてみる。

……特に何が変わったかわからないが、大丈夫なんじゃないかなー？

「まぁ、立ち話もなんですし……中にどうぞー」

「……はい、れ、る……のか？」

「大丈夫ですよぅ！　別に危ないことないですから！」

先に中に入り、開いたドアから顔を出すようにしてヴィルさんを見れば、何とも形容しがたい顔をしている。躊躇《とまど》い、疑念、不安、畏怖《いふ》……そして、隠しきれない好奇心を一気に詰め込んで、掻《か》き混ぜたような顔だ。

それでも、意を決したように表情を引き締め、車内に入ってきてくれるヴィルさんは凄いと思う。警戒も露《あらわ》に周囲を見ながら、一歩一歩入ってくる感じ？

何ていうか、アクション映画で、敵が隠れているかもしれない部屋に警戒しながら突入する主人公を見てる感じだな、うん。

こう言っては失礼なんだろうけど、『おっかなびっくり』っていう言葉がしっくりくる。それでも、内装や家具に目を奪われて、きょろきょろ辺りを見回すヴィルさんの好奇心は凄いと思う。

でも、何となく『冒険者』の人って、好奇心旺盛《おうせい》で勇敢な半面《はんめん》、慎重《しんちょう》で臆病なイメージがある。好奇心旺盛で勇敢じゃなければ冒険なんかには行かないだろうし、慎重で臆病でなければすぐに命を落としちゃうんじゃないかと思う……っていうだけなんだけど。

「えーと……お肉しまって……バターと小麦粉出して……お砂糖とスパイス下ろしておいて……」

未だ混乱の渦中にあるらしいヴィルさんを余所目に、先ほどドロップしたばかりのファントムファウル肉をチルドルームにブチ込むついでに、冷蔵庫からバターと小麦粉を取り出して、お砂糖とスパイスも棚から下ろす。

この際摂取カロリーのことは忘れることにして、甘い誘惑に思いを馳せながら思い出したクッキーを作ろうと思うんだ。

その中でも今日は、ベリークッキーとジンジャースパイスクッキーの二種類を作ろうと思いますですよ。

クッキーは、厳密な計量が求められるお菓子の世界において、割と分量がおおざっぱでも美味《おい》しくできてしまう有能な子だからな！

まぁ、台所の片隅にデジタル秤《ばかり》があったから、ありがたく使わせてもらうんだけどさ。もし秤がなくても、だいたい【粉：砂糖：バター＝二：一：一】くらいの割合で作ると美味しい気がするんだ。

今回はそれに、卵も入れてドロップクッキーにしようっと！

………………っていうか、飲んでも飲んでもなくならない麦茶が不思議だなー……と思ってたんだけど、朝半分くらい使ったお米も、さっきちらっと見たらまた容器一杯に詰まってるってどういうことなの……。

本当に、今、とにかく声を大にして叫びたい。『野営車両《モーターハウス》の台所どんだけ～～～!!』と！

うん。とりあえずオヤツを作ろうと思います！

二掴《つか》み分くらいのハールベリーを流水で洗い、ザルに取っておいてー……お砂糖も一〇〇g分計って──……小麦粉は一〇〇ｇのものを二個作っておいて──、片方にはスパイスボックスに入っていたジンジャーパウダーとカルダモン、ナツメグ、オールスパイス、シナモンを混ぜておいて──……。

そんでもって、缶入りバターをスプーンで削り取って、一〇〇ｇ分をステンレスのボウルに入れておく、ん……だけど……。

あ、凄い！　削っていくそばから何事もなかったように再生してくんだけど⁉

まさかコレも『魔素』とかいう物質の賜物なの⁉

……………うん。考えないようにしよう……。

私が無防備にオヤツを作り始めたことで危険がないと判断したのか、ヴィルさんも警戒を解いてくれたみたいだ。今はもう物珍しげな様子で、車内を見回している。

予熱するためにオーブンを弄り始めた私の背後から、畏怖と困惑の色を含んだヴィルさんの声が降ってくる。

「何というか……見たことのない装置だらけだ。リンはよく扱えるな……」

「私がいた世界では、よくある道具でしたからね。慣れればヴィルさんも使えるようになると思いますよ」

冷蔵庫や炊飯器などなど……こちらの世界には存在しないであろう電化製品を不思議そうに眺めていたヴィルさんが、ため息と共にこちらを振り返っていた。

見たこともない機械を予備知識なしに使ってみろ、って言われてるようなもんだもんなぁ。壊すんじゃないかとか爆発するんじゃないかとか、不安と恐怖に満ち満ちるよね。

でも、そんなに使い方が難しいわけでもないし、後でレンジ機能だけでも使い方の説明をしておこう。

「あ、温まった、温まった！」

予熱が始まって、温まった庫内にバターを入れたステンレスボウルをほんの少しの間だけ入れておく。こうすると、バターが見る間に柔らかくなるんだ。火傷しないように……完全に融かしきらないようにする必要はあるけど、便利なワザだよー。

バターが柔らかくなった頃にさっと取り出して、お砂糖を加えながら空気を含んで白っぽいクリーム状になるまでザリザリと泡立て器で擦り混ぜていく。多分ここでしっかり混ぜるとあのサクサクザクザク食感になる……んじゃないかなー、と、私は思っている。

車内を観察していたヴィルさんが、いつの間にか私の横で作業を眺めていた。

勢いよく混ぜすぎたせいだろうか。ヴィルさんの指にまで跳ねてしまった中身を、赤い舌がペロリと舐《な》める。

「…………甘い……」

「そりゃあそうですよ、バターと砂糖ですもん。甘いもの嫌いですか？」

「いや、嫌いじゃない」

ちらりと横目で見れば、イチゴ色の瞳《ひとみ》が存外に輝いていた。

脂肪分《バター》も糖分《さとう》も、エネルギーの塊だ。腹が膨れる……とまではいわないが、カロリー補給と血糖値の上昇には一役買ってくれるだろう。

よく混ざったボウルに、やや灰色がかった殻をパカリと割ってオレンジ色の黄身も鮮やかな卵を入れる。『殻が硬い』って説明文にはあったけど、けっこうお高めな地鶏の高級卵程度の硬さでしたよ！

泡立て器で軽く混ぜると、瞬く間に白かったバタークリームがカスタードのように黄色味を帯びていく。分離しないようしっかり混ぜ合わせると泡立て器をゴムベラに握り替え、半分こになるように別のボウルに取り分けておく。

「ヴィルさん。そこのハールベリーの水気拭《ふ》いてください」

「これを入れるからか？」

「はい。片方にはハールベリーを入れて、ちょっと厚めになるように落として焼く予定です」

「もう片方は？」

「コッチはスパイスを混ぜて焼きます。甘くて……でもちょっとピリッと香ばしくて美味しいですよ」

手元を覗《のぞ》き込むヴィルさんがたいそう暇そうですので、ちょっとお手伝いしてもらいましょうか。

『立ってる者は親でも使え』が小鳥遊《たかなし》家の家訓ですよ！

キッチンペーパーとザルに入れたハールベリーを渡して、ヴィルさんに拭いててもらいましょうかね。

私はその間にプレーンの小麦粉をたふたふとボウルの中に振り入れて、ある程度粉っぽさがなくなるまでゴムベラで切るようにして混ぜ合わせて、生地の準備をしますよ。

「終わったぞ」とヴィルさんがよこしてくれたハールベリーも入れて、捏《こ》ねないように、潰《つぶ》さないようにさっくりと混ぜる。

……うん。柔らかい漿果《しょうか》だから、どうしても混ぜるときに潰れちゃうよねぇ。でも、その分生地がマーブルっぽくなるし、緩くもなるし、ドロップクッキー向きだわ。

天板に調理用シートを敷いて、その上にスプーンで生地を落としていると、ちょうどよく予熱が終わったようだ。ピーピーとなるオーブンに天板を突っ込んでやりながら、私はもう一つのボウルを引き寄せる。

じぃぃぃ……っと低い静かな音と共にオレンジ色で満たされた庫内を、ヴィルさんがキラキラと瞳を輝かせながら見守っていた。

焙《あぶ》るように焼かれてじぶじぶ煮立つ果汁が、生地が膨れていくに従ってトロリと零れていって……うん。お菓子が焼ける様子って、見てて楽しいよね！　私も子供の頃、母が焼くクッキーやらケーキやらが焼けていくのを見るのが好きだったわ。

バターと砂糖とが焼ける馥郁《ふくいく》とした甘い香りと、ベリーが煮える爽《さわ》やかで甘酸っぱい香りが満ちた静かな空間で、私はスパイス入りの小麦粉を篩《ふる》い入れたボウルを静かに混ぜ合わせる。

そうこうしているうちに焼き上がりを告げてきたオーブンの扉を開ければ、天板にはこんがりと焼き上がったクッキーが並んでいた。

周囲に漂う濃厚な甘酸っぱい香りとは裏腹に、クッキー本体は熱で弾けたハールベリーから溢《あふ》れた果汁が生地を紫に染めていて、どことなく不気味な雰囲気を漂わせている。

洗ったボウルの上にＢＢＱ用の網を置いたものをケーキクーラー代わりにして、オーブンから出したてのアツアツベリークッキーを並べてたんだけど……。

手を翳《かざ》せばまだ火傷しそうな熱気が伝わってくるクッキーと私とを、ヴィルさんが交互に見てくる。

「なぁ、リン。これはもう食べてもいいのか？」

「まだ熱いんで、もうちょっと待った方が良いと思いますよ、ヴィルさん」

「こ、この匂いの中、現物を目の前にして待つ、のか？」

「それを言われると……うん……食べちゃいますか！」

口の中火傷するのも大変かなーって思って待つように声をかけたんだけど……期待を裏切られたかのような、もの凄くショックを受けたような顔で見つめられた私に、承諾《どうぞという》する以外の選択肢はなかったんだ……。

そもそも「待った方が……」とか言ってた私自身が「今食べたい！」という思いに駆られてたからね！　焼き立てクッキーの美味《おい》しさの誘惑に逆らうのは難しいよね‼

手に持つのも苦労するほどに熱いクッキーを摘まんだヴィルさんが、大口を開けてはぐっとかぶりつく。だが、ヴィルさんの口からは熱いという声が漏れることはなかった。

……というより、何の言葉も聞こえてはこない。

瞳を輝かせて、夢中になって食べているせいだ。

何とも美味しそうですな。うん。私も頂くことにしましょうか！

「あつっ‼　あ、でも、美味しい‼」

「これは……良いな！　美味《うま》い！」

ふーふーと息を吹きかけて冷ましたにもかかわらず、ぽっこりと割れて口に入ってきたクッキーは、まだだいぶ熱かった。水分が多めの生地に、更に生ハールベリーが加わっているせいで冷めにくかったのだろうか。

厚めに盛り上がった生地の中心部は、卵が入っているせいかふっくらとした食感で、口の中でほろほろと崩れていく。そこだけ食べれば甘食のような食感だ。

だが、薄くなっている端の方はこんがりと焼けていて、こちらはサクサクとしたクッキーらしい食感になっていた。

ともすれば口の中の水分を持っていかれそうだが、混ぜ込まれた生ハールベリーから出る果汁のお陰で、口の中パッサパサだよパッサパサ！　という事態は避けられている。

……というより、むしろ溢れる果汁でお口の中はジューシーなくらいだ。

そしてそのハールベリーの果汁自体も、熱で水分が飛ばされているはずなのに、甘みも、酸味も鮮やかさを残したままぎゅっと味が凝縮されている。

こっくりと甘いクッキー生地と、濃厚ながらもどこか軽い甘さのハールベリーが口の中で合わさって、お口の中がニルヴァーナですよ！

飲み込んだ後に、ふぅっと爽やかな甘酸っぱい香りが残るのも、良い。

一枚で二度も三度も美味しいクッキーに仕上がってるじゃないか‼

いやぁ……甘いだけで終わらない分、ついつい進んでしまいますわぁ……恐ろしいですわぁ……。

「っあー‼　でも失敗した‼」

「……ん？　何がだ？　いくらでも食えそうなほどに美味いが？」

「私らの小腹満たし《おやつ》にするつもりでしたけど、日保《ひも》ちしないなぁ、コレ……」

うん。非常にうっかりしてた！

いくら火を通したからといって、元が生ハールベリーじゃあ水分が多すぎる。溢れるほどジューシーなクッキーなんて、あっという間にカビちゃうよね……。

粗熱の冷めてきたクッキーを手に取ると、ハールベリーの果汁がじんわりと染みているらしく、しっとりとした感触が指先に伝わってきた。

……うん。クッキーっていうよりは薄焼き甘食だね！　まぁ、冷蔵庫に入れておけば明日くらいまでは保つと思…………あー…………。

「やらかした……つい食べちゃった……」

「……俺も、あまりに美味かったから止《や》められなかった……スマン！」

「いや、おやつにするつもりだったので、結果オーライというか、何というか……ただ、スパイスクッキーの方は明日以降の分に回してもいいですか？」

「ああ、大丈夫だ。気を回してもらってすまない」

いつの間にか、ケーキクーラー代わりの網に乗せてたはずのベリークッキーがきれいさっぱりなくなっていた。

やらかしたわぁ……ついつい全部食べちゃったわ……。これは……これはもう日保ちとかそういった問題じゃありませんわぁ……。

いや、なんかね……甘い物美味しい！　幸せー‼　とか思ってるうちに手が止まらなくなっちゃったというか、何というか……。

そもそもは、『日保ちする腹の虫養《おやつ》いを作ろう！』っていうのが発端だった気がするのに、全部食べちゃうとはこれ如何に？　って感じだわ。

こりゃあ日保ちするよう焼き締められる系のクッキーを、もう一回焼いた方が良いかもしれないな……。まだスパイス出してるし、スパイスクッキーアゲインかなぁ。うん、すまんね。スパイスクッキー、割と好きなんだよ……。

でも、まぁ、『私らの空腹を落ち着かせる』という当初の目的と、『甘い物が食べたい』という個人的な欲求は達成できたというか、満たせたというかなので良しとすることにしましょうか！　ジューシーなクッキーだったけど、続けざまに食べれば水分が欲しくなるよねー……と、ヴィルさんに麦茶を差し出してみれば、ヴィルさんの視線はもう片方のボウルに注がれていた。

「リン、それは？」

「ああ。こっちはジンジャースパイスクッキーですね。こっちはこっちで美味しいと思いますよ」

冷めた天板に改めてスパイスクッキーの生地を落としていく。こちらはなるべく厚みを均等に、そしてベリークッキーよりは薄くなるように心がけながら成形する。火の通りが早くなるよう、少しでも焼き締められるよう……と思ってのことだけど、吉と出るか凶と出るか……。

瞬く間にベリークッキーを食べ終えたヴィルさんが素早く反応するけど、こっちは絶対に今後のおやつ分としていくらかは死守しよう……。

「…………こちらはまた……別格の香りだな……」

「ふふふ……そうでしょう、そうでしょう。なかなか嗅覚《きゆうかく》を刺激する香りでしょう？」

まだ余熱の残るオーブンに、今度はスパイスクッキーを突っ込んでから一〇分程が経過した。

現在、車内にはどこかピリッとした爽やかな刺激の混じった甘い香りが立ち込めている。

個人的に断言してもいい。スパイスクッキーの魅力は、甘いだけじゃないところだ。そう。一味違うのだ。

ヴィルさんと一緒にオーブンを覗いてみると、オレンジ色の光の中でだいぶ色づいているように見える。あと五分くらい焼いて、水分飛ばして………そういえば、クッキーをしまっておける密閉容器的なヤツ、あったかな⁇

「そうだ！　今回食材持ち込むのにタッパーも使ったんだった‼」

「たっぱー？」

「蓋《ふた》が付いていて、しっかりしめておける容器です！」

甘い空気のなか立ち上がり、キャンプ用品とさっきのドロップ品をしまってある四次元収納へと足を向ける。

……なんていうのかな……開けるとね、物置みたいな感じ。

大きな部屋の中にカートとかタックルボックスとかロッドスタンドとかドロップ品とかが無造作に置いてあって、『カートの中を探したいなー』って思うと、いつの間にかカートが目の前に置かれてるんだ。

で、カートの中を探しながら『タックルボックス欲しいなぁ』って思うと、これまたタックルボックスがすぐ手の届く所に置いてあるという、ね……。

なんかもう……考えるのはやめようとは思うんだけど、考えちゃうよねぇ……。

なお、タッパーは無事カートの中から見つかりました。しかも、パッキン付きの、結構大きめのものがな‼

今回のソロキャンというか釣りキャンの夕飯のお供に……と、スペアリブのマリネを入れてたやつだ。

一応、スペアリブはビニール袋に入れてたんだけど、液漏れしたり袋が破れたりしないようにタッパーに入れておいたんだ。

人生、何が役に立つかわかんないよね！

結局は汁漏れもなくきれいなままだったから洗わずにしまっちゃったんだけど、クッキーを入れるんだから念のため洗っておこう……。

顔を上げれば、先ほどから漂ってきていた甘い香りが一層強くなっていた。……この匂いを嗅いでると、コーヒーが飲みたくなるんだよねぇ……。

そりゃあ麦茶も美味しいし、ご飯時の冷えた麦茶はジャスティスなんだけど、ショウガをちょっと多めに入れてスパイスを利かせたクッキーには、ちょっぴり甘くしたミルクコーヒーを合わせるのが私的《わたしてき》にジャスティス！　だったんだ。

……とはいうものの、この世界にコーヒーってあるのかな？

余裕ができたら探してみようっと‼

「そういえば、エルラージュの街ってどんな所なんですか？」

「そうだな……この大陸の中でも、割合に大きな規模の街で、人間以外の種族が多く住んでる」

「人間以外が……」

「……ああ、そうか。リンは知らないのか」

キャビンの窓際にしつらえられたソファー――走行中も座席として使えるようシートベルトが付いている――に腰を下ろし、焼き上がった第一陣スパイスクッキーのうち、味見として残しておいた分を大事に食べながら、私はこれから行く街の話を聞いている。

ヴィルさん曰《いわ》く、今私たちがいる『リースフェルト』というのはちょっと大きめの島国で、周囲を海に囲まれているせいで外来種との接触が少なく、鬼竜《ドラグール》などの独自の進化を遂げた種族が元々多かったらしい。

そこに輪をかけるように、大昔に他の国では圧倒的に数の多かった人間に追われて逃げてきたエルフやドワーフ、そして彼らと恋仲になった人間などがリースフェルトにやってきて、現在のように様々な種族が共存する国になったのだそうな。

昔は人間ではない魔の物が蠢《うごめ》く未開の地……くらいの扱いだったものの、年月が経つうちに次第に人間以外の種族に対する印象も変わっていき、今現在は様々な国と交易を行っているようだ。もちろん、お相手は人間以外の種族に対して差別的ではない国に限られてはいるらしいけれど……。

他にも、独自の生態系を研究しようと訪れる学者さんもいるようで、人や物の行き来はかなり活発になっているらしい。

それを踏まえた上で、これから私たちが向かう予定のエルラージュの街は、海沿いの港町であり様々な人種や物品が集まる交易の場所になっているとのことで……。

「そりゃあ冒険者の人たちが集まりますよね」

「ああ。人が多けりゃそれだけ仕事の数もあるだろうし、情報も集まるからな」

「納得です」

…………ふむふむ……ヴィルさんのお陰で、少しこの世界……というかこの国のことがわかった気がする。

一気に膨大になってきた情報の整理でエネルギーが切れかけた脳に糖分《えいよう》を送るべく、スパイスクッキーの最後の一かけらを口に放り込んだ。

ほんのりと甘いソレは、噛み砕《かくだ》くと焼き締められ、中に閉じ込められていたスパイスの香りが口いっぱいに広がっていく。ふんわり甘く薫るシナモンとナツメグが、ピリッと辛いショウガの後味を引き立てる。時折顔を出すほんのりとした苦みはオールスパイスかな？　甘くて、辛くて、ちょっと苦くて……と、とっ散らかりそうになる口腔《こうこう》内を、スパイスの女王カルダモンがまとめ上げる。

……あー……コーヒー飲みたーい……。

作ってる時から思ってたけど、改めてコーヒー飲みたい！　甘さと辛みの余韻が残る口の中に、ちょっぴり甘いミルクコーヒーを流し込みたい‼

「ねぇ、ヴィルさん。港町っていうのであれば、コーヒーとかあったりしませんか？　焙煎《ばいせん》した黒くて苦い豆を、砕いて煎《せん》じた飲み物なんですけど……」

「話を聞く限り、『カファー』に近い感じがするな……『香茶《こうちゃ》』と一緒に取り扱っている店があったはずだぞ」

「こうちゃ？　紅茶もあるんですね⁉　やったー！！！」

「南の国からの輸入品だから、値段はそこそこ高いけどな」

お、おぉぉおおおぉぉ……やっぱり舶来品はハイカラでおハイソな感じなんですかね？　コーヒーも好きだけど、紅茶も好きなんだよなぁ…………うん。お金、貯めよう……！　私の文化的な食生活のために！！！

それまでは、ハールベリーの葉っぱとかその辺に生えてる野草《ハーブ》で作った、ブレンド薬草茶でごまかしておこうっと。一つ一つは個性が強くても、混ぜてしまえば個性は紛れるって、ばっちゃが言ってた！　そんなばっちゃのお手製ドクダミ茶は、すいすいごくごく飲めちゃう代物でしたよ。

「ちなみに、ここからエルラージュの街までどのくらいかかるんですか？」

「徒歩で三日くらいか？　馬を使えばもっと早いと思うが……」

「三日！！！」

け、結構かかるのね……いや、それも当然か。徒歩だもんね、徒歩。

えーと……休憩を挟みつつ、時速四キロで一日八時間分くらい歩けると仮定した場合、8×4×3＝96km……！

数字に起こしてみると大した距離に思えないけど、これはアレだね。向こうで車に乗り慣れちゃってるから……ていうか、車だったらあるじゃん！

「野営車両《モーターハウス》！　野営車両《モーターハウス》なら、一〇〇キロあるかないかくらいなら三時間ちょいで行ける‼」

「まさか、そんな……三時間だと⁉」

ついついソファーから立ち上がる程の勢いで叫んじゃったけど、後悔はしていない。

ヴィルさんがビックリしたような顔でこっちを見てくるけどキニシナイ！

そうだ……そうだよ！　野営車両《モーターハウス》があるじゃん！

飛ばされたところからレアル湖まで、時速三〇～四〇キロくらいのゆっくりした速度だったけど、問題なく走ってこられたじゃん！

もし、エルラージュまでの道が、さっきの街道みたいな舗装もされてないけどしっかり踏み固められてる道だったり、丈の低い草が茂った草原的な場所だったら、同じくらいのスピードで走れるんじゃない？

流石《さすが》に時速七〇キロとか八〇キロで走るわけにはいかないけど、それでも徒歩の一〇倍くらいは早いと思うよ？　それに、路面の状況が良ければ五〇キロくらいで走れるかもしれないし、もっと早く着けるかも‼

『信じられない！』という表情のヴィルさんが呆然《ぼうぜん》と声を上げるけど、可能だと思うのですよ！

平均時速を三五キロと仮定すれば、計算上は三時間かからないで着けますからね‼

「今がお昼くらいなので、今から出ればまだ明るいうちに着けると思います！」

「お、おい、リン！　どこへ行くつもりだ⁉」

「運転席に‼　キャビンじゃ運転できませんからね！」

「運転席……御者台のようなものか……？」

『善は急げ！』と言わんばかりに言うが早いかドアを開けて外へ飛び出した私の後ろから、焦ったような慌てたようなヴィルさんの声がかけられた。

自動運転とかラジコンじゃないから、キャビンでゆっくりしてるわけにはいかない仕組みなんですよぅ！

ヴィルさんは……どうだろう？　環境は変わるけど助手席に乗ってもらった方がいいかな？

なにしろ、これから野営車両《モーターハウス》がヴィルさんを乗せて初めて動くわけだし、一人でキャビンにいるより、一緒の空間にいた方がまだ気が紛れそうじゃない？

景色が流れる空間に一人だけで座って何が何だかわかんないより、多少なりともおしゃべりしてたりする方が精神衛生上いいんじゃなかろうか。

「ヴィルさんも、助手席に……隣に乗ります？　眺めは良いと思いますよ？」

「……………………よし、行こう！」

そんな思いを乗せてヴィルさんに提案してみれば、しばしの逡巡《しゅんじゅん》の後、未知なる体験への不安と好奇心が滲《にじ》む顔で頷《うなず》いてくれた。

事故らないように気を付けますから、そう気張らなくても大丈夫ですよ！

一応これでもゴールド免許ですしね‼　私に続いてキャビンから降りてきたヴィルさんを助手席に誘導する私の胸には、まだ見ぬ街に対する期待と高揚感が渦巻いていた。

…………それにしても、魔物とか獣とかを轢き殺《ロード・キル》しませんように……！

もし撥《は》ねちゃったとしても、野営車両《モーターハウス》が大破するような事態は避けられますように‼　私の生命線であり今後の進退にも関わる事柄を思うあまり、街で購入したいもののリストに交通安全のお守りが加わったのは言うまでもない……。

なお、流石冒険者、というべきか。ヴィルさんは私が一度乗り方を実践して見せただけで、車高の高い助手席に難なく乗り移ってましたよ。

……もっとも……。

「この紐《ひも》で身体を固定するのか？　魔物とか盗賊に襲われた時に、咄嗟《とっさ》に動けないだろう？」

「あぁー。お気持ちはわかりますが、野営車両《このくるま》って隠蔽《いんぺい》効果があるから敵から見えないと思いますよ？」

「そうは言っても、なぁ……」

「魔物も怖いでしょうけど、万が一衝突やらなにやらで事故った時も怖いんですよ！　もの凄い衝撃らしいですし……！」

流石冒険者というか、なんというか……シートベルトで身体を固定されることに対してひじょ〜〜〜〜に渋られたんだけどね……。

何とも嫌そうな顔でシートベルトを引っ張るヴィルさんを、免許更新時の安全講習話もかくやという勢いで説得したり言いくるめようと頑張って……。

『野営車両《モーターハウス》には隠蔽効果があるから敵から見えないし、結界効果もあるから中に入ってきたりしないのでシートベルトは締める』ということに落ち着きましたよ！

いやぁ、まさか車に乗ることよりも、乗った後の方が時間を喰《く》うとは思わなかったよ！

一仕事をやりきった謎の達成感に包まれつつ、野営車両《モーターハウス》のエンジンをかける。

腹の底に響くような振動と重低音に驚いたのだろう、ヴィルさんの方がビクリと跳ねた。

「それじゃ、出発しますよー！」

「お、おぉぉっっ!?」

未知なる体験に好奇心と不安とが入り混じった表情を浮かべたヴィルさんを横目に、私はアクセルを踏み込んだ。


小一時間ほど走っていると、だいぶヴィルさんも慣れてきたようで、結構なスピードで流れていく窓越しの景色を眺めたり、意味もなくダッシュボードを開けたり閉めたりと、危険がないとわかった初めての車に興奮冷めやらぬ様子が見受けられる。

……あれかなー。やっぱり男の子はいくつになっても乗り物が好きなんですかねぇ……。

「…………これは、良いな……！　御者台を想像していたんだが、比べ物にならん！」

「そんなに違いますか？」

「全然違うぞ！　ここまで上等なクッションではなかったし、揺れはひどいし……そもそも馬車自体、乗っているだけで尻《しり》が四つに割れるかと思うくらいだ」

「あー……サスペンションとかなさそうですしね……」

衝撃を吸収する機構がなければ、揺れがダイレクトに伝わるでしょうしねぇ……。

しかしそうですか……お尻が四つに割れる程ですか……。乗る機会はないだろうけど、馬車に乗るのが怖くなる話ですな！

何とも恐ろしい移動手段の話はともかく、野営車両《モーターハウス》は順調に街道を進んでおりますよ。

未舗装の道だというのにそこまでの揺れや振動を感じないでいられるのは、よほど足回りがいいのか、所謂《いわゆる》『魔法的な』力が働いているのか……。

考えても答えがわかんないから、堂々巡りになっちゃうんだけどね。

それにしても、レアル湖周辺は草原時々林・森……みたいな風景で、轍《わだち》の残る草原を走っている感じだったのが、今は煉瓦《れんが》でしっかりと舗装がされた道を走っている。おっきい街道に出たのかな？

今までとは比べ物にならないほど、しっかりと整備がされた道は、子どもの頃に西部開拓時代を舞台にしたドラマで見ていたような馬車がすれ違えるほどの幅があり、野営車両《モーターハウス》が走るには都合がいいので、ありがたく使わせてもらっています。

そのお陰か、平均時速四〇キロと、予想よりも若干速めの速度で走ることができていた。

「しかし、本当に速いな……！　もう大街道に出たのか！」

「大街道？　幹線道路か何かですか？」

「ああ。王都と各地を繋《つな》ぐ道のことだ」

ふむ。大街道がバイパスで、そこからさっきみたいなやや整備された街道だったり、獣道に毛が生えたような感じの道に枝分かれしていくんだろうなぁ。そんでもって、その整備のされ具合は重要度と比例する、と……。

だとすると、やっぱりエルラージュの街はかなりの要所なんだろう。……まあ、国外との窓口になってる唯一の港町であり、交易の中心地ともなればそれも当然か。

宿場町のような役目を果たすらしい集落が、通り過ぎていく窓の向こうにいくつか見えている。レアル湖周辺では見られなかった光景だ。レアル湖、重要度低いのかな？

……うん。確かに、ミルクトラウト釣りは楽しかったけど、何か産業があるかと聞かれたら……うん……。や、野営地、とか⁇　そして、恐れていたことが……。

整備のされた主要な街道……ということで、少しずつ野営車両《モーターハウス》以外に道を行く馬車や旅人が現れ始めたのだ！

これ、まだ数が少ないから避けられるけど、街の近くになってもっと数が増えちゃったら身動きが取れなくなっちゃうんじゃ……⁉

「……リン。提案だが、エルラージュの少し前でこの野営車両《モーターハウス》を降りて、徒歩で行った方が良いかもしれないぞ？」

「ですね。これじゃあいつ事故を起こすかわかんないですし……車体が見えない、っていうのも考え物だなあ……」

「だが、流石に野営車両《コレ》を人目に晒《さら》すのはリスクが大きい」

「何とかだましだまし進むしかないですかねぇ」

どうやら、ヴィルさんも同じようなことを考えていたようだ。

野営車両《モーターハウス》が他の人にも見えていれば、避けるとか何かしらの回避行動をとってくれるだろうけど、見えないからね……。

実際は野営車両《モーターハウス》が走ってる所に、急に進路を変えた馬車が突っ込んできてもおかしくないし、旅人が急に飛び出してきてもおかしくない。

事故るか事故らないか、そんな殺伐とした旅なんてイヤすぎる‼　ストレス半端ないよ‼　それに、街に入るには車も降りなきゃいけないだろうし、そうなると他の人からは何もない空間からいきなり人が出てくるように見えるだろう。

……騒ぎにならない方がおかしい……。

かといって、野営車両《モーターハウス》の外観が見えるようになったらなったで、アレは何だ誰の仕業だ仕様はどんなだと騒ぎになる未来しか見えないわけで……。

どっちにしても騒ぎになるとか、もうね……。

煉瓦も壊れよという勢いで駆けてくる早馬らしきものを道の脇に避けてやりすごしていると、どうにも堪《こら》えきれないため息が漏れた。

いっそ舗装はされていないけど、街道の脇を走ってしまおうか……？

目視する限り、煉瓦で舗装されている部分と脇の未舗装の部分には、段差や溝などの境目は見当たらない。道行く馬車や旅人で、舗装されていない所を走ろうとする酔狂な輩もいなそうだし。まぁ、歩きにくい場所と歩きやすい場所、どっちを行きたいか、っていったら……ねぇ？

「ヴィルさん、ちょっと手すりに掴《つか》まっててくださいね‼」

「は？　いきなりどうし……うわっっ⁉」

進行方向に人や馬車がいなくなったのを確認し、若干アクセルを強めに踏みながらハンドルを左に向けて、切る。

目には見えなかったものの、何かしらの隔壁はあったようで、ガコンと何かを乗り越える衝撃が伝わってきた。

走り心地自体はレアル湖周辺の草原を走っているときとあまり変わらない。舗装してある道を走っていた時と比べれば、多少振動が来るかなー、程度で収まっている。

十二分に許容範囲だ。

「よーし！　このまま街の近くまで行っちゃいますよー！」

「ずいぶん力業だな！」

「着ければ良かろう、なのですよー！」

何かが琴線に触れたのか、楽しげに笑うヴィルさんの声を聞きながら、地面のデコボコにハンドルを取られないよう、私は改めてハンドルを握り直した。

第二章

「……お、おぉ……おおおおぉぉぉおおぉおおお……」

「大丈夫か、リン？　口が開きっぱなしだぞ……」

「へぶっっ‼　で、でも、これは……‼」

路肩を疾走するという力業を使って走ること三〇分ほど。

エルラージュの街まで到達した私の目の前には、現在とてつもなく高い壁（物理）が立ちはだかっていた。

思わずポカンと口を開けたまま見入ってしまった私の顎《あご》に、ヴィルさんの手が触れる。……別に、顎クイだのといった色気のある話ではない。掌で顎を押し上げられ、口が閉じるよう矯正をされただけなんだけどね。

なんだろうね⁇　顎が外れたように見えたのかな⁇

そんな風にヴィルさんに気を使わせてしまうくらい、目の前の光景に目を奪われてたんだよねぇ。

大街道に通じる街の出入口には煉瓦でできたアーチ状の巨大な門がそびえ、その両脇を衛兵らしき人が守っているという……ゲームや漫画などで目にしたことがある城塞《じょうさい》都市さながらの光景が広がっているのだ。

検問所も兼ねているのであろう門の周囲には背の高い建物が立ち並び、街を囲う壁のような役目をしているのも『城塞都市《それ》っぽさ』を醸し出している。

そしてなにより、圧倒されるのはその大きさだ。

二〇mはゆうに超える高さと、いざというときにはそれ自体が防御壁に成りうるだけの奥行き。

そして馬車が二台は楽に通れる間口の広さを持った建造物が、奇妙な圧迫感をもって迫りくる。

目の前のすべてが巨大な壁……という非日常感のなせる技なんだろう。

「……ン……！　リン！　行くぞ！」

「ふへっ⁉　え、あ、行くってどこに？」

「俺たちが拠点にしてる場所だ。ここからそう遠くない場所にある」

「いや、行くのはいいですけど、入場手続きみたいなのは？」

「さっき終わっただろう……ほら、邪魔になるから行くぞ」

目の前の建造物に対して、ただひたすら「でけーなー」とか「造るのにどのくらいの期間と費用がかかったんだろー？」とか……ある意味どうでもいいようなことをつらつら考えていた私の思考を、ヴィルさんの声が断ち切った。

顔を上げれば、いつの間に門を潜ったのか、怪訝《けげん》そうなヴィルさんが立てた親指を賑《にぎ》わう街中に向けてクイクイと向ける。

えぇえ……行くのは良いけど、こういうシチュエーションの時って、身分証の提示が必要だったり、身分証がなければお金払って仮身分証みたいのを発行してもらったり、なんとなれば門のところでステータスチェックして身分証作ったりするものなのでは……⁇

思わず首を傾《かし》げてしまった私を見たヴィルさんの眉根《まゆね》が、途端にぎゅっと歪《ゆが》められる。ただ、怒ってるとか困惑してるというよりも、気忙《きぜわ》しそうというか、心配そうというかすまなそうというか、様々な感情が入り交じっているように見えるのは気のせいなんだろうか？

そんな何とも言えない顔のまま、私の傍に大股《おおまた》気味で戻ってきたヴィルさんは私の手首を掴んで街中に向かって歩き出した。

「街の中はまた改めて案内してやるから、今はまずあいつらの所に行くぞ。今のリンを一人で歩かせたら、いつになってもたどり着けなそうだ」

「ア、ハイ。ご迷惑をおかけしてすみません」

「別に迷惑ではないな。ただ、ずいぶんぼうっとしていたから、疲れが出たのかと思ってな」

「あぁ。初めて見るものばっかりで珍しくて、つい……」

うむ。気を使われていたようでかえって申し訳ない。

ただ単に、見るもの見るもの全部が珍しくて、気を散らしてばっかりなだけです、ごめんなさい！

手を引かれながら進む先には、いく筋にも分かれて港に注ぐ水路や運河があったり、水路に比例する数の桟橋と、そこに立ち並ぶしっかりと焼き固められた煉瓦でできた倉庫とか……異国情緒が溢《あふ》れてるんだ。

それに、すれ違う人たちのほとんどが、エルフっぽかったり、ドワーフっぽかったり、獣耳と尻尾《しっぽ》があったり、鱗《うろこ》があったりと、生まれて初めて見る人種（？）ばかりで内心キャーキャー言いながら興奮してるし、着ている服だって初めて見る系統のモノばっかりで、こう言っては失礼なのかもしれないけど見てて飽きないんだよぅ！

ただまあそのせいで完全におのぼりさん状態なので、ヴィルさんの対処法は正しいと思いますよ。

もの凄《すご》く恥ずかしいんですが、手を離されてもまた周りに気をとられて迷子になる未来しか見えませんのでな！

「さて。ここが俺たちが借りてる一軒家……まぁ根城みたいなもんだ」

「うお！　かなり大きいですね！」

「元々は金持ちの別宅だったみたいだが、持ち主が変死したとかで安く借りられたんだ。リンのスキルが使えそうな中庭もあるぞ」

何度か角を曲がり、何とも興味深い建物や人ごみの中を通り抜け……と歩を進めていると、不意にヴィルさんが足を止めた。

街の中心部からは離れているものの、そこまで端っこでもなく……適度に人通りのはけた通りに面して居を構える、瀟洒《しょうしゃ》な建物の前だ。

なるほど……ここがあの冒険者たちの溜まり場《ハウス》ね！

……っていうか、持ち主が変死って……それ事故物件、って言いません？　あ、でも、神官さんがいるからお祓《はら》いとかはバッチリ、って感じなのか、うん。

建物の中に足を踏み入れると、なんだか賑やかな声が奥の方から聞こえてくる。

……そっか、そだよね。住人の人が……私がこれからお世話になるであろうパーティの人たちがいる、よね……。

「あー……そう人嫌いな連中じゃないから、まぁそう緊張するな」

「えーと、そうですね……ハイ……」

私の肩に力が入ったことに気が付いたのか、ふ、と笑ったヴィルさんが、私と繋いでいる手に力を籠《こ》める。

いやー……私もさほど人見知りな方ではないんですが、流石《さすが》に初対面、って思うとちょっと緊張しますよー。

未だに手を放してくれないヴィルさんに先導される形で居間と思しき場所の扉を潜り抜ける。

中には大きなテーブルがあり、女性一人、男性二人がすでに席に座っていた。

「おい。今帰ったぞ！」

「は？」

「……えぇー……」

「おや。ずいぶんお早いお帰りで」

私の手を引いたまま声をかけたヴィルさんに、住人たちが三者三様の言葉を返す。

……あ。もしかして、話してもらってたパーティメンバーって、この方々なんですかね……??

お酒らしきものが入ったジョッキやツマミが並ぶテーブルに着いているのは三人。

奥の壁側の席に座っているのが赤毛の元気可愛い系イケメンさんで、その向かいに金髪のエルフ耳の正統派イケメンさん。赤毛のお兄さんの隣には、ボインボインでばいんばいんな大変けしからんお胸の美人さんが腰かけている。

うわあ！　うわあああ!!　目が!!　目がああああ！！！

こんなの暴力だ！　視覚への暴力だよぉ!!　こんなイケメン美女ばっかりの空間に、平々凡々より下であろう外見の自分がいるのがいたたまれない！　「空気読めずにごめんなさい!!」っていう気になっちゃう!!

それなのに、住人の皆様の好奇心たっぷりな視線がビシバシと突き刺さってくるとかね……もうね……！

見ないでよぅ！　緊張するから見ないでよぅ‼

「何だよ、帰還予定日よりもずっと早いじゃんか！　もうちょっとアリアとイチャイチャするつもりだったのに！！！」

「悪かったな。ちょっと川流れや野営車両《イレギユラー》で疾走なことばっかり起きたんもんでな」

まず口火を切ったのは、夕日色の髪のお兄さん。全体を見れば整った顔立ちだが、コロコロとその表情を変えるせいかちょっと幼い感じにも見える。燃えるような赤毛と相まって、何とも溌剌《はつらつ》とした雰囲気だ。

隣にいた美人さんに抱きつきながら、ヴィルさんに向かって唇を尖《とが》らせてぶーぶー文句を言っている。

お兄さんの何とも子供っぽい抗議を歯牙《しが》にもかけてない様子のヴィルさんは、手近な席から椅子を引き寄せて『お誕生日席』を設けてくれると、自身は四人掛けのうち残っていた席に着いた。視線で「まあ座っとけ」と言われた気がしたので、ここはおとなしく座っておくことにしましょうか。

おねいさんのお隣だぜうへへへ……！

美男美女ばかりで肩身は狭いが、イケメンに抱き締められる美人さんを間近で眺められるチャンスは純粋に嬉《うれ》しいからねぇ。

目の保養、目の保養……。

「…………おみやげは……？」

「スマン、落とした！　だが、代わりのモノはある」

抱き着かれた美人さんは、赤毛のお兄さんを振りほどくでもなくその腕の中に収まっている。

……なんていうかね、「抜けるように白い」とか「雪のように白い」とか、そんな言葉は知ってたけど、目の前の美人さんはまさにそんな感じ！

白にも見えるプラチナブロンドと、白磁の肌と、氷のように薄い水色の瞳《ひとみ》……という色味の薄いパーツから成る割に、顔立ちに愛らしさが残るせいか冷たい雰囲気があまりない美人さんだ。緩いルーズ気味なハーフアップがもの凄《すご》く似合っている。

「明日の分として依頼《クエスト》を一件受けたのですが、帰ったばかりですが参加されますか？」

「ちょうどいいな。参加させてもらおう」

最後に口を開いたのはエルフのお兄さん。切れ長の目にすーっと通った鼻筋に薄い唇という正統派に整った造作に、蜂蜜《はちみつ》色の長い髪と青い瞳という物語から抜け出てきたような作り物めいた美貌《びぼう》をお持ちである。

え……まさかこの超絶美形が両手に炙《あぶ》り肉持ってかぶりつく外見詐欺《ワイルド》なエルフさん⁉

外見詐欺も良いとこでしょ⁉　えー！！！？？？

……それにしても、自分に向けたものではないとはいえ、恐ろしいほどの美形がニッコリ微笑みながら話す姿を眺めてみ？　心臓に悪いから‼

…………まぁ、エルフさんの笑みを真っ向から受けて平気な様子のヴィルさんも、イカツめとはいえ美形《イケメン》さんなわけで…………。

なんかなー……ここにいてごめんなさい、って気になるわぁ……。

ヴィルさんの口調もずいぶんと砕けてるし、素が出せるお仲間……ってことなんだろうし……。

そこに私が入っちゃっていいのかなぁ……って思うよ、うん。

いや、認めてもらえるように頑張るけれども！！！

…………で、よ。

一通り挨拶代《あいさつが》わりのやり取りが終わった面々の視線が私に遠慮なく突き刺さる。

「それで、装備品を貸す程に厚遇しているお嬢さんは、どういった関係の方ですか？」

会話が途切れた……と思った瞬間に、エルフのお兄さんの微笑みがこっちに向けられた。

ぎゃあ‼　何これコワイ‼　ヴィルさんと話してた時の流れ弾ですら心臓に悪かったのに、実際にこっちに向けられたらなおさらコワイ‼　美形すぎてコワイ‼

……えーと……現実逃避がてら白状すると、私はまだヴィルさんのマントをお借りしておりますよ。

ヴィルさん曰《いわ》く、「リンの恰好《かっこう》は目立つだろうなぁ」ということでして……。

……目立つかなぁ？

上下ともに、ロールアップできる長袖《ながそで》シャツと厚手の短パン。あとは接触冷感タイプの長袖インナーとレギンスという、アウトドアではよくあるっぽい恰好なんだけどなぁ。

カーキとブラックで纏《まと》められているカラーリングの地味さは置いといてほしい。基本的に釣りがメインでキャンプは付属……くらいの気持ちだから、あんまり派手なカラーリングは避けたいわけですよ、ええ。

どうせソロだから見せる人もいないし……。

……まぁ確かに周りの人を見る限り、女性は足首丈のワンピース的なモノが一般的な感じなので、悪目立ちすると言えばするかもなぁ……。

お借りしたマントが長いお陰で、ハイカットスニーカーはともかく、服装はすっかり隠れておりますよ。

思考がぐーるぐーるし始めた私をよそに、ヴィルさんが三人をひたと見据えた。

「お前らが欲しがってた、料理のできる、荷物運び《ポーター》だ」

瞬間。

ガタン！　と音がしたかと思うと、私とヴィルさん以外の人が椅子から腰を上げていた。

「……ほ、本当なのか、ヴィル……」

「実際に食わせてもらったが、美味《うま》かった。だから必死で勧誘して連れてきた」

「…………まさか、本当に来てくれるなんて……」

中腰でこちらを窺《うかが》う赤毛のお兄さんの震え声にヴィルさんが応えれば、呻《うめ》くようにエルフさんが声を絞り出す。

ふと手が冷たくなったと思ったら、いつの間にか身体ごとこちらに向き直った美人さんが私の手をぎゅうっと握っていた。

ふひょう！！！　美人さんの手、やわらかーい‼　でも、冷たーい！！　……ひ、冷え性ですかね……？

「……料理、できるの……？」

「え、ええ、まぁ、ある程度は……」

「お肉は、焼ける？　お魚は？」

「両方大丈夫です。焼く以外の調理法もイケます」

こてんと首を傾げる美人さんの声は、鈴を転がすように涼やかで甘い。

バサバサと音がしそうなほどに豊かな睫毛《まつげ》に縁どられた瞳を瞬かせる美人さんに見つめられると、同性とはいえ照れるのは何でだろう……。

私を見る瞳に真剣さと悲壮感が漂っているのは気のせいじゃないんだろうなぁ……。

「あ！　もしまだお腹に余裕があるなら、何かお肉で作りましょうか？　オツマミになると思いますけど」

瞬間。八つの瞳に見据えられた。色こそ違えど、食欲の炎が爛々《らんらん》と燃え盛る瞳が期待に満ち満ちて射抜いてくる。

……おぉう……そんなに、か……。そんなにですか……。

「リン……いいのか？」

「ええ。ご飯番として加入を認められた後に味の好みが違う……ってなったら両方にとって痛手ですし、実食してもらうのが一番じゃないですか？」

「それはそうだが……疲れてはいないか？」

「大丈夫です！　スキル使うので中庭に案内してもらってもいいですか？」

「……ん。リンが良いなら、俺としても願ったり叶《かな》ったりだ。頼む」

実技テスト……というわけじゃないけど、『今後ともよろしく』となった後で『もっと薄味が好み』とか『料理の味が気に入らない』ってなったら悲惨じゃないか。

それなら、入団テストを兼ねて実食してもらうのが一番手っ取り早い。

なんだかんだで心配性なパーティリーダー《ヴィルさん》も、結局最後は折れてくれた。

中庭は、居間のすぐ横にあった。どうやらこの家は、中庭をぐるりと囲むような造りになっているようだ。庭に面する大きな窓から、三人が興味津々という顔で中庭を……私を眺めている。

……みんなに見えるように料理した方がいいかなぁ？　毒を入れるつもりもないけど、そういうことを心配する人もいるかもしれないし……。

中庭の片隅に野営車両《モーターハウス》を顕現させて、中から焚火台《たきびだい》を取り出して……。

もう一度外に出てみれば、ヴィルさんを除くギャラリーの方々に名状しがたいものを見るような目で見られていた。彼らの話を聞いたヴィルさんの眉根《まゆね》にみるみるシワが寄っていく。

え？　あれ⁇　何かまずいことでもやらかしましたか、コレ⁉

私が不安に胸中をざわつかせていると、ざわつくお三方を宥《なだ》めていたヴィルさんがこちらへ向かって歩いてきた。その顔に浮かんでいるのは困惑と驚愕《きょうがく》を混ぜて苦笑で割った感じ……という何とも言いようのない表情だ。

「……あー、あのな、リン……傍から見ると、妙な光景のようだぞ……」

「え？　わ、私何か変なことやりました？」

「何の予備知識もなく今の光景を見ると、リンの姿が何もないはずの空間に急に消えて、急に出てきたように見えるそうだ」

「おっと！　それはアレですね！　騒ぎになっちゃうやつですね‼」

どう切り出せばいいか迷っているのか、それでもがりがりと頭を掻《か》きながら搾りだされた言葉に、はたと思い当たる節があった。

野営車両《モーターハウス》の取説の一文。

『結界機能を有しており、スキル使用者が認めた者以外の乗車はできず、車体には隠蔽《いんぺい》効果もあるため、スキル使用者と乗員以外にその姿を認識できなくなります』の部分だ。

乗員設定されてるヴィルさんには野営車両《モーターハウス》が見えているから違和感は覚えないだろうけど、何も知らない人が見たらそりゃあ確かに異様な光景に見えるよね！

何もない場所でいきなり私の姿が消えて、また唐突に出現してるんだもん！

「あいつらには、リンのスキルの関係でそう見える、と説明したら、納得はしてもらえたようだ」

「お手数をおかけしてしまって申し訳ありません。今後は展開する場所とか、少し考えますね」

「まぁ、そう気に病むな。次に生かせばいいさ」

「ありがとうございます」

頭を下げた私の背中を、ヴィルさんの掌が宥めるように軽く叩《たた》く。

……うん。やらかしちゃったことはしょうがない！　切り替えていこう！

そうなると、まず完遂すべきは入団テスト……というかご飯作りなわけなんだけど……。炙り肉を作るための火はどうしよう？

勝手知らない他人様《ひとさま》の家で、どうやって火力の素を手に入れられるかわかんないなぁ。迷惑をかけついでだ。ここは一人で抱え込まず、周りに相談してみましょうかね。

「あの、ヴィルさん。火力……薪とかありますか？」

「薪くらいなら台所に転がってるだろうし、持ってくるぞ」

「重ね重ねありがとうございます、助かります！」

私の問いかけにイチゴ色の瞳をパチリと瞬かせたヴィルさんが、すぐにニィッと笑いながらどこかへ行ったかと思うと、薪の束を抱えてきてくれた。

……よし、これで火力は確保できた！

ヴィルさんにお礼を言いつつ薪を受け取って、細めの物を選んで風が通るよう考えつつ焚火台に積み上げていく。

あとは、ティッシュを丸めたものを着火剤代わりにして細い薪に火を移し、それを基に火消し壷《ひけつぼ》に残っていた消し炭を利用して炎を育てればいいわけだ。ある程度火に勢いが出てきたらヴィルさんが持ってきてくれた薪をくべて、料理ができる程度に炎をキープして、と。

「そういえば、何を作ってくれるんだ？」

「あのファントムファウルのお肉で串焼《くしや》きでも作ろうと思いまして。甘辛味だからお酒にも合う……と思いますよ」

ファントムファウル自体がそこそこ大きかったからかな？　もも肉は五人で十分に食べられる程度の量がある。

車外に出した折り畳みミニテーブルの上でもも肉をひと口大に切って、小さいボウルにお醤油《しょうゆ》、砂糖、クミンとコリアンダーシードと一緒に混ぜ合わせ、ちょっと味を馴染《なじ》ませておいて……。

スパイスボックスが野営車両《モーターハウス》に入っててよかった……！

火勢が安定した頃合いを見計らって、鶏肉をＢＢＱ用の金串《かなぐし》に刺す。一人一本、五本で良いかな？

ある程度落ち着いた火の上に金網を置いて、その上にお肉を並べて…………ふと気が付けば、居間で飲んでいたはずの他のメンバーさんたちが中庭に集合していた。

滴る脂が炎に落ちてパチパチと弾け、醤油が焙《あぶ》られる良い匂いが辺りに漂う。お醤油とかお味噌《みそ》とか日本人にとっては馴染みのある調味料だけど、発酵食品だけあって、慣れていないと独特の風味が苦手……っていう人もいるらしいからね。

お醤油味が大丈夫なら、私のご飯も大丈夫なんじゃないかなー、と思ってさ。お砂糖を入れてテリヤキ風の甘辛味にしてあるから、抵抗は少ない……と、思いたい！

本当なら漬けダレにすりおろし玉ねぎとか入れたかったし、食べるときもトマトとかレタスとかをプラスしたかったけど、用意がないので省略！　ショウガナイネ！

残った漬けダレを塗っては焼き塗っては焼きすると、香ばしい匂いが一層強く周囲に漂う。

「すごい……いい、におい……！」

「料理……料理だ……‼　うちのパーティでまともな料理作ってる人がいる！！！」

「流れるように良い手際ですね！　エドやヴィルの手つきとは大違いです」

「お前も人のこと言えないだろう、セノン！」

キラキラと輝く瞳《ひとみ》で見つめられるともの凄《すご》く、こう……後ろめたさというか申し訳ない気持ちが湧き上がった。

だって、お肉切って、焼いてるだけだよ？

それなのにこの大絶賛！　いいのか⁉　こんなのでいいのか⁉　……って、言いたくなる……。

私の複雑な思いをよそに、お肉は順調に焼き上がった。

「簡単に炙り肉というか、焼き鳥ですけど……もしよかったら、どうぞ」

「頂きます！」

「ありがと！　もらうね！！！」

「頂きますね、ありがとうございます」

「……………うちの連中がすまない……俺ももらう、ありがとう」

焼けたお肉を皿にのせて差し出せば、三方から腕が伸ばされてあっという間に肉がなくなった。

非常に申し訳なさそうなヴィルさんの声がして、横から伸びた手が肉串を掴《つか》んで消えていく。

残りは、一本。私の分ですな！

ふーふーと息を吹きかけて冷ましてやって、思い切り齧《かじ》り付こうとして……私の横から突然湧き上がった謎の歓声に思わず手が止まった。

「おい、しぃ！　コレ、美味しい、よぅ!!」

「パパっとこんなに美味しいの作れるんだねー！」

歓声の元を振り向けば、口元がタレで汚れるのも構わずに炙《あぶ》り肉を頬張る美人さんがキラキラと瞳を輝かせていた。

そんな美人さんの口元をかいがいしく拭《ぬぐ》ってあげている赤毛のお兄さんも、ニカッと笑うと親指を立ててくれている。

なお、あの正統派美形のエルフのお兄さんは……といえば、非常に上品な所作ながらももの凄い勢いで炙り肉を平らげている。

お、おぉぉ……思った以上に、食いつきが良い……。

言葉は少ないものの、食べるのが止まらない様子や輝く表情から察するに、好感触と思ってよさそうだ。

少なくとも、口に合わなかった、ってことはなさそうで安心しましたよ！

「な、何はともあれ私も食べようかな、うん」

満足げに、嬉《うれ》しげに笑う人たちが見る間に平らげている肉串を眺めていると、どこかに感じていたプレッシャーのようなものがふっと消えた気がした。

いつの間にか力が入ってしまっていた肩の力を抜いて、持ったままだった炙り肉に改めて齧りつく。途端に、じゅわっと肉汁が口の中に迸《ほとばし》った。

獲れたてのお肉だったし硬いのかな、って思ってたけど、そんなことは全然ない。

スパイスのお陰か臭みも微塵《みじん》も感じられず、ただただ砂糖の甘みが融け込んだ濃厚な肉汁が、噛《か》めば噛むほどに滴った。

思った以上にぺろりと食べられちゃったな……と思っていると、何か、こう……ふわりと甘い香りが鼻先を掠《かす》めた……次の瞬間。

「………………………大好き……」

瞬く間にお肉を平らげたらしい美人さんにひっしと抱き締められていた。

ふ…ふおおおおおお……！！！　お胸が‼　非常にけしからんお胸が当たっていますよ‼

良い匂いもするし、や－らかいし……た……た…………たまら－ん！！！

「……すっごく、おいしかった！　これから、ご飯、楽しみにしてるから……！」

「あ、はい……がんばります……」

花が綻《ほころ》ぶような笑みを向けられた私に、頷《うなず》く以外の返事はあるだろうか。いや、ない。

感極まったのかぐすぐすと鼻をすする美人さんの肩を、赤毛のお兄さんがそっと抱き寄せる。おねいさんも私から離れると、お兄さんの肩口に顔を埋《うず》めた。そして、その頭を優しく撫《な》でる赤毛のお兄さん……。

……美男美女のあれこれは、実に絵になりますなぁ……！　たまらん！

「……そういえば、まだ紹介してなかったな。あそこで抱き合ってるのがアリアとエド、そこでシレッとエールを飲んでるのがセノンだ」

「お、お噂はかねがね伺っております……料理番として勧誘されてきたリンと言います。精いっぱいやらせていただきますので、よろしくお願いします！」

「こちらこそよろしくお願いしますね、リン。あの焙り肉、実に良いものでした……」

「…………アリア、だよ……。お肉はレアなのが好き……甘い物も、好き……」

「リンちゃんね、よろしく‼　オレはべつに肉でも魚でも野菜でも何でも大丈夫だから！」

肉串を片手にヴィルさんが身も蓋《ふた》もない紹介をしてくれた。それを聞いた皆さん方に気を悪くした様子も見られないところを見ると、こんなやりとりが日常なんだろう。

『自己紹介は人間関係の基本！』ということで挨拶《あいさつ》をしてみたけど、返ってきたのが食の好みというのもそれはそれで期待度が高いってことなんだろうなぁ……。

微笑みが絶えない……しかしその碧眼《へきがん》に只《ただ》ならぬ迫力があるセノンさんと、うっすらと頬を染めてはにかむアリアさんと、バチコーンと音が付きそうなウィンクをして親指を立てるエドさん……。

これは……テストは合格、ってことでいいのかな？　明日の依頼《クエスト》に同行する時は頑張ろう……。

「そうだ！　大門の外に出るなら、リンの身分証が必要だな」

「…………そういえば、そうですね。パーティには入れてもらいましたけど、公的なアレコレはまだ何も……」

肉串を食べ終えたヴィルさんが、思い出したように顔を上げた。

……言われてみれば、私、まだ身分証とか何にもないわ‼　そんな状態で依頼《クエスト》のために外に出たら、また入るのが大変になるじゃんねぇ。

「今のうちにギルドで身分証を発行してもらった方が良いな。まだ開いてるはずだ」

「わかりました！　急いだ方が良さそうですね」

「……もう、行っちゃうの？　明日の出発前に登録しても、間に合うんじゃない……？」

「いえ。早い方が良いでしょう。ヴィルの場合、明日《このひと》になったら先を急ぐあまり忘れる可能性がありますからね」

「むしろ、飯食ってるのに今思い出せたのが奇跡だよな！」

借りているマントを軽く引っ張るアリアさんに、セノンさんが声をかけている。チラリとヴィルさんを見る目に冷たいものが宿っている気がするのは気のせいかな……？

エドさんはエドさんで、聞きようによっては割と辛辣《しんらつ》なのですがそれは……というか、ヴィルさんは忘れっぽい所があるのか。当然と言えば当然なんだけど、初めて知ったよそんなこと！

男性陣に盛大にけなされたヴィルさんの様子を窺《うかが》ってみるが、どうやらまったく堪《こた》えていないようだ。

ハッと鼻で笑いながら、ヴィルさんがセノンさんに向き直る。

「六時に大門前で。近くの森での採取依頼です。それほど強い敵《もの》が出るわけではないので、装備はさほどでなくても大丈夫かと」

「明日の予定は？」

「わかった。それじゃ、また明日な！」

申し送り、大事ですよね。

集合時間と目的地、任務の内容と注意事項まで、何も言わなくてもきちんと伝えているセノンさんはかなりデキる方なのでは……。イケメンで有能って、なにそれズルい！　天は二物も三物も与えすぎじゃない!?

ある程度の情報を得たヴィルさんは、再び私と手を繋《つな》いでねぐらを後にした。

……何だろう……何か、こう……パーティの皆さんの生ぬるい視線を感じるんだけど……。私の迷子防止ですから！　他意はないですから!!

薄暗くなってきている街の中にはぽつんぽつんとだが外灯があり、周囲を煌々《こうこう》と照らしている。明るい時と比べるとぐっと人通りは減っているものの、やはり街の中は賑《にぎ》わっていた。

でも、残念なことに周囲を見る余裕はない。足早に歩くヴィルさんに遅れを取らないようにするだけで、けっこう大変なのだ。これだから脚が長い人は……!!

歩くというより、もはや小走りである。

日ごろの運動不足も祟《たた》り、へふへふ言い始めた私にようやく気付いたのだろう。ばつが悪そうな顔のヴィルさんが、歩調を緩めてくれた。

「すまなかったな。つい急ぎすぎたようだ」

「…………い、いえ…………いそぎ、なら…………しかたない……です……」

「いや、リンのペースを考えていなかったこちらのミスだ。悪かったな」

息を切らして会話もままならない私の背中を、ヴィルさんが撫でてくれた。

あー……でも、ちょっとこれは良くないいな。

食事当番はともかく、荷物運び《ポーター》ってことはけっこうな距離をみんなと一緒に歩かなくちゃいけないよね……？

うん。本格的に体力づくりをしないとダメだなぁ……。ちょっと真面目に運動しよう。

「とりあえずだな、リン。リンのことは、遠いところから来た一般人……という態《てい》で話を進めたいんだが、それでいいか？」

私の息が整った頃と人影がなくなった時を見計らい、声を潜めたヴィルさんが筋書きをどうするかを尋ねてきた。とはいえ、私には上手い言い訳を思いつくはずもなく……。

「お任せします。私じゃこちらの世界のことはわからないし、上手《うま》く話せないので……」

「わかった。そうだな……一人になってしまったので、生活のために荷物運び《ポーター》向きのスキルを活かそうと思い旅に出たところで俺と会った……という話にするか」

「けっこうへビーめですけど、異世界から聖女召喚で呼ばれました、と正直に言うより遥《はる》かに良いです！」

ヴィルさんが作ってくれた【『大きな箱を自在に出し入れできる程度の能力《スキル》』を持つ一般人で、そのスキルを活かして荷物運び《ポーター》になった……】という設定でいくことになったわけですよ。

「その能力なら商人になった方がよくね？」とか言われる可能性が高いけど、田舎から出てきたばっかりだし、もう若くないし、知り合いのいる所で働きたくて……とか、何とかごまかそうと思いますよ。方便方便。

あ、そうだ。方便といえば……。

「そういえば、今日はどうやって大門を通ったんですか？」

「俺の身分証を見せて『冒険者になりたいって言ってるヤツがいる』ってことで入れてもらった。だから早いところ冒険者証《みぶんしょう》を作らないとマズいんだ」

ああ。私が何か問題を起こしたらヴィルさんにも何らかのペナルティがつく連帯保証人というか身元引受人的な感じになってくださったわけですね。ちょっと謎が解けました。

確かにそれなら早いところ身分証を作らないと、「冒険者になりたいって言ってたのにまだ登録してないの？」となるわけか。

そりゃ急がないとダメですわ。

会話をしながら歩ける程度にはペースが落ちたので、ギルドのことやら登録に関わることをいろいろと聞いてみた。

漫画や何かでよくありがちな『ステータスチェック』的なモノはない代わり、真偽判定というものが行われるのだそうな。

これは、冒険者証を作るための書類とその申請者とにかけるもので、書かれたことが嘘か本当かを判定する魔法なのだそうだ。書類を代筆してもらった場合でも、ちゃんと判定できる高性能なモノらしい。

……あー。なるほどね。だからそんな『設定』になったのか。

『遠い所から来た』っていうのも、『一人になってしまった』っていうのも、『荷物運び《ポーター》向きのスキルを活かそうと思い』っていうのも、嘘じゃないもんね。

遠い所……異世界から来たわけだし、家族とも友達とも離れて一人になっちゃったわけだし、野営車両《モーターハウス》は荷物も運べるからね‼

対策ばっちりじゃないですかヤダー！

そんな話をしているうちに、どうやら目的地に着いたようだ。

周囲が暗いせいで細かいディテールはよくわからないが、けっこうな高さにも明かりが漏れている窓がある所を見る限り、かなり大きな建物のようだ。

分厚い木の板でできた重い扉を開けると、見たことがあるようで見たことのない世界が広がっていた。

内装自体は、銀行のようなものを思い浮かべてもらうのが一番近いだろうか。

奥に受付があり、その前に書きものをする用の簡易テーブルと筆記用具が。壁には宣伝・告知ポスターの代わりに依頼書が貼られ、待合用のソファーではなく簡素な椅子とテーブルが並んでいる。

それだけであれば『ちょっと変わった銀行』くらいで済むだろうが、目の前にいるのは武器や防具を身にまとった様々な種族の冒険者たちだ。

流石《さすが》にこんな輩が銀行にいたら、すわ銀行強盗かと大きな騒ぎになるだろう。

「こんばんはですよ、ヴィルさん！　冒険者ギルドにご用なのですか？」

「ああ、シーラか。新規の登録を頼みたい」

「わかりましたですよ！　そちらのテーブルで、申請書に記入してくださいです‼」

きょろきょろと周りを見渡していると、受付の一角から声がかかった。子どもが一生懸命しゃべっているような、ちょっと舌っ足らずな可愛《かわい》らしい声だ。

声の方を振り向けば…………え……犬？

なんか……青いエプロンドレスを着てヘッドドレスを被った白いワンコが立ってるんだけど……え？

も、もしかして……犬が、しゃべった⁉

「コボルトだ。見るのは初めてか？」

「フィクション……物語とかでは見たことはありますが、実物は……流石に……」

訳がわからないまま記入台に連れていかれ……何故か理解できてしまう文字に首を捻《ひね》りながらも書類に記入をし終えることができた。

正直、今まで見たこともない文字の羅列だっていうのに意味がわかって、自分では日本語で書いてるはずなのに実際はその謎の文字列が記載されている……って、よく考えれば怖いことなんだろうけど、生コボルトを目撃した衝撃に掻《か》き消されましたよ！

だって！　横目でワンコな受付嬢を見てるんだけど、これがまた可愛らしいんだもん‼

真っ白でふわふわの体毛と、ピンと立った三角の耳、くるりと巻いた尻尾《しっぽ》と、クリクリした真っ黒な目と鼻がね、もう可愛くて可愛くて……！！！

麻呂眉《まゆ》みたいに目の上に黒い毛がちょっと生えてる所も、また可愛い。

「記入終わりですか？　それじゃあ、真偽判定しますですよ！」

「よ、よろしくお願いします！」

「わかりましたです！　えい!!」

書き終わった書類をコボルトさん――シーラさんと言うらしい――に提出すると、シーラさんが私を手招きする。

それに従って受付の前に立つと、書類の上に手を置くように指示された。『書類とその申請者とに魔法をかける』のに必要なことなのだろう。

私が指示に従うと、愛らしい顔をキリッと引き締めたシーラさんが可愛い掛け声とともに両手を前に振り下ろした。

すると、ピンクの肉球がついた手からいくつもの光の粒がふわりと舞い、私と書類とに次々に吸い込まれて…………次の瞬間、書類が青い光を放った。

「真偽判定終わりなのですよ！　ウソはなかったですので、リンさんを荷物運び《ポーター》として登録しますです！」

「あ、はい！　ありがとうございます！」

「久しぶりに新規の人のお相手ができて嬉《うれ》しかったのですよ！　ヴィルさんたちのパーティは良い人たちなので、ぜひぜひ頑張ってほしいのですよ！」

どうやら私は、無事に冒険者の一員として認められたらしい。てきぱきと動くシーラさんの手によって、私の冒険者証が瞬く間にできあがる。

薄い金属製の板に、私の名前と簡単な身分――私の場合は荷物運び《ポーター》――と、登録したギルドの名前が書かれていた。

見覚えはないはずなのに、何度見ても何故か読めてしまう……書けてしまう……理解できてしまう文字。その尋常ならざる体験に、私は正気度チェックを……しないけどな！

そんな複雑な思いが詰まった冒険者証を私に手渡しながら、黒飴《くろあめ》みたいな那智《なち》黒の瞳《ひとみ》を嬉しそうに細めたシーラさんが笑う。ブンブンと振られている巻尾がまた愛らしい……。

「何かあったらギルドに相談してね」と手を振りながら声をかけてくれたシーラさんは、新人に対するフォローもバッチリな優秀な受付嬢でした。

「シーラはな、あれで勤続二〇年のベテランだからな」

「二〇年んん！？！？」

「コボルトはあまり外見が変わらないし、種族的にちょっと子供っぽい奴が多いからな」

せ、せいぜい成犬ちょっと手前くらいだと思ってましたけど⁉

本当にこの世界は驚きで満ち満ちていますね！！！

世界の不思議を考える私の思考を遮ったのは、ぐるぎゅると鳴き喚《わめ》くヴィルさんの腹の虫だった。

思わずそちらに視線を向ければ、胃袋の辺りを押さえつつヴィルさんがぐったりした様子で周囲を見渡していた。

あー。考えてみれば、おやつ代わりにクッキーを食べてから口にしたのって、さっきの串焼《くしや》きくらいですもんね……。

ヴィルさんじゃなくてもお腹は空きますわな、うん。

「よし。街に来たついでに、何か食っていくか。リン。少し付き合ってくれ」

「へ？　え？　ちょっとヴィルさん⁉　いや、お金！　お金ないです、私！」

「さっき、何も言わなかったのに暴食の卓《ウチ》の連中に食わせてくれた礼だと思ってくれ。それに、料理の作り手としては他の奴が作った料理の味を知ってた方がいいんだろう？」

「そんなにたいした料理、作ってないですよ！　でも、お気遣いありがとうございます」

路地に漂う料理の匂いに我慢の限界を突破してしまったのか、ヴィルさんは私の腕を掴《つか》んだままずんずん夜道を進んでいく。

行くならヴィルさんお一人でどうぞ……と思ったんだけど、掴まれた腕を振りほどくこともできずにズルズルと引っ張られる羽目になりましたよ！

さすがにそれは目立つので、もう諦《あきら》めてご一緒させていただくことにしましたとも、ええ！

「どうしても金のことが気になる、って言うなら、今日の所は俺が立て替えておくから、明日の依頼の取り分から払ってくれればいい」

「あ、それでもいいですか？　それなら、明日お金が入ったら、私の分お支払いします！」

奢《おご》られることに抵抗のある私の内心を見透かしつつも、私の懐事情をよく知っているからか……ヴィルさんが、変則的割り勘を提案してくれた。

そっか！　明日、依頼を頑張れば私にもお給金が入ってくるし、それなら、いい……かな？

「俺の個人的な意見だが、外で飯を食うなら何だかんだでこの山猫亭は美味《うま》いぞ」

「ここのお店、ですか？　ずいぶん大きい建物ですね」

「ああ。食堂兼、酒場兼、宿屋……というのが近いからな。冒険者以外の連中も、よく利用しているぞ」

着いた先は、レンガ造りで年季の入った建物だった。味があるというかなんというか……マイルドに言うのであれば趣のある建物の前だった。

一枚板でできた看板には、「山猫亭」の文字と猫らしきもののシルエットが墨一色で描かれていた。

カロン……と軽やかなドアベルの音に迎えられつつ中に入る。

ヴィルさんが言う通り、店内は和やかに食事をする人や、仲間内で楽しげに酒を酌み交わす集団、リストのような書付を眺めながらチビチビ酒らしきものを舐《な》める商人風の男性など、様々な人たちが、それぞれの時間を過ごしていた。

「とりあえず今日は『オススメ』にしておくか……リンは何か嫌いなものとか食えないものはあるのか？」

「好き嫌いはないので、大概のものは大丈夫です」

「それはよかった。冒険者稼業なんざ、何でも食えなきゃやってられないところがあるからな」

「……あぁ……何となくイメージできます」

通りかかった店員さんに今日の「オススメ」を頼みつつ、話題はヴィルさんが今まで冒険の途中で食べてきたものの話に移っていった。

……とはいえ、ヴィルさんのパーティは料理との相性が最悪だったようで、素材は良くても調理過程でなかなかに悍《おぞ》ましく、冒涜《ぼうとく》的なものに仕上がることが大半だったらしい。

……やだなぁ……スープ皿の中で何かが不気味に蠢《うごめ》いている真っ黒なスープとか、視界に入れたくないよー。っていうか、それ。飲むとか食べるとかいう以前に、その光景を見た時点で恐怖による精神対抗判定が入るヤツじゃないですかヤダー！

蠕動《ぜんどう》をくり返しその水面を波立たせる墨色のスープを想像してしまったせいか、思わず戦慄《せんりつ》が走った時、空気を読んだのか何なのか、店員さんが料理と飲み物を運んできてくれた。

ヴィルさんはエールで、私は果実水にしてみた。お酒も好きなんだけど、まだちょっと緊張しているせいか、アルコールを入れる余裕がないんだよぅ！　慣れたら、異世界のお酒も飲んでみようと思う。というか、絶対飲んでやる‼

ちなみに、頼んだ料理は山猫亭の名物だという『ランダムフライ』。その日手に入った材料が、ランダムでフライになって出てくる料理だそうな。

実際、大皿の上にはお肉あり魚あり野菜ありと、様々な種類のフライが山のように積み上がっている。

「嘘偽りなく何でもありのフライですね！　でも、みんな美味《おい》しそうです！」

「金はないが食材はある冒険者連中が、酒代の代わりに食材を持ち込むんだ。冒険者は金がなくても料理が食える、店は安く材料が手に入る、他の客は美味くて安いものをたらふく食える、って寸法だな」

「まさに三方良しの関係ですね。良いことだと思います！」

「好きなのを取って食べてくれ。量はたっぷりあるからな」

「ありがとうございます！　お言葉に甘えますね！」

エールで口を湿したヴィルさんに促され、フライが冷めないうちに手を伸ばさせてもらうことにした。選んだのは、カースシリンプというエビみたいなのと、赤カブを揚げ焼きにしたもの。

コレに、山猫亭特製ソースやら、レモンに似た果物の果汁やら、ゴリゴリ削った岩塩やらをかけて食べるのだ。

「こっちの料理、食べるの初めてです！　いっただっきまーす！」

初めての異世界料理が大好きな揚げ物料理って、なかなか幸先のいいスタートではなかろうか？

カースシリンプはまんまエビフライだねぇ。キツネ色の衣をかじると、ほんのりとレアに仕上がったプリプリの身からジュワッと肉汁ならぬエビ汁が溢《あふ》れ出し、香ばしいエビの香りが鼻に抜けていく。

赤カブもそれ自体に甘みがあって、外はトロトロ、中はさっくりと絶妙な熱の通り加減だ。旨味を逃がさないようしっかりと付けられた衣は、それでもギリギリまで薄くしてあって、カリカリサクサクと軽快な歯触り。

揚げ焼きにすると油っぽくなりがちなんだけど、山猫亭のフライは衣が薄くて軽い上に、レモンの酸味と爽《さわ》やかな香りのお陰で油っぽさを感じないので、いくらでも食べられてしまいそうだ。

そこに、こうね……冷たい桃の果実水をグイーッと飲むとだね…………このために生きてるー！　って感じがするよね。浮世のアレコレを忘れるよね。

山猫亭は、フライ以外にも『山猫サラド』という店長の気まぐれサラダが有名らしいんだけど、「山猫亭」の名物がフライとサラダっていうのに、ちょっと思うところがないわけでもない。

……………アレだよね……牛乳のクリームとか酢の匂いがする香水とか振りかけられた人が材料じゃないよね？　喰《く》い逃げした人のフライ盛り合わせとか、酔っぱらって暴れた人のコブサラダとか、ないよね？

…………………うん。これはもう考えないでおこう。デスフィッシュのフライを食べて、果実水飲んで、きれいさっぱり忘れてしまおう……。

……なおこの後、山猫亭のオーナーさんが山猫の獣人さんだということを知るのだが、「宮沢賢治か‼」という叫びは誰にも通じなかったことをここに記しておくことにする。

「ああ、そうだ。リンの寝泊まり用の部屋なんだが……空き部屋は沢山あるんだが、寝具がなくて、なぁ……」

「あ、大丈夫ですよ！　野営車両《モーターハウス》のベッドで寝ますから」

「あの車は中で眠れるのか！　それは便利だな！」

山盛りのフライを二人で無心にやっつけながら、当座のことを話し合う。二人には多いかな、と思っていた山盛りフライも、話しながら食べるとあっという間になくなってしまった。

明日は採取依頼《クエスト》、頑張ろうっと！

◆◇◆

あの後、二人で満腹のお腹を抱えて何とか家までたどり着き、ヴィルさんは自室へ、私は野営車両《モーターハウス》に雪崩れ込むと泥のように眠って、眠って……ヴィルさんに起されて、あれよあれよという間に現場に向かうことになりましたよ！

今回セノンさんたちが受注したのは、納品依頼のあったアイテムを採取し、ギルドに納めることで依頼が完了する『採取依頼《クエスト》』と呼ばれる任務らしい。余剰分もギルドで買い取ってもらえるらしく、初心者から上級者までレベルに応じた依頼があるとのことだ。

現地に到着したら各自適度に散らばって採取をするとのことなので、私はヴィルさんと組んで採取のアレコレを実践するのが主目的だ。現在、エルラージュから少し離れた林の辺りで、採取実習リターンズですよ！

「ヴィルさん、ヴィルさん、この『ティラータケ』は売れます？」

「売れるが、あまり高くはないな……一〇〇g《ゲルメ》で鉄貨五枚、ってところだな。それより、目的の『ルビーファグ』を探した方が、余った時に金になるぞ」

「わかりました！　探してみます‼」

そんな散らばって大丈夫か……と思ったんだけど、それほど強い魔物が出ないのであまり心配はいらないとのことらしい。

そもそも、エルラージュ付近の林や森には依頼《クエスト》のために冒険者が頻繁に立ち入るため、強い魔物や魔生物、獣の群れなどもあまりいない……というより、いることはいるのだが、人目を避けて森の奥深くに篭《こも》っているため、なかなか遭遇する機会が少ないのだそうな。

それなら別に採取依頼《クエスト》じゃなく、魔物や獣の討伐依頼《クエスト》でもいいのでは……と思ったけど、前衛の主力であるヴィルさんが抜けている時に万が一大物に遭遇してしまうと、前衛不足で戦線を突破されてしまったり、火力不足で敵の体力を削り切れないから……という判断らしかった。

まぁ、安全マージンは取っておくに越したことはないよねぇ。

依頼の品を集めつつ、換金して資金にできるようなものを採っていこうか、とヴィルさんが提案してくれたので、生存戦略《サバイバル》さんを駆使して探しております。

もっとも、買い取り相場がわからないので、ここは先輩冒険者たるヴィルさんに聞きながら採取を進めてますよ。ついでに、昨日みたいに魔物が出ても困るので、なるべくヴィルさんから離れないように注意してるんだけどね……。

参考までに……近所の酒場で素泊まりしようとした場合、一泊の相場がだいたい銅貨二枚ほど……食事は軽いものなら鉄貨五枚で食べられるらしい。

通貨は鉄貨、銅貨、銀貨、金貨……そうそう見る機会はないけれども大金貨くらいまでが一般で使われているとのこと。数え方は十進法なので、鉄貨一〇枚で銅貨一枚、銅貨一〇枚で銀貨一枚……と繰り上がっていく方式だ。

他には、鉄貨の下に悪貨・ビタ銭の類である賤貨があるけど、これは公式には認められていないお金のようだ。大金貨の上には白金貨があるらしいけど、これはあんまり流通していない。かなり大きな取引の時にだけ使われるんだって。

つまり、先ほど見つけたティラータケ——傘の部分が平らに波打つように大きく開いた肉厚なキノコ——の場合、一〇〇g分採れれば軽食が食べられ、四〇〇g分採れれば一泊できる……というわけだ。

ヴィルさんおすすめの『ルビーファグ』は、ルビーのように真っ赤な傘と黄色の軸のキノコのこと。色合いや見た目は毒々しそうだけど、実は無毒な上に香りも味もいい高級キノコなので、これが四〇〇g取れた場合、宿で一泊できる上にちょっと豪華なご飯まで食べられてしまうのだ！

生存戦略《サバイバル》さんで見る限り、ティラータケも十分美味しそうなんだけど、見た目が地味で味と香りが淡泊な分、見た目にインパクトがあって濃厚な味のルビーファグに負けちゃうんだってさ。

なので、利幅の小さいティラータケは、私たちで美味しく頂いてしまいましょう！

「自分の腹に入るのなら！」と本気を出したわけではないけれど、この後、倒木の幹にティラータケが群生しているのを見つけることができた。ついでに、この後もルビーファグを何本か見つけられたのもラッキーだったなぁ。

あ、そうそう！ g《グルメ》っていうのは、重さの単位。長さの単位はm《モルタ》だそうな。

……何ていうか、地味に日本と似通ってるよね。時間の単位とかも秒、分、時が普通に通じちゃうし。

「あ！　またなんかあった‼」

視界の端で、生存戦略《サバイバル》さんの青枠がキラリと光る。

意識して使ってみると、生存戦略《サバイバル》さんは食べられるものを探すのにもの凄《すご》く便利なのだ。危険が迫っている時にオートで警告《アラート》を出してくれるように、食べられるものが周囲にある時にもこうして教えてくれるのだ。

【クロヨモギ（可食）
食用というよりは薬草として扱われることが多い。育ったものはスジが硬く、苦みも強い。
柔らかな若葉は食用が可能。菓子などに使われることもある。
水薬《ポーション》や軟膏《なんこう》の材料としても使われるなど、用途は多岐にわたる】

お……おお！！！　おおおおお！！！　ヨモギ‼　ヨモギちゃんじゃないか‼

我らが鍼灸師《しんきゅうし》……特に灸師の頼れる相棒・もぐさの原料のヨモギちゃんじゃないか！！！

これは……これは見逃せませんぞぉぉ‼　灸師的に、何がなんでも確保しておかねばなりませんぞぉ‼　特級もぐさを作れるとは思ってはいないけど、普通～粗悪もぐさくらいの等級のヤツは何とかなるんじゃないか？

専門学校時代に、課外授業の一環としてクラスメイトと作ったお陰で手順はわかるし！　直接灸には使えないかもしれないけど、間接灸とか温灸とかもぐさカイロとかには使えそうじゃん‼　俄然《がぜん》！　やる気が‼　出てきた！！！

お菓子にも使えるそうなので、若葉も育った葉っぱも採っていきたいと思いまする。

「ヴィルさん、ヴィルさん！　『クロヨモギ』は売れます？」

「毒消しや傷薬の水薬《ポーション》を作る時に使うんだが、どこにでも生えてるし、誰でも採れるから大した値段にはならないな……子どものお駄賃程度だ」

「マジですか⁉　心置きなく使えそうです！！！」

それなら、クロヨモギ採り放題しても大丈夫そうですね‼

狩り尽くさない程度に採って来ようと踵《きびす》を返した瞬間、視界の端に赤い枠が飛び出した。

うぎゃぁ！！　またか⁉　またか！？！？

取り乱しそうになる心と身体をぐっと抑えるのと同時に、傍にいたヴィルさんがそっと背中を支えてくれる。

……っっ……大丈夫……大丈夫だ！　ヴィルさんもいる！　大丈夫…大丈夫……！！

叫びそうになるのをぎゅっと歯を食いしばって耐えていると、目の前の藪からがさごそと葉や枝が擦れる音がする。

【ビッグフロッグ（可食）
巨大なカエルの魔生物。動きは鈍く、手を出さなければ危険度はさほど高くない。
耳腺《じせん》と皮膚のいぼから乳白色の毒素を分泌する。皮膚に付着すると軽い炎症などを引き起こす。
皮を剝《む》いた後の肉は無毒だが、味がなく食用には向かない】

……うへぇぇぇぁぁぁぁ……で、でかいカエルが……柴犬《しばけん》くらいの大きさのヒキガエルっぽいやつが出てきたー‼

カエルはべつに嫌いでもないし触ったりするのも大丈夫なんだけど、かなりの大きさな上に感情の読めない目がぎょろぎょろしてるっていうのが、ちょっと……こわいぞ……。

しかもお前、あんまり美味しくないのかよ‼　ガッカリだ‼

カエルは動くものを餌として認識する……っていう話を聞いたことがあるし、手を出さなければ危険度は高くないらしいので、とにかくその場でジッと身動きをせずに黙っていてみた。

しばらくの間無言で睨《にら》み合っていたが、その大きな無機質な瞳《ひとみ》をせわしなく動かしたかと思うと、巨大なカエルは出てきたときと同じようにのそのそとどこかへと去っていった。

冷たい汗が背中を伝う。

ヴィルさんが傍にいるとわかっていたし、あまり危険度が高くない生物を相手にしている……と

いうのもわかっていたが、怖いものは怖いんだよぅ‼

「……ふ、へぇ……カエル……でっけぇ……」

「アイツは煮ても焼いても美味《うま》くなくてな……倒す手間を考えると相手にしたくない。向かってこない限りは無視する方向で良いと思う」

「毒持ちですもんねぇ……そういえば、昨日の鳥は『魔物』だったんですけど、あのカエルは『魔生物』ってなってて……何か違いがあるんですか？」

「そうだな……普通の生き物が魔力を帯びたモノが魔生物、魔力を備えてスキル的なモノを使ってくるようになったのが魔物……という感じか？」

思わず深いため息をつく私の背中を、ヴィルさんがポンポン叩《たた》きながら教えてくれた。

そう簡単なものじゃないんだろうけど、普通の生き物→魔生物→魔物……みたいな順番で進化というか何ていうのかわかんないけど変化していく……って感じなんだろうね。

ヴィルさんの説明によると、魔生物はスキル的なモノこそ身に付いてはいないけど、普通の生物と比べると格段に強かったり、大きかったりするらしい。

思い返せば、超美味しかったミルクトラウトちゃんも『魔生物』って記載されてたもんな。

ああ！　だからミルクトラウトちゃんもデカかったのかー……………いやいや……向こうの世界でも、ロックトラウトとかスチールヘッドとか、デカいやつはいた気がするぞ……⁇

まぁ、あのカエルは『魔生物』って言われて納得の大きさですけどね！

それより何より、ヨモギですよ、ヨモギ！

我らが灸師の商売道具の原料が存在していた上に、採り放題しても問題なさそうなのが、もうサ

イコー‼

これはポイント高いですよ‼

一番大きなコンビニ袋に周囲のクロヨモギを詰め込む私を、「利幅小さいのに……」という顔でヴィルさんが眺めてるけど、今はちょっと待ってください‼

後でちゃんと、何でこれを収穫していたのか説明しますので……今はちょっと鍼灸師《ほんぎょう》ができるかもしれない喜びに浸らせてください……！

あーあ……どこかに管鍼法《かんしんほう》用の鍼が、寸三・一番、寸三・二番、寸六・二番、寸六・三番、二寸三番くらいのラインナップで落ちてないかなぁ……オールステンレス製とかだと、灸頭鍼もできるしなぁ……。

…………………落ちてるわけないんですけどね！　誰か、鍼灸師《わたし》に、鍼ぷりーず‼

「大丈夫か、リン？」

「え、あ、はい！　大丈夫です！」

「そうか。いきなり動かなくなったから心配したぞ」

ヴィルさんの心配そうな声に、ふと我に返った。顔を上げれば、心配そうな顔をしたヴィルさんの掌が私の目の前でひらひらと振られていた。

意識と動きを取り戻した私を見て、ヴィルさんが安堵《あんど》したようにふ、と息を吐く。

……しまった！　ヨモギの発見に触発されて、ついつい思考の渦に飲み込まれていたようだ。

腕時計を見れば、そろそろご飯の支度をしなくちゃいけなそうな時間になっていた。

こちらの世界に来てから初めての大人数ご飯、ということもあり、ちょっと余裕をもって準備することにしたんだ。

山のように採取したクロヨモギを詰めた袋を持ち上げて、私の傍で周囲を警戒してくれていたヴィルさんに声をかける。

「ヴィルさん、そろそろ私、ご飯の準備しますねー」

「ああ、もうそんな時間か。食材は足りそうか？」

「はい！　この前貰《もら》ったお肉もありますし、手持ちの食材もあるのでそちらでどうにかしようと思います」

キノコ二種も忘れずに持って、今朝みんなで散会した場所に戻らないと。

今日はみんなバラバラになって採取するから、お昼の時間になったら朝の場所に集合、っていう話になってるんだ。

幸いそこは人目もなくて、ちょっと開けてもいるから野営車両《モーターハウス》を展開できる。

レアル湖周辺とは違い、この辺は草原のような感じで、土がむき出しになっている所があまりない。仕方ないけど、今日は野営車両《モーターハウス》の中で料理しないとなぁ……。ある程度土が見えてないと、焚火台《たきびだい》を使うとはいえ飛んだ火の粉とかで火事になったら大変だしね。

でも、せっかくお天気も良いし、空気も美味《おい》しいし、できあがったらピクニックみたいに外で食べたいなぁ。

まぁ、そもそもヴィルさんの方から、今回の所は野営車両《モーターハウス》に乗れることを言わなくてもいいんじゃないか……というお言葉を頂いているため、必然的に外での食事になるわけですよ。

だとすると、野外でお皿とかカトラリー使うのは大変だし、おかずがなくてもご飯が食べられる

ような…………そうだ！　炊き込みご飯にしよう‼

具材は、今採ってきたティラータケがあるし、昨日ヴィルさんがくれたアルミラージのお肉も使わせていただきましょうかね！

「きょうのー、おひるはー、たきこーみごーはーんー♪」

ついつい適当な節回しの鼻歌が出てしまい、まだ緊張した面持ちが解けないまま野営車両《モーターハウス》に乗り込んできたヴィルさんにギョッとした顔で見られてしまった……。

不覚‼

「あー……たきこみごはん、とは？」

「具材と一緒に炊き込んだ味付きご飯……ですかねぇ。おかずがなくてもご飯が食べられる優れものですよ！」

「洋風炊き込みご飯《ピラフ》みたいなものか。冒険者にはもってこいだな！」

思いっきり動揺が顔に出てしまった私に気付いたのか、ヴィルさんは鼻歌《ソレ》には触れずにさりげなく話を進めてくれる。

良い人や……ヴィルさん、良い人やぁ……！

でも、思いっきり私から目を逸らしたあの瞬間は忘れないからな！　絶対にだ‼

……………いや。多分すぐ忘れます……。台所にお醤油《しょうゆ》取りに行ったのに、「なんで台所来たんだっけ？」ってなる程度には忘れっぽいんで……。

「とりあえず、まずは具材の準備をしちゃいますかね」

「具は何が入るんだ？」

「今採ってきたティラータケと、昨日貰ったアルミラージを使おうと思います」

まずはキノコの下処理を……傘についた汚れや落ち葉を流して丁寧に洗っていく。キノコを水洗いすると香りも風味も落ちるっていうけど、泥とか食べるよりは良くない⁇

水道のレバーを上げるだけで蛇口から迸《ほとばし》る水に、ヴィルさんがえらくギョッとした顔で後ずさる。まぁ、ねぇ。見慣れない光景ではあるよね、うん。

汚れが落ちたら手で適当な大きさにパキパキと割って、ザルにあげて水気を切っておくことにしましょうか。

別に包丁で切ってもいいんだけど、キノコは手で裂いたり割ったりした方が、断面から味が染みる気がして好きなだけなんだ。この辺は好みで良いんじゃないかな⁇

冷蔵庫に入れておいたお陰か、アルミラージのお肉も鮮度が落ちた様子はまったくない。ちょっと細長くて程よく脂ののったところを見ると、背肉《ロース》あたりかな⁇

こちらは一口大に切って、お醤油とお酒、お砂糖を入れたタレを揉《も》み込んで下味をつけておく、と。

「炊き込みご飯は、先に具材に火を通した方が楽だと思うんですよ……」

「そうなのか？　そのまま炊き込んだ方が楽だと思うんだが……」

「生のまま入れると、どうしても水分が出ちゃいますから……火を通《ひをとおして》して水気を抜いておいた方が水加減が簡単ですから！」

フライパンに油を熱し、割ったティラータケを入れて強火で炒《いた》める。ジャアアアア！　と油の弾ける陽気な音が車内に響いた。そのまましばらく加熱していくと、肉厚のティラータケからじゅぶじゅぶとキノコエキスが滲《し》みだし、フライパンの底に溜《た》まっていく。

これ！　このキノコエキス‼　美味しいんだけど、生で炊き込むとご飯が水っぽくなる原因なんだよねぇ……。味も染み込まない気がするし、さ……。でも、こうやって火を通して水気を抜いてしまえば、旨味たっぷりのキノコエキスが溶け出た煮汁でご飯が炊けるし、具材から出る水気も少ないからご飯も水っぽくならないし、具材自体にも味が染みてて美味しい……という三方良しの炊き込みご飯ができるのだ！

……で、ある程度キノコがくったりしてきたら、タレに漬けておいたアルミラージのお肉もタレごとフライパンにブチ撒《ま》ける。

こう……お醤油とお砂糖が煮える甘くて香ばしい香りに、ちょっと鄙《ひな》びたティラータケの香りと、お肉が煮えるありがたい匂いが混じって……うん、至福ですな！

お肉に八分《はちぶ》くらい火が通ったところで火を止めて、煮汁に浸らせたまま冷ましておく。余熱で火が通らないようこの時点で具材と煮汁に分けてもいいんだろうけど、個人的に味を染み込ませた方が好きなので……。

そうして冷ましている間に、火が通っていそうなアルミラージのお肉とティラータケを一つずつ、ヴィルさんと共にこっそりと口に運んでみる。

つまみ食い……もとい、味見は料理人の特権ですからね‼

「……うん！　お肉美味っ‼　ってか、ティラータケが予想以上に美味しい‼」

「アルミラージが美味いのは知っていたが、ティラータケもこうして料理すると味を吸って美味いもんだな」

「あああ……これは……これが炊き込みご飯になるのが恐ろしいですわぁ……！」

アルミラージのお肉は、分類的には野生肉《ジビエ》あたりになるんだろうけど、臭みとかはまるで感じない。兎肉は淡泊で鶏肉に似てる……っていう話を聞いたことはあるけど、アルミラージのお肉は鶏肉とはけっこう違うなぁ……。

鶏肉よりも柔らかくもちもちとした歯触りの肉は、噛《か》みしめるたびに仄《ほの》かな甘みが舌の根に絡みついてくる。部位によってパサつくところもある鶏肉とは違い、全体的にしっとりとした舌触りだ。そして、香りも味も薄いと言われているティラータケもなかなかどうして……お肉の旨味と、煮詰まった自身のエキスをも吸い込んでいて、冷遇されるのが可哀想なくらいに美味しく仕上がっている。加熱してもまだ残る、コリコリとした強めの歯応えが実に心地良い。

……そうかぁ……コレがご飯と共に炊き込まれるのかぁ……末恐ろしいな……。

想像以上のポテンシャルを秘めた昼食に心胆を寒からしめつつ、炊飯器のお釜《かま》にＰＥＴ容器《コレ》からザザーッと適当な量のお米を流しいれてガシュガシュと研いでいく。……お米の研ぎ汁は肥料にいいらしいけど、撒く場所ないもんなぁ……。

ちなみに、お米の計量をしないのは元からだ。そもそも向こうで暮らしていた時から、一人暮らしの家には米櫃《こめびつ》もないから米袋からザザー……がデフォだったよ！

「別に、量らなくても水加減できるからいいんだ……」

「……リン……誰に言ってるんだ？」

「……………なんかちょっと主張したくなりまして……スミマセン」

無意識のうちに心の声が漏れていたようで、怪訝《けげん》そうな顔のヴィルさんからツッコミが入る。

誰に言ってるのか私もわからないけど、ここは主張しとかないと！　って思っちゃったんだよね……。本当になんでだろ⁇

……細かいことは置いといて、さっさと炊き込みご飯を作ってしまいましょうか！

ボウルの上にのせたザルにフライパンの中身をあげ、煮汁と具材に分けておく。研いだ米にまずは煮汁を……足りなければ水を足し、人差し指を入れた時に第一関節くらいの水位になるよう加減していくのだ。

今回は具材からまだ少し水分が出ると予測しているため、第一関節に足りない程度の水加減にとどめている。

身体を使った水加減、覚えておくと便利よー。キャンプでも使えるし、お米の残りが一合以上二合未満……とかいう中途半端な時でも使えるし！

あとはもう具材をお米の上に乗せて、炊飯器さんにお任せするだけだ！

美味しくなーれー☆と念じてスイッチを押し……炊けるまで時間があるから、まだ残っているファントムファウルの卵で卵焼きでも作ろうか。

みじん切りにした野セリを入れれば、彩りもキレイだしカサ増しにもなるだろうし、ね！

「見事な手つきだな」

「慣れですかねぇ、慣れ……あー……でも、四角いフライパンが欲しいなぁ……」

緑と黄色のコントラストが美しい卵焼きをフライパンでクルクルと巻いていると、ヴィルさんからお褒めの言葉を頂きましたよ！

作り方と味のベースは卵焼きなんだけど、フライパンで作るとどうしてもオムレツみたいな形になっちゃうねー。個人的に卵焼きは四角であってほしいけど、流石《さすが》の野営車両《モーターハウス》にも卵焼き用のフライパンはなかったよ……。

ま、味に変わりがあるでなし。良しとしましょうか！

卵焼きを作るのにさほど時間もかからず、ご飯が炊けるまでまだ時間もある。使った道具も洗い終わっちゃったし……あとは……そうね…………野営車両《モーターハウス》の近くで何か採れないか探してみようか。

そう思って野営車両《モーターハウス》の周囲を歩いてみると、思いもしない掘り出し物を見つけたのだ。

「うん。大漁、大漁‼」

「なぁ、リン。こんな葉っぱどうするんだ？」

「食器的なモノの代わりに使おうと思いまして」

今、私の手には『ゼーラム』という笹の葉を二回りほど大きくしたような葉っぱがもっさりと乗っている。いやー、コレで笹船作ったら相当な大きさのヤツができるんじゃないかな？

毒はないけど食べるのには不向きなこの葉っぱを採ってきたのは、単純にお握りと卵焼きを包むのにちょうどいいかなー、と思ったからだ。

昔話でよく見かける竹の皮的なモノに包まれたお握りとか漬物って、なんかそれだけで美味しそうだよね。

あとは……確か一〇〇均のレジャーシートがあったはずだから、それを地面に敷いてしまえば食べる場所は確保できるはず。あとは、折り畳み式のミニアルミテーブルでも置いておけば麦茶とかの飲み物も置けるはずだし……。

せっかく外で食べるなら、雰囲気にも拘りたいなぁ……と思っただけですよ、うん。

それに、このゼーラムも乾燥させれば薬草茶の材料になるようなので、食事が終わったら洗って干して、マイブレンド薬草茶にしてしまおう、という腹積もりですよ！

「ゼーラム《それ》に洗浄魔法をかけるか？」というヴィルさんのお言葉をあえてお断りして、汚れが落ちるよう、もう少し水気を含むよう、しっかりと水洗いをしておいた。

水気を含んでた方が包んだ時にお握りがくっつきにくいし、油も吸いにくいらしいからねぇ。

葉っぱの水気をキッチンペーパーで拭《ぬぐ》っていると、炊飯器から「ご飯が炊けましたよ～☆」というメロディが流れてきた。この旋律はきらきら星かな？　……そういえば『ななつぼし』とか『ほしのゆめ』……っていう名前のお米、あったな……。

おっと！　ついぼーっと考え込んじゃった！

これがお鍋《なべ》やらメスティンやら飯盒《はんごう》やらで炊いたご飯ならしばらく蒸らしておくんだけど、炊飯器のご飯は蒸らさなくていいからねぇ。さっと飯切りしちゃいますよ‼

炊飯器の蓋《ふた》を開けると、真っ白な湯気と共にデンプンが炊けた甘い香りと、加熱されたお醤油の香ばしい匂い、お砂糖が焦げてカラメルになったようなほろ苦い香りが一気に鼻に押し寄せる。

それに混じってほんのりと木の匂いにも似たキノコの香りが混じって……。

「………………美味《うま》そうだな、コレは……」

「匂いだけでもうたまんないですね……」

決してこねくり回さないよう、しゃもじでさくさくと切るようにご飯をほぐしていく。ここで余分な水分を飛ばしておくと、ご飯がベタつかず、冷めても美味しく頂けるのですよ‼

底をひっくり返せば、何とも良い色合いのオコゲもできてるじゃないですか、ヤダー！！！

野営車両《モーターハウス》の食器棚に入っていた大きめのお椀《わん》にラップを敷いて、あつあつの炊き立て炊き込みご飯を少し多めに盛っていく。

あとはこれを握るだけなんだ……けど…………………………熱そうだなぁ……でも、やらなきゃなぁ！

「へぶっ‼　あつ！！！　あっつ！！！」

「だ、大丈夫か、リン？　何か手伝うか？」

「いや、これは、熱いけど！　熱いけど、熱いうちじゃないと……‼」

ひぃぃぃぃぃ！！！　熱い！！！　予想はしてたけどめちゃくちゃ熱い！！！　手の中でご飯を弾ませるようにしながら、必死で握っておりますよ‼　ご飯も熱いんだけど、握る時に隙間から漏れてくる蒸気がこれまた熱いんだ！

ヒィヒィ言いながらおにぎりを握る私を、心配そうな顔のヴィルさんが見てるけど、これはちょっと手伝ってもらうわけにはいかんでしょう。

前衛職《せんし》の掌に火傷をさせるのはマズいと思うんだ。

それに、もの凄い偏見で申し訳ないけど、ヴィルさんにおにぎりを握らせたら全力で圧縮されそうで……。作りたいのはおにぎりであって、お餅《もち》じゃないからねぇ……。

時々水で手を冷やしつつ、大きめのおにぎりを二個ずつ×四セットと、普通サイズのお握りを二個、なんとか握りきることができた。

それでも、ほんの少し炊き込みご飯が余りましたので……。

「ヴィルさん、ヴィルさん。半分こですよ！」

「……ずいぶんと黒いが……」

「オコゲの所ですからね！　これが美味《おい》しいんですよー！」

できたて炊き込みご飯のオコゲ、美味しいよねー。保温してるうちに水分吸ってしっとりするけど、そこもまた美味しいと思うんだ。

まだ温かいオコゲを口に放り込むと、もっちりとした感触が歯に当たる。オコゲはオコゲだからほんのりと苦いんだけど、それ以上にご飯が甘く感じられますな！　対比効果とかいうやつかな？

ヴィルさんを横目で見れば、こちらも虜になっていたようで、目が合った瞬間に大きく頷《うなず》かれた。

「洋風炊き込みご飯《ピラフ》とはまた違うモノだな、コレは」

「ピラフはお米を炒めてから炊き上げるからパラッとしてますもんね」

「こちらはこちらでモッチリしていて、適度に油気もあって腹に溜まりそうだ」

「お米を炒めてはいないですけど、具材を炒めるのに使いましたからね。お肉も入ってますし、物足りなさは少ないかなー、と」

作ったおにぎりが少し冷めたら、さっき採ってきたゼーラムの葉っぱの上に並べていく。けっこう大きめに握ったけど、はみ出さない程度には葉っぱが大きい。素晴らしい！

野セリ入りの卵焼きは、端っこを切り落とした上で、ざっくりと四等分させていただきましたよ。オムレツ型なので太い所と細い所とがあったから、目分量ながらだいたいおんなじくらいになるよう幅を違《たが》えて切ってある。

なお、端っこは私の取り分である。卵焼きとかパウンドケーキとか、端っこが美味しいよねー。

ヴィルさんが「それも美味そうだな……」って目で見てくるけど、これは余りがないからつまみ食いはナシ！　残念！

おにぎりの隣に卵焼きを添えて、ゼーラムの葉っぱでクルリと包んで……足りなかったら、もう一枚の葉っぱを上に被せて巻いてしまえばＯＫ！

あとは、冷蔵庫から麦茶を出して、コップも出して………。

「ただいま……おなか、空いた」

「いやー、採れた採れた！　納品分以上の収穫があったぜ‼」

「そちらも何事もなかったようで何よりですよ」

だいたいのセッティングが終わった所で、三々五々とアリアさんたちが帰ってきた。みんなそれぞれ大きな袋を抱えているが、服や体に汚れた様子はない。

生活魔法程度なら魔力があれば使えてしまうそうなので、みんな洗浄魔法を使ってから帰ってきたのかな？

でもなぁ……何はともあれ、まずは笑顔でお出迎え！

「おかえりなさい！　ご飯の準備、できてますよ！」

麦茶のポットを掲げてみせれば、途端に三人の足が速くなった。アリアさんなんかもう駆け寄ってくる、という表現の方が近いくらいだ。

「すごい！　美味しそう‼　おなか、ぺこぺこだったの！」

「帰ってきたときにご飯ができてるのって、すっごくいいねー‼」

「ええ。実にありがたいことですね。リン、ありがとうございます」

テーブルの上に乗ったご飯が目に留まったのか、みんなの笑顔が深くなった。それどころか、右手をアリアさんに、左手をエドさんに繋《つな》がれたかと思うと、そのまま「わーい」と上に持ち上げられる。

手繋ぎカーテンコールの如く昼食を寿ぐ私たちを、ヴィルさんとセノンさんが微笑ましそうなちょっと呆《あき》れているような、何とも微妙な表情で見守ってくれていた。

ぐぬぬぬ……でも、それほどまでに喜んでもらえてよかったですよ！

それじゃあみなさん揃《そろ》ったようですし、ご飯にしましょうか‼

残念なことにレジャーシートには全員は座り切れなかったものの、みなさん割と地べたに座るのに抵抗がないらしく「別にそのままでいいよー（byエドさん）」と、各自涼しそうな木の下やらに座ってお昼になりましたよ。

見張りとかしなくていいのかなー……と思ったのですが、アリアさん曰《いわ》く「周りに網を張ってるから、大丈夫。それより、ご飯が大事！」とのことで……。

その言葉を信じて、おにぎりの包みと麦茶の入ったコップを渡して回ったら、私のお役目は一段落かな。

あとはもう、みなさまご自由にお召し上がりくださいな！

私も遠慮なく食べますよ‼

「……おい、しい‼　リン、これ、美味しい‼」

「あー……沁《し》みるわぁ……空きっ腹に沁みるわぁ」

「それは何よりでした。もし足りなかったら、次からはもう少しいっぱい作るので言ってください」

まず声が上がったのは、二人並んで座って食べているアリアさんとエドさんから。おにぎりに齧《かじ》り付いたかと思うと、目をキラキラさせている。

お腹が空いてる時の炭水化物はなかなかクるものがありますよねぇ、わかります。

パクパクと音が付きそうな勢いで一つ目をペロリと食べたかと思うと、卵焼きを口に入れて、また悶絶《もんぜつ》するアリアさん。

ペースはゆっくりめながらも、アリアさんにお茶を差し出したり口元のご飯粒を取ってあげたり、かいがいしく……そして何とも幸せそうにお世話をしているエドさん。

「リア充爆発しろ」という気持ちにはならないのが不思議なくらいにイチャつかれてるけど、二人の雰囲気が「幸せです‼」って言ってるから、まぁいいか。

「珍しい味付けの炊き込みご飯《ピラフ》ですね。もう少しパラパラとしているものだと思いましたが」

「お米自体を炒《いた》めていないのと、お米の種類自体が違うのかもしれませんね」

口をつけた後、矯《た》めつ眇《すが》めつおにぎりを観察しているのがセノンさん。

さっきのヴィルさんとか今のセノンさんの言葉を聞く限り、たぶんこっちの世界でもお米は流通してるんだろう。そしてそれは、インディカ米系統のお米なんじゃないかなー、って思ってる。

何しろ、向こうの世界ではお米の世界的生産量の中で八割を占めてた種類だからね。こっちの世界でもそうなんじゃないかなー、って。

粘り気が少なくパラパラとした食感で、ピラフとかパエリアみたいにスパイスを利かせた料理に使われることが多いお米だから、こっちの世界でもピラフとかに使われてるんじゃないかな？

シンプルなパラパラピラフを、香辛料たっぷりのシチューとか煮込みなんかと一緒に食べると美味しいと思う。カレーでも美味しいと思うけど、こっちの世界に所謂《いわゆる》日本的な『カレー』があるかどうか……。

ちなみに、野営車両《モーターハウス》の冷蔵庫に入ってたお米はジャポニカ米だから、粘り気が強くてもちもちしているわけですよ。

もしインディカ米も手に入ったら、私もピラフとか作ろう。スパイスいっぱい入れたビリヤニ風のピラフとか、美味しいと思うんだ。

思い思いに食事を楽しんでくれているみなさんの姿を見て、ちょっと安心しましたよ。何とか、ご飯番の役目は果たせたかな。

それじゃ、私も頂くことにしましょうかね。

自分の分のゼーラム包みをゆっくりとほどく。包みを縛っている紐《ひも》は、ゼーラムの葉っぱを細く裂いたものだ。葉っぱ自体に厚みがあって丈夫だったし、葉脈が並行に走っていたから裂きやすかったんだ。

……平行脈ってことは単子葉類で、ひげ根で、維管束は不斉中心柱状《バラバラ》だな！

それと双璧《そうへき》をなすのが網状脈で、双子葉類で、主根側根があって、維管束は輪状になるのだよ‼

未だに覚えてるぞ！！！

閑話休題《それはさておき》。

…………それにしても、自分で作った上に自分で包んでおいてアレだけど、やっぱりこう……お弁当の包みを開ける瞬間って心が躍るよねぇ！

緑の葉っぱをめくると、茶色いおにぎりと、黄色の卵焼きが見えて…………雰囲気込みでなお美味しそうですよ！

「うん。リンを誘って間違いなかったな！」

「ご期待に添えたようで何よりですよ」

私が一人で興奮している間に早々と一個目のおにぎりを食べ終わったヴィルさんが、二個目のおにぎりを持ってニィッと笑いかけてくれた。

…………ついでといわんばかりにまだ残ってる私の卵焼きを見てるけど、コレは私のだからな！　あげないからな‼

でもまぁ、喜んでもらえているようで何よりです。

やり遂げた感を噛《か》みしめつつ、まだほんのりと温かい手元のおにぎりにかぶりつく。

もっちりむっちりと炊き上がった米粒が口の中でほどけて広がるのと同時に、程よく甘じょっぱい味わいもまた広がっていく。

ちょっと大きめに切ったアルミラージのお肉は、火が通ってなお柔らかく、もちもちと適度な弾力で歯を押し返してくる。しっかり味が染みている上に、噛めば噛むほど旨味が滲《にじ》み出《で》る。

それに対してティラータケは、じっくりと炊き上げられたせいだろうか。シコシコとした歯ごたえは残しつつも、はんなりと舌に吸い付くような弾力を備えていた。

もちろん、魅惑のキノコエキスはなお健在で、食べて噛んで飲み込んで……のループを止めるのが難しい程度の美味しさだ。

ガッつくあまりに喉《のど》に詰まりかけたところを麦茶で流し込んでやるのだが、喉の圧迫感がすっと胃に落ちていく感覚すら美味しくてたまらない。

ちょっと箸休《はしやす》め的に野セリ入りの卵焼きを摘まんでみるが、下手をすればくどくなりそうなほどに濃厚な卵の味を、野セリの香気と爽《さわ》やかな食感が中和して、上品ささえ感じる程度に味を押し上げていた。

「……ちょっと我ながら美味しくできたんじゃない？」

「まったくもって味に関しては文句はないな。だた、惜しむらくはもう少し量があってもいい、って所だな」

「え⁉　マジですか？　…………………マジっぽいですねぇ……」

麦茶を飲み干して顔を上げれば、ヴィルさんどころかアリアさんもエドさんも……セノンさんすらすでに食べ終わっていた。

しかも、割と皆さん「もっと食べたいなー」的なお顔なんですが……。

結構なお米炊いたと思ったんだけど、足りなかったとは……！

幸い二升炊きの炊飯器なので、次はもっといっぱい炊きますかね。もしくは、汁物があるとまた違うし、副菜《おかず》も出すようにしようか……。

……でも、まず今の私がやらなきゃいけないことは、まだ残った私のおにぎりにチラチラと視線を送る腹ペコパーティの気をそらすことだ。

精神力対抗判定で失敗したらこっちに襲い掛かってくるとか、自らの身体を食い破ったりとかはしないだろうけど、自衛も大事だからね！

「……で、デザートに焼き菓子《クッキー》食べる人いたら挙手‼」

「おかし！」

「この間のアレか！　喰《く》わない理由がない！」

さりげなーく残ったおにぎりにゼーラムの葉を被せつつ、自分も手を上げながらだしぬけに声を張り上げる。

反応が早かったのは『甘い物好き』と自己紹介したアリアさんと、ベリークッキーもスパイスクッキーも口にしたことがあるヴィルさん。

残りの男性陣も、「甘い物か！」という顔でやや遅ればせながら手を上げている。

……………よしよし。上手く気をそらせた、計画通《けいかくどお》り、である。

そして、その間にこっそりとおにぎりの入ったゼーラム包みを服の下に隠す私。

「焼き菓子《アレ》も美味《うま》かった！」とメンバーに力説をするヴィルさんと、ふむふむと聞いているお三方。

いやぁ……スパイスクッキーアゲインしておいてよかったよね……。

ええ。お菓子の力は偉大でしたよ。「大好き！」とアリアさんに抱きしめられ、けしからんお胸に顔を埋《うず》める結果となったが、後悔はしていない。エドさんとセノンさんも喜んでくれたようなので、タッパーに入ってたクッキーがほぼなくなったけど結果オーライということで……。

アリアさんのお胸に埋もれつつ話を聞いていると、納品分より少し多めのルビーファグが採れたというので、ちょっと早めだけどエルラージュの街に戻ろうか……という流れになったみたいだ。

「欲張っても仕方ありませんからね」というのがセノンさんの談。

今回の依頼《クエスト》は余剰分も依頼者が納品分と同程度の値段で買い上げてくれるという条件だったため、結構なお金が手に入るようですよ。

どうやら急ぎでまとまった量が欲しかったらしく、「たまにある持ち込みだけでは足りない‼」という背景があったようですな。

結構な好条件だと思うんだけど、セノンさんよくこの依頼もぎ取ったな……。スゲー！

さて。何とかアリアさんの腕から抜け出して、残った麦茶をグイッと喉に流し込む。

まだまだ日は高いけど、歩いて街まで帰るんだ。行動は早いに越したことはない。

「よし。採れたものを簡単に仕分けたら、さっさと戻るか！」

「わかりました！　こちらもざっくりと片付けちゃいますね！」

ヴィルさんの声と共に、みんな採れたものを種類別に分けたりしはじめた。私も、使い終わったお釜《かま》やフライパンを洗おうと踵《きびす》を返して……何かが……人の声のようなものが、耳に飛び込んできた。

掠《かす》れ切り、切羽詰まった声は、足をもつれさせるようにして大街道の方から聞こえてくる。

何事か、と開けた場所に出てみれば、それはもはやヨロヨロと歩いているとしか言いようのない速度でやってきた。

その全身、夕日に照らされているわけでもないのに赤く染まっている。

「たっ、たす……助けてください……！　ふぁ……火熊《ファイアベアー》が！　火熊が出てきて……‼」

「火熊だと⁉」

これは……緊急事態、発生……のようですな……！

助けを求めてきた人――猫みたいな耳と尻尾《しっぽ》のついた獣人のお兄さんだった――は、人影を……

私たちを見て緊張の糸が切れたのか、ガクリとその場に倒れ込……みそうになったところを、ヴィルさんが受け止める。

「セノン！」

「わかっています！　神よ　憐れみ給え《キュアル・アップ》！」

気が付けば、いつの間にかセノンさんが腰に提げていた細身の杖《つえ》を翳《かざ》している。幾許かの文言と共に杖から青白い光が迸《ほとばし》り、猫人くんの傷口に降り注いでいく。見る間に血が止まり、肉が盛り上がり、傷を塞《ふさ》いでいって……。

お、おぉぉおおぉぉ……魔法……魔法だ……。回復魔法だ……。……す、凄《すご》いな……原理はわからないけど、本当に凄いな……。ある程度深い傷って治癒の仕組み上どうしても瘢痕《はんこん》……傷跡が残るんだけど、傷跡《ソレ》すらないんだもん……。

ただ、傷は治せても体力まではなかなか戻らないんだろうな。ヴィルさんに支えられたまま、猫人くんの身体がズルズルと崩れ落ちていく。

「おい、しっかりしろ‼　どこだ⁉　どこで出た⁉」

「い、いっぽん、すぎの……ちか、くで……」

「あの辺り、そんなに奥じゃないじゃん！　何で火熊《ファイアベアー》なんてデカいのが出るの⁉」

「理由は後だ、エド！　おい、まだ他に人はいるのか？」

「なかま、が……パーティのみんなが、まだ……！」

自身の腕に半ば縋《すが》るようにしがみつく猫人くんの目をしっかり見据えつつ、ヴィルさんが声をかける。まだ疲労の色が濃く残る猫人くんが告げた言葉に、エドさんが悲鳴のような声を上げた。

え？　何そのエドさんの反応⁉　平均レベル以上のナニカが出たってこと⁉　しかも、まだその場に人がいるって……！

アリアさんが息を呑《の》む音が聞こえ、エドさんに抱き寄せられていた。セノンさんも、指が白くなるほどに杖を握り締めている。

……気が付けば、ヴィルさんが私を見ていた。多分同じことを考えてるんだろう。

応えるように頷《うなず》き返すと、ヴィルさんはアリアさんとエドさん、セノンさんにも視線を巡らせ、三人もヴィルさんに無言で頷き返す。

それを見て一度目を瞑《つぶ》ったヴィルさんは、再び目を開くとよろめきながらも立ち上がった猫人くんに声をかけた。

「パーティは……その場に残っていたのは何人だ？」

「さ、三人！　拳闘士《グラップラー》と、魔導士《ソーサラー》と、神官が一人ずつ……パーティ名は【幸運の四葉《クローバー》】です！　お願いします、助けてください‼」

「わかってる。アンタはこのままギルドまで行って『【暴食の卓】が救出に向かった』と伝えてくれ！」

「あ……ありがとうございます！！！　恩に着ます！！！！」

ヴィルさんの応えに泣きそうに顔を歪《ゆが》ませた猫人くんが、深く深く頭を下げたかと思うと、弾かれたように飛び出した。傷が治って体が動くようになったんだろう。

ボロボロの装備のまま、大街道を大門に向かって走っていく。

ピンと伸びた先が白い尻尾が消えていくのを見送りながら、ヴィルさんが大きく息を吸う。

「リン！」

「了解です！　乗車設定します！」

鋭さを増した血色の瞳《ひとみ》に頷いて、パーティ全員に乗車を許可するよう強く念じた。途端にヴィルさん以外の三人が、身体を強張らせたのが視界の端に映る。

……やっぱり、どんな緊急事態でも……いや、緊急事態だからこそ、そんな反応になるよね。

「リンのスキルだ！　乗れ！　急ぐぞ‼」

「リ、リンのスキルですか⁉　ヴィル、いったい何を……⁉」

「言っただろ？　スカウトしてきたのは『料理のできる【荷物運び《ポーター》】だ』って‼　ほら、乗れ！　乗るんだ‼」

セノンさんすら「わけがわからない」と言いたげに顔を顰《しか》める中、ヴィルさんは背中を叩《たた》き、身体を押し、野営車両《モーターハウス》のキャビンに三人を押し込むように乗せていく。

それを最後まで見守ることなく、わたしも運転席に乗り込んでエンジンをかけた。ナビで一本杉を検索してみると、瞬く間にルートを設定してくれる。大街道を通って、ちょっと大回りするような経路だ。

……でも、事は一刻を争うんだろう。だとしたら、多分……。

「行くぞ、リン！」

「はい！　森の中を突っ切るのが早いと思うので、道案内お願いしますね！」

「わかってる！　最短で行くぞ‼」

「了解です！　みなさんも、何かに掴《つか》まっててくださいね！！！」

助手席に転がるように飛び乗ってきたヴィルさんの言葉に、やっぱり同じことを考えてたなーと頭の片隅で思う。大回りするより、道を知ってる人がいるなら森を突っ切った方が早そうだもんね!!

跳ね上げ式のカウンターで仕切られたキャビンの方にも声をかけ、私はアクセルを思いっきり踏み込んだ。多分私以外の誰もシートベルトなんかしてないだろうけど、正直構っていられなかった。どうせこっちの世界では、日本の道路交通法なんて適用されないだろう。

チラリと後ろを見れば、誰一人として急加速に転ぶことなく体勢を保っている。流石《さすが》の身体能力だ！　あとは私がヘマをして、事故らないように気を付けさえすればいい。

ヴィルさんの案内に従って、右に、左にハンドルを切る。

流石の野営車両《モーターハウス》でも殺しきれない勢いに、時折車体が大きく弾む。壊れないことを祈るしかないなぁ！

「リン、そろそろだ。お前は乗ったまま、ドアを開けられるか？」

「大丈夫です、可能です！」

「よし……アリア！　現場に着いてリンが扉を開けたら、まずは四葉《クローバー》の連中を下がらせろ！　セノンはすぐさま回復を！」

「ん。わかった！」

「心得ています！」

「俺とエドで火熊を足止めする！　エドは方陣の準備を！」

「ＯＫ、ＯＫ！　任せといてよ！」

キャビンのみんなに指示を飛ばすヴィルさんに、それぞれがしっかり応えていく。ピリピリと車内の空気が緊迫しているのが肌でわかる。

「………なぁ、リン。『能力を隠せ』と言っておきながら、いきなりこんなことになってしまってすまない。だが……」

「気にしないでください、人の命が最優先です！　なるべく急ぎますから！」

ふ、と眉《まゆ》を下げたヴィルさんが、苦渋を滲ませた顔を私に向けている。

何だかんだで優しくて、面倒見が良くて、責任感も強いヴィルさんのことだ。そもそも今日の採取依頼《クエスト》でも「まずは何度か一緒にやってみて、ダメそうだったら離脱も考えるからスキルは秘密の方向で……」ということで進めていたにもかかわらず、あれよあれよという間にみんなを乗せる羽目になったことを気にしてるんだろう。

でも、能力を隠しておいて人が死ぬより、たとえバレたとしても誰かの命が助かる方が例えようもないほどマシですから!!　見殺しにしたりしたら、絶対後で死ぬほど後悔するもん!!

もしコレが原因でなんやかんや言われたり、私を召喚した国に連れ戻されそうになったとしても、私は自信と誇りをもって胸を張るもんね！！！

それに、万が一連れ戻されそうになっても、それこそ何が何でも野営車両《モーちゃん》に飛び乗って逃げ切ってやる！！！

そもそも、人の役に立ちたくて医療職になったんだ！　救命上等!!　鍼灸師《しんきゅうし》舐《な》めんな！！！

「……悪いな……。コレでリンに何か不都合が生じたら、全力で守るから」

「気にしないでください！　まずは、四葉の人たちの命が助かるよう考えましょう！」

……だから、そんなこと言わない方向でいきましょう！

責任感から来た言葉で、まったくもって他意はないとわかってますけど、それでもやっぱり心臓に悪いですから！！！

思わず漏れそうになった奇声を噛《か》み殺《ころ》した瞬間、不意に目の前が開けた。

太くて大きな木が一本に、倒れている人が一人、膝《ひざ》をついているのが一人、辛うじて立っているのが一人。

そして、真っ赤な鬣《たてがみ》のような毛が目に付く、えらく大きな熊のような獣が一匹……。

ハンドルを切り込みつつ、ブレーキを強く踏み込んだ。耳障りなブレーキ音と共に、勢いを殺しきれなかった車体後部がだいぶ振り回されながらも、どこにも、誰にもぶつからずに野営車両《モーターハウス》が停車する。

それと同時にドアのコンソールにあるドアの開閉ボタンを押せば、ちょうど倒れている人の直線上でキャビンのドアが大きく口を開けてくれた。

「行くぞ‼　作戦開始だ‼」

勢いよく助手席から飛び降りたヴィルさんが、腰の剣を抜き放ちながら駆けだした。その後ろを、濃紺のケープマントを翻してエドさんが追いかけていく。

我知らず、祈るように、縋るように指を組んでいた。

……ああ……私に何か特別なことができるわけじゃないけど、どうか……どうか上手《うま》くいきますように！！！

窓枠に切り取られた景色の向こう。巨大な赤毛の獣が禍々《まがまが》しい雄たけびを上げた。

巨大な熊の爪が、辛うじて体勢を保っていた年かさの男性に振り下ろされた。周囲に飛び散るであろう赤いモノを想像し、咄嗟《とっさ》に目を瞑ってしまう。

が。

「【幸運の四葉《クローバー》】だな？　そちらのメンバーの救援要請により、俺たち【暴食の卓】が助太刀する！」

「そうですか……レントが、間に合いました、か……！」

いつの間に追いついていたのか……恐る恐る開けた視界の向こうでは、ヴィルさんがおいちゃんを背に庇《かば》い、熊の腕を剣一本で受け止めていた。そのまま熊の腕を払い除ければ、その巨大な体躯《たいく》が弾かれるように後ずさる。

「鮮やか！　凄い！！　カッコイイ！！！」と荒ぶる心と「さっきの猫人くんはレントくんなのか」とどうでもいいことを拾い上げる冷静な心とがせめぎ合い、何とか均衡を保っている。

満身創痍《まんしんそうい》のおいちゃんが、ヴィルさんに庇われたままガクリと膝をつく。

「拘束せよ《エスティ＝ガルド》！」

「神よ　憐れみ給え《キュアル・アップ》！」

音もなくキャビンから飛び出したアリアさんの高く硬く澄んだ声と共に、白銀に輝く網のようなものが現れた。それは、倒れていた獣人さんと、膝をついてた女性——彼女もエルフさんっぽいかな⁇——はもちろん、肩で息をするおいちゃんをも瞬く間に包み込み、次の瞬間にはアリアさんの足元へと運び込んでいた。

投網……みたいな感じだなぁ……。

呻《うめ》き声が聞こえるし、身じろぎしているところを見ると生きてはいるんだろう。

そして、すでに準備を終えていたセノンさんが杖を翳せば、先ほどの猫人くんと同じように青白い光が降り注ぎ、静かに傷を癒していく。

アリアさんの投網が消えると、お互いにもたれ合うように三人は地面に頽《くずお》れていた。

特に傷と疲れが酷かったらしい獣人さんに言い聞かせるように声をかけるセノンさんに、まだ状況を把握できていない獣人さんがゆるゆると顔を上げる。

「傷は癒えましたが、疲労までは癒せません。しばらく休んでいてください」

「…あ…あんたたちは……？」

「……ん……【暴食の卓】。猫の人に『助けて』って頼まれた」

「ああ、レントが‼　ありがとうございます、ありがとうございます‼」

まったく見知らぬパーティがいることに驚いたのか、目を丸くするエルフさんにもアリアさんがごく簡単に事情を告げれば、大きく開いた瞳が安堵《あんど》のあまりくしゃりと細められた。

緊張の糸が切れたのか、くたりともたれかかってくる獣人さんの背を、ぽろぽろ涙を零すエルフさんが優しげに撫《な》で、そんな二人の身体をおいちゃんがまとめて抱きしめている。

こちらの方は、もう大丈夫そうかな……。

手遅れになる前に、何とか間に合った実感がじんわりと胸の奥から湧き上がり、心を満たしていく。いつの間にか噛み締めていた唇が緩み、ふ、と安堵のため息が漏れた。

微かな鉄の味を舌先に感じる程度には、力が入っていたみたいだ……口の中に巻き込んだ唇を噛む癖、なかなか直んないなぁ……。

『ＧｕｕａａａＡＡａｕａａａｕｕｕｕ！！！』

緩みかけた脳髄が、野太い獣声に打ち据えられた。

鈍い金色の瞳を不気味に光らせながら、赤毛の熊がガラスを震わすほどの咆哮《ほうこう》を上げる。それは狩りの邪魔をされた苛立《いらだ》ちによるものか、はたまた餌が増えた喜びか……。

腹の底に響く獣の雄叫びに、全身の毛が逆立った。

この間の鳥なんか比べ物にならない程の恐怖が全身を駆け巡る。

それでもなんとか叫び出さずに済んでいるのは、生存戦略《サバイバル》さんの思考統制のお陰なのか、強固な野営車両《モーターハウス》の中にいるというアドバンテージがなせるわざだろうか。

そうだ！　まだ……まだヴィルさんとエドさんが戦ってた‼

視線を巡らせれば、獲物を奪われた怒りに瞳を燃え上がらせる大熊が暴れまわっている。人なんかは一振りで斃《たお》せそうに太い腕が振り回されるたびに、パッと赤い火の粉が舞い上がる。

地面に落ちてはチリチリと足元の草を焼くソレは、幻なんかじゃない。まぎれもなく熱量と実体を持った炎だ……！

でもなんで熊が火なんか……？

握り締めた掌が、じっとりと汗をかいていた。だがそれを不快に思う余裕もない私の視界の中で、熊が腕を振り回して暴れるたびに飛び散る火の粉が増え、次第に大きな火球をいくつも形作っていく。

……まさか……あの熊《いつ》も魔法が使えるの⁉　そういえば、猫人くん……レントさんはあの熊を何ていってた？　……確か、そう……。

『火熊《ファイアベアー》』って……。

視界の端で、トサカのような赤毛を逆立てた灰色熊が、鈍色《にびいろ》の目をいやらしく歪ませて嗤《わら》った気がした。

その瞬間、バスケットボールをゆうに超えるほどの大きさになった無数の火の玉が、熊が腕を振るうのに合わせてヴィルさんとエドさんのみならず、こちらに向けても弾丸のような勢いとスピードで飛んでくる。

「させるかよォ‼」

射殺《いころ》さんばかりの殺気を孕《はら》んだ笑顔を張り付けて、エドさんの腕が振るわれた。

刹那《せつな》、氷の壁がヴィルさんとエドさんの前、そしてアリアさんを中心に野営車両《モーターハウス》を囲うかのように張り巡らされる。

ガラスのように透明で繊細な壁は、数多の炎を受け止めてなお、表面すら溶ける様子がない。

『GAAaaAAAaauUUaaaAAAaaaA！！！！』

「え、何？　アレで魔法のつもりなの？　バカなの？　死ぬの？　火打石の方がよっぽど役に立つよね⁉」

『GYAaaaaaAAAAAAaAAAgyyAAAAAAAAAAAA！！！！！！』

氷の壁に阻まれ呆気《あっけ》なく消えていく炎に、火熊が地団駄を踏み狂ったように叫び続ける。火熊が周囲に撒《ま》き散《ち》らす火の粉すらをも、エドさんが放つ星屑《ほしくず》にも似た煌《きら》めく氷の結晶が撃ち落とす。侮《ぶ》蔑《べつ》を隠すこともせずに嘲笑《わら》って挑発するエドさんに向けて、怒る火熊がその爪を何度も振り下ろすが、大人の指程の長さと太さがある鋭い爪がエドさんを傷つけることはない。

エドさんと大熊との間で立ち回るヴィルさんの剣が、そのすべてを弾き、跳ね除けているからだ。

「お前に恨みはないが、このままじゃ他の冒険者たちに障りがあるからな」

『Gya！！　GRuuuaAaaaaaAAAA‼』

「のこのここんな場所に出てきたテメエ自身を恨むんだな！」

唇の端を吊《つ》り上《あ》げるように笑ったヴィルさんは、剣を構えてすらいない。そのまま強く踏み込むと、一足で火熊の懐に潜り込み、裂帛《れっぱく》の気合と共に地面を蹴《け》って跳躍した。

銀色の閃光《せんこう》が、網膜を灼《や》く。

暴れていた熊が一瞬身体を強張らせ、一歩、二歩……よろめく様に動いたかと思うと、首の周囲を首輪のような赤い線がぐるりと囲む。

……何だろ、アレ……？

私が首を傾《かし》げるのに合わせ、熊の頭もまた傾いでいく。えっ、と思う間もなく、ズルリ……と熊の頭が、落ちた。

「……………………ハイ？」

私が目を瞬かせる間に、頭を失い赤黒い切断面から噴水のように鮮血を噴き上げる火熊の身体が、ドウッと地響きを立てて斃れ伏した。その小山のような身体は、この間の鳥と同じように真っ黒な灰のような粒子になって消えていく。

赤毛に覆われた頭部も、胴体と同じように塵《ちり》と化して風に吹き散らかされていた。

「…………妙だな……思ったよりも手応えがない」

熊の身体を飛び越して着地していたヴィルさんが、血糊《ちのり》を払うように剣を振るった後、鍔《つば》鳴りと共に腰に収めてぽつりと呟いた。

獣人さんとエルフさんが泣き疲れたのか眠ってしまい、年長者のおいちゃんが立ち上がれるようになった頃には日はすっかり傾いて、ジワジワと薄暮れに包まれ始めていた。正直、何もしていない私がどんな顔をして出ていけばいいのかわからず、運転席からドロップ品を抱えたヴィルさんたちが戻ってくるのを眺めていた。

……まぁ、余人に能力を知られるのはマズいから、黙ってて良いっていうならソレでいいんだけどね。

……それにしても、身体が大きい魔物はドロップ品も複数出るんだろうか？　ヴィルさんの手には爪らしきモノと、毛皮らしきモノが抱えられている。

「ああ……助けて頂いたこと、誠に感謝いたします。あなた方がいなければ全滅していたところでした！」

「こちらこそ、間に合ってよかった。あの猫の青年と出会えて幸運だった」

「レントは、我がパーティの中で最も足が速かったので、救援を呼びに走らせたのです」

深く腰を折って謝意を述べるおいちゃんを制したヴィルさんが、「座ろうか」というように手を振って手近なところに腰を下ろした。それに倣うように、エドさんやアリアさん、セノンさんも思い思いの場所に腰を落ち着ける。

そんな彼らを見て、おいちゃんもまたお互いにもたれ合うようにして眠ってしまった獣人さんとエルフさんの傍に陣取ったようだ。

私もこっそりと運転席を立って、跳ね上げカウンターを通ってキャビンに移動した。こっちの方なら、寝ている子がいるから……と小声になった会話も聞こえるだろうし。

「私の名前はライアー。この子らはリオンとアイーダ。街外れの教会で、孤児の子らと共に【幸運の四葉《クローバー》】というパーティを結成しております」

「教会？　そうすると、貴方があの猫の青年が言っていた神官なのですか？」

「はい。膝を壊してしまい引退したのですが、かつては神官闘士《モンク》として冒険をしておりました」

おいちゃん……ライアーさんが語ることには、教会の神官であり元冒険者でもあったライアーさんは、獅子《しし》獣人のリオンちゃんとハーフエルフのアイーダちゃん、ワーキャットのレントくん、そして孤児院にいる他の子どもたちとで入れ替わり立ち替わりでパーティを結成し、簡単な依頼をこなすことで日々の暮らしにかかる費用を賄っていたらしい。

今日もまた近くの森での採取依頼《クエスト》を受注したところで、なぜかあの火熊《ファイアベアー》に遭遇してしまったそうなのだ。

火熊の獲物に対する執着心を知っていたライアーさんは自身がメインで足止めを試みると共に、救援要請のためにレントくんを走らせて……今に至るわけだ。

「その子たちも逃がそうとは思わなかったのか？」

「リオンもアイーダも火熊の攻撃を避《よ》ける程の力量はありましたので……。私だけでは火熊を止められませんし、すぐにやられてしまうだけです。私が倒れてしまえば、逃げるこの子たちに火熊が追いついてしまう……火熊の攻撃の手を分散させるためにも、陽動のためにも、残ってもらいました」

「倒すことではなく時間を稼ぐことを優先したのか。神官闘士のアンタがいれば最低限の回復と攻撃もできるだろうし、バラバラに逃げて誰かが犠牲になるよりは、良いのかもしれないな」

難しい問題だね……。

みんな一緒に逃げたとしても戦力差は歴然だし、足の良くないライアーさんが追いつかれるのは目に見えている。「火熊が私を貪《むさぼ》っている間に逃げろ！」とかいう自己犠牲も、他の子どもたちのことなんかを考えると現実的な案ではないもんなぁ。第一、ライアーさんを半殺しにして足止めした後、他の子たちに襲いかかるかもしれないしね。

そもそもの話として『自分の命を投げ出す』なんて……そうそうできることじゃないと思うんだ。かといってバラバラに逃げたとしても、追いつかれた『誰か』が倒されるのは確実だ。

それを思えば、レントくんを救援要請に走らせた後、助けが来るまで三人で火熊の攻撃を避けつつ時間を稼げれば、四人とも助かる確率は高まるだろう。攻撃対象が三人ならば、火熊の攻撃も分散されるだろうから、万が一怪我をしても回復するスキもできそうだし……。

でも、もし救援が来るのが遅れたら、消耗戦の末三人とも倒されていたのも確実で……。

今回は何とか間に合ったけど、本当にギリギリだったんだ……。

「それにしても、何でこんな浅い所で火熊なんて出るのさ？　本来ならもっともっと奥で出てくる魔物のはずだぜ？」

「ああ。それに、火熊にしては弱すぎる。本来であればもっと頭が切れる上に、もっと堅いはずだ」

「そうなのですか？　私たちには十分《じゅうぶん》に恐ろしい魔物だったのですが……」

唇を尖《とが》らせるエドさんが、足元の小石をヴィルさんの方へ蹴り上げる。自分の足元に飛んできた小石を爪先で弾いたヴィルさんも、顎《あご》に手を当てて何かを考え込んでいるようだ。

そんな二人の様子に首を傾げるライアーさんだけど、正直なところ、私もライアーさんと同じ感想しか出てこない。

ヴィルさんたちはめっちゃ簡単に倒してたけど、私にしてみればもの凄《すご》く迫力があって怖い魔物でしたよ!!

「いずれにせよ、一度ギルドに戻って今回の件の報告と、冒険者たちへの連絡、報酬に関する相談をしないといけませんね」

「………………ん。報酬はべつにいいけど、連絡と、報告はしないとダメ……」

立ち上がってコートの汚れをはたくセノンさんに、アリアさんが続いた。

報・連・相は社会人の基本ですよね！

今回みたいにイレギュラーっぽいことが起こったときは、特に重要になってくると思いますよ！

『レベル帯に合わない魔物が出たー！』となれば、冒険者の人は装備とか持っていくアイテムとかにそれなりの注意を払わなくちゃいけないだろうし、ギルドだってそれを周知する必要も出てくるだろうし。

「そうだな。もう暗くなってるし、急いだ方が良いか……」

気が付けば、話し合いをしているうちに周囲はすっかりと闇に包まれていた。仄暗《ほのぐら》い宵の空気の中、ヴィルさんのイチゴ色の瞳《ひとみ》が私を捉える。

何となく思っていることを察知した私が頷《うなず》けば、ヴィルさんもまた頷き返してくれた。

「ライアーといったな。いくら大街道に魔除けの術式が施されているとはいえ、夜道は危険だ。アンタさえこちらの条件を呑《の》んでくれるのなら、安全かつ手っ取り早く街に運ぶ手筈《てはず》があるが、どうする？」

「ありがたい申し出に感謝いたします。私たちはあなた方に助けて頂いた身……あなた方に従います。その子らも文句は申しますまい」

「そんなに大したことはしない。街に着くまで眠ってもらうだけだ。セノン！」

「ええ。羊は眠れり《シリィブリ・レート》」

ヴィルさんの言葉に胸に手を当てたライアーさんが恭しく頭を下げる。それだけで意図を把握したらしいセノンさんが杖《つえ》を翳《かざ》すと、先端から青い光が溢《あふ》れ出て、ライアーさんを……そしてリオンちゃんとアイーダちゃんも包み込む。光が消える頃には、みんな静かな寝息を立てていた。

あ、なるほど。これなら野営車両《モーターハウス》に乗せてもバレないもんね！

彼らの乗車設定を済ませると、ヴィルさんが米俵でも担ぐようにライアーさんたちを持ち上げて、ひょいひょいと中に運んでいく。…………っていうか、大街道って魔除けがされてたのか……。だからナビでもメインルートに選択されたし、猫人くん……レントくんもソッチを走ってきたのかな？

もし森の中を突っ切ろうとして他の魔物や獣に遭遇《エンカウント》したら、余計に時間を食うもんなぁ。

私も帰りは大街道を通って帰ろう。その方が車体が揺れないし、床に寝かされた四葉の人たちが転がることもないだろうしね。

「なるほどねぇ。確かにリンちゃんは『料理のできる【荷物運び《ポーター》】』だね！」

「『荷物』の中には私たちも含まれる、ということですね」

「……ヴィル、ぐっじょぶ……！」

キャビンのはしゃぎ声が運転席まで届いている。

ええ、まぁ、そうですね。料理と送迎が可能な鍼灸師《しんきゅうし》&介護福祉士ですよ！

「なぁ、リン。この乗車設定は取り消しができたりするのか？」

「うーん……やってみたことがないのでわからないのですが、恐らく可能なんじゃないかな、と思います」

四葉のメンバーを積み込んだヴィルさんが、そのまま助手席へ乗り込んできた。

ナビの登録地を削除したりするノリでできるんじゃないかなぁ。だって野営車両《モーちゃん》だもん！　機能面に関しても、全幅の信頼をおいてますからね‼

……とはいえ、あんまり『キャンピングカー』として使ってあげられていない現状に心が痛むぜ……。

でも、これから冒険に出る機会も増えるだろうから……！

ヴィルさんが洗浄魔法をかけてくれてはいるけど、お風呂《ふろ》はお風呂で入りたいんだよぅ‼

煉瓦《れんが》で舗装された大街道を静かに走りながら、未知なる冒険の日々に思いを馳せる。

「……リン。今夜はギルドで缶詰になる可能性が高い。この車には戻ってはこられないぞ」

気の毒そうな顔をしたヴィルさんがこちらを見ていた。

マジかー！！　これからガンガン活用していこうと思った矢先に……！

「今回はなし崩しにこうなってしまったが、リンのスキルに関しては、今後もなるべく秘匿する方向で行きたいと思う。それでいいか？」

「はい。でも、人命がかかっていたり緊急事態だったりしたときは、気にせずどんどんコキ使ってください‼」

そうだね。意見のすり合わせ、大事だよね。ヴィルさんは割とこういうところがしっかりしている……と思う。

気を使ってもらってありがたい半面、私にできることであれば協力はしていきたいので頼ってほしい……という思いもあるわけで……。

ええい！　承認欲求が強いと笑うなら笑え‼

……いや、うん。自覚はあるんだよ？

聖女召喚とかいうワケのわからない陰謀に巻き込まれ、生活の基盤を失い、今後どうなるんだろうなー……という不安の中で出会ったヴィルさんに、一も二もなく《いちじょうのひかり》飛びついちゃったなー、っていう自覚は！

だって、ヴィルさんに見捨てられたら、右も左もわかんない異世界で路頭に迷うこと必至だからね⁉　今はまだ食べ物も生活用品もあるけど、今後どうなるかわかんないからね⁉　……だから、たとえその待遇や環境がブラック企業もかくや……というものであっても、まず生き延びるためには食らいついていこうと思ったんだよぅ……。

でも、ヴィルさんは、そんな私にもちゃんと意見を聞いてくれる。『私』が望む生活を送れるよう気を配ってくれる。アリアさんも、エドさんも、セノンさんも、まだ付き合って間もないけど、私のことを気にかけてくれている。そんな優しい人たちの役に立ちたいと思って、何が悪いのさー！！！

「今日は、リンのお陰で助かった。本当にありがとうな」

……だから、そう言ってもらえるだけで……『よくやった』と言わんばかりに笑いかけてもらえるだけで……私はもの凄く嬉《うれ》しいですよ！

役に立ててよかった、って！

近づいてくる街の明かりが滲《し》みそうになって、私はこっそりと目元を拭《ぬぐ》う羽目になった。

少ししんみりとした空気の中、街の少し手前で野営車両《モーターハウス》から降りたヴィルさんたちが、【幸運の四葉《クローバー》】のメンバーを起こした。

流石《さすが》に門番さんの目の前で何もないように見える空間から人を降ろすわけにはいかないだろうし、ねぇ。

あ。私はまだ野営車両《モーターハウス》に乗って姿を隠しつつ、わき道をゆるゆる走行して後を追っておりますよ。だって、戦闘中も現地での話し合い中も姿がなかった荷物運び《ポーター》がいきなり出てくるって、混乱を招くじゃないか。

「先生！　リオン！　アイーダ！　無事だったんだな、良かった……良かったぁ‼」

「レント‼」

「レントぉぉ！！！」

大門の奥で待っていた猫人くん……レントくんがこちらの姿を見るやいなや、門番さんの制止も間に合わない速度でこちらへ突っ込んできた。

おおぅ！　確かにコレは速い！

その勢いのまま飛びついてきたレントくんの身体を、ハーフエルフのアイーダちゃんと獅子獣人のシオンちゃんが二人がかりで抱き留める。

三人の中ではレントくんがずいぶん大人びて見えるけど、獣人さんは身体の成長が早いらしく、年齢的にはまだまだ成人前なんだそうな……。

いや、しかし、仲良きことは美しきかな……。多分、心配で心配で仕方なくて、でも衛兵さんに止められるから外では待てなくて、やきもきして待ってたらみんなの姿が見えて、我慢ができなくなって飛び出してきた……っていう感じなんだろうなぁ……。

三人で抱き合いながらわんわん泣いてる子どもたちの仲の良さが、心を揺さぶるねぇ……。そしてそれを眺めるライアーさんの目の優しいこと優しいこと……。こっちまでジーンとしちゃうよね。

エドさんも鼻啜《すす》ってるみたいだし、涙もろいのかな？

「【幸運の四葉《クローバー》】さんも【暴食の卓】さんも、おかえりなさいですよ！　ご無事で何よりなのです！」

お互いの無事を喜び合う幸運の四葉の後ろから、ちょっと舌っ足らずな高くて甘い声と共に、エプロンドレス姿のシーラさんが姿を現した。

彼女もまた、この大門付近で待っていてくれたんだろう。

仄青《ほのあお》い燐光《りんこう》のような光がふわふわと浮かぶ不思議なカンテラを手にしているのは、これからギルドに案内するときに足元を照らすためか、シーラさんを見失わないための目印か……。

「ギルドにはもう話が通ってるんだろう？」

「はいです。ギルドマスターも待ってるのです！　お疲れかとは思うのですが、みなさんギルドまでご足労くださいです」

「わかった。俺たちもいろいろと用意をして後を追う。まずは四葉のメンバーを案内してくれ」

「はいです。もともと四葉さんとは別々にお話を伺う予定だったので、用意ができたら来てくださいです」

チラリと私を見たヴィルさんの言葉に、シーラさんは笑顔で頷いた。そのまま謎仕様のカンテラを揺らし、四葉のメンバーを率いてギルドの方へと歩いていく。

それを見送ったヴィルさんが、運転席の窓を叩《たた》いてちょっと人目のつかなそうな場所に誘導してくれた。

「話は聞こえてたか？」

「はい。ギルドに行くんですよね？」

「ああ。しかし、用意をして向かう、と咄嗟《とっさ》に言ってしまった以上、手ぶらでは……さっきのドロップ品を持っていくか……」

「わかりました。ちょうどよさげなモノがあるので、それに包んで持っていきます」

いろいろと便利だから、風呂敷《ふろしき》突っ込んであるんだ。しかも緑の唐草模様のヤツ。

床に積んであった火熊《ファイアーベアー》の毛皮と爪を風呂敷に包み、首の後ろで担ぐようにすれば、お盗《つと》み帰《め》りの泥棒さんというか……まぁ、広義の意味では『荷物を運ぶ人間』には見えるよね。そのままヴィルさんたちに紛れるようにしてモーちゃんを降り、その顕現を解く。

隠蔽《いんぺい》効果で姿形は見えないだろうけど、見えないからこそ何かがぶつかってきたりしたらイヤじゃない？

門番さんたちに『コイツいたっけ？』という顔をされたけど、ヴィルさんたちと比べると格段に低い身長のせいで『まぁ見えなかっただけか』ということで済まされてしまったようだ。

…………何だろう……助かったような悔しいような、この釈然としない気持ちは……。

相も変わらずヴィルさんに手を引かれながらギルドに向かえば、笑顔のシーラさんが待っていてくれた。

「お帰りなさいですよ、【暴食の卓】さん！　こちらの部屋でギルドマスターがお待ちですよ！」

「ああ。そうだ、シーラ。ドロップ品を預けておく。報酬がどうなるかわからない以上、俺たちの手元には置いておけないからな」

「はいです。正式に決定するまで、ギルドでお預かりするです！」

肉球の付いた手でギルドの一室を示すシーラさんに、ヴィルさんが私が持っていた荷物を示す。近づいてきたシーラさんに荷物を渡すと、にっこりしながら受け取ってくれた。

そっか。正式に報酬の取り分が決定するまで、「【暴食の卓《ウチ》】の！」とは主張できないだろうし、手元に所持し続けるっていうのも問題があるんだろうなぁ。

飴色《あめいろ》に磨かれた扉を開けると、真正面のソファーにがっしりとしたハg……もとい、禿頭《とくとう》のおいちゃんがどっしりと腰を下ろしていた。

右の額に割と深めな十字傷が残っており、左目に黒い眼帯をつけた、何ともキャラの濃いおいちゃんだ。普通の人間のように見えるけど、実は違う種族だったりするんだろうか……⁇

「よう、ヴィル。救援任務ご苦労！」

「見殺しにするほど悪人じゃないもんでな」

「それもそうか。まずは、ギルドの長として、所属の冒険者を助けてくれたことに感謝する！」

「同じ街の所属だけどな」

「違いないな‼」

偏見で言わせてもらえば『ガハハ！』と笑いそうな外見にもかかわらず、意外に爽《さわ》やかに笑う方でしたよ、ギルマスさん。禿頭でガチムチで眼帯で額に傷と、キャラはめっちゃ濃いのになぁ……。テンポのいい掛け合いを見ていると、結構ヴィルさんとも気心が知れてるんじゃないかなーと思うんだが、どうだろう。

「それじゃあさっそくだが、火熊《ファイアベアー》出現に関するギルドの方針を伝えよう」

ひとしきり笑った後、ツルリと頭を撫《な》でたギルマスさんが、ちょっと表情を引き締めてソファーに座り直した。

はてさて……今回の騒動はどんな風に収束するんだろうか、と……我知らず緊張していたのだろうか。いつの間にか握っていた拳《こぶし》の力を緩め、私はそっと息を吐いた。

一枚板のローテーブルを囲むように設置されたソファーに座るよう手振りで勧められたので、私もお言葉に甘えて空いていた席に腰を下ろそうとして……ギルマスさんと目があった。

鳶色《とびいろ》の瞳《ひとみ》が私を見据えたまま幾度か瞬いた後、ヴィルさんに向けられる。

「そういえば、そこのちっちゃい嬢ちゃんは誰だ？　初めて見る顔だが……」

「【暴食の卓】の貴重な料理人兼荷物運びだよ。リン」

「あ、はい！　初めまして、リンといいます。若輩者ですが、精一杯努めてまいりますので、何とぞご指導ご鞭撻《べんたつ》の程よろしくお願いいたします！」

……嬢ちゃん……っていう年でもないんだけど、ここで否定するのも何というか勇気がいるよね。首を傾《かし》げるギルマスさんに応えたヴィルさんが、私の名前を呼びつつ背中を軽く叩いてくる。

流石に座ったまま……というのは心情的に憚《はばか》られたので、ギルマスさんに身体を向けつつ立ち上がり、簡単な自己紹介の後、ビシッと背筋を伸ばして腰を折る。目標角度は敬礼の目安の三〇度だ。一呼吸ほどおいてゆっくり頭を上げると、ギルマスさんがなぜか恐ろしいモノを見たような顔をされていて……。

あれれー？　私、何か間違えたか⁇

「……マジか‼　ヴィル、お前、こんな常識人どこで捕まえてきやがった⁉　まさか良いとこの嬢ちゃん拐《さら》ってきてないだろうな⁉」

「拐ってねぇよ！　きちんと勧誘したわ‼」

掴《つか》みかかりそうな勢いでヴィルさんを睨《にら》みつけるギルマスさんに、そんなギルマスさんを鬱陶《うっとう》しそうに眺めるヴィルさん。

……自己紹介しただけで常識人ってどういうこった？　と首を傾げていると、エドさんが小声で「冒険者は荒くれてるのが多いからねー」と教えてくれましたよ。

えぇー……でも、自己紹介くらいみんなするよね……？　えぇー⁇

頭を捻《ひね》る私をよそに、ギルマスさんとヴィルさんの睨み合いはしばらく続いて……不意にギルマスさんが舌打ちと共に話を切り替えた。

「…………チッ！　いろいろ問い詰めてやりたいが、その話は後だ、後。今は火熊の処理をしねぇと……」

分厚くまとめられた書類をひらつかせるその姿に、ヴィルさんも苦虫を噛み潰したような顔をしつつも、今にも殴りかかりそうになっていたのを座り直す。

「あー、まず今回の討伐の報酬に関しては、ギルドの方で負担することにした」

「おや。四葉の救援依頼ですから、あちらが持つのかと思っていましたが……？」

「初級対象の狩り場に火熊が出るなんて予想外もいいとこだ。ソレの討伐費用を出させるほど鬼じゃないさ」

シーラさんが出してくれたお茶を飲みながら、セノンさんが口を開く。白くて細い指先が、ティーカップをソーサーに静かに戻すしぐさがエライ優雅に見えるんですが……。美形コワイ！　イケメンコワイ‼

何気ない姿すら絵になるセノンさんに、ギルマスさんがガッチリと筋肉のついた肩をすくめてみせる。……三角筋も凄《すご》いけど、僧帽筋と胸鎖乳突筋もスゴイな……。俯《うつぶ》せになってもらって、僧帽筋持ち上げるというか捲《まく》り上《あ》げるというかしながら指入れてみたいわぁ……。

……ってか、ギルド持ちで報酬が出るのか！

確かに、四葉さんとこは冒険者をやって生活の足しにしてるみたいだし、お金があり余ってる……っていう感じではなかったもんな。依頼金を払うのも大変じゃないかなー、って、失礼ながら思ってたんだ。

そして、街の周囲はギルド公認の初心者向けの狩場だったんだね。

「今回の討伐対象の難易度と緊急性を加味して、報酬は金貨五枚。ドロップ品もソッチの総取りで良い。これでどうだ？」

「まぁ、妥当だな。それで手を打とう。ところで、なんであんな浅い所で火熊が出たんだ？　過去に類似の事例はあるのか？」

「うむ。それなんだが……確かに、過去に初級狩り場に高レベルの魔物が出たことは何度かあったが、せいぜい中級になるかならないか程度の魔物だ。上級レベルに近い魔物が出た報告は一度もない」

……何だ、そりゃ……かなりのイレギュラーなんじゃないの……？

要は、仲良し小学生が草野球やってる広場に何度か高校球児の来襲があった……で済んでた程度だったのに、今回はメジャーリーガーかオリンピック代表選手が降臨したみたいなもんじゃん？

エゲつな！　そして、ヴィルさんたちよく勝てたな！

実際に戦ったヴィルさんとエドさんを見ると、結構難しい顔をしていた。ギルマスさんはギルマスさんで、書類をパラパラと眺めながら眉《まゆ》を寄せて口をへの字に結んでいる。

どこからどう見ても『熊は倒されました。どっとはらい』で済む話じゃない雰囲気がプンプンするぜぇ！

「…………あの火熊、ステータス的にはさほどではない可能性がある」

「何だと!?」

「姿形やスキル自体は火熊のものだが、実際のステータスは低かったはずだ。手ごたえがなさすぎる」

「まさか、そんなことが……？」

「確かにね。普通の熊を無理やり火熊として仕立てあげた、って感じがしたなぁ」

「……エディの氷壁に、ヒビすら入らなかった……」

…………あ。これはもう私の手には負えない事案ですわ。もうワケわからんッスわ。

無理やり仕立てあげた感じ、ってどんな話よ？　誰かが火熊に改造した、ってこと!?

ヒビすら入らなかった……って、ヒビ入れた個体もいたのか⁉

ギルマスさんも唖然《あぜん》としてるけど、私を含めたみんなも呆然《ぼうぜん》としてるように見える。

しばしの間、静寂が室内を支配する。

それでも、最初に立ち直ったのはギルマスさんだった。

キッと表情を引き締めて、エドさんを、アリアさんを、セノンさんを、ヴィルさんを、そして私をゆっくりと見まわしていく。

「……実際にステータスは見たのか？」

「まさかこうなるとは思わなくてな。鑑定で見るまでもなく倒しちまった。スマン」

「だろうな」

ギルマスさんが、再び頭をツルリと撫でる。困ったときの癖なのかな？

「……とりあえず、今後しばらく周囲の森と海辺の見回りを強化する。ギルドからの公式依頼《クエスト》だ。協力してもらえるか？」

「他の依頼《クエスト》をこなすついででも構わないか？」

「もちろんだ。ただし『見回り依頼《クエスト》』の性質上、街から離れるような依頼《クエスト》はあまり受けないでほしい」

「今は他に切迫した案件はないからな。しばらくはエルラージュを中心に動くさ」

おぉぉおおぉぉぉ……！　なんかどんどん話が進んでいく‼

でも、そうよな。こんなワケのわからないことが続いているようなら、見回り、大事よな。

……それにしても、ギルマスさん直々に見回りを頼まれるとか……。あの火熊をアッサリ倒しちゃうことから考えても、ヴィルさんたちってかなり強いパーティなんじゃ…………??

え？　そんな強いパーティに、私、必要??

私なんかより腕のいい人の引き抜きなんて簡単なんじゃないの？

「よし！　話は決まった！　今夜はもう遅い。ギルド職員用の仮眠室を貸し出そう」

「ギルマスにしちゃ太っ腹《アンタ》だな！」

「明日からさっそく見回りしてもらうつもりだからな。とりあえず今日は、仮眠室《ソコ》で身体を休めてくれ」

「そうだな。今日はもう引き上げさせてもらうか……」

大きく頷《うなず》いたヴィルさんが立ち上がったのを皮切りにみなさんも続いて立ち上がり、シーラさんの案内のもと仮眠室へと向かう。

「ああ。少しだけヴィルと荷物運び《ポーター》の嬢ちゃんは残ってもらえるか？」

私も続こうと会釈して立ち上がりかけたところでギルマスさんのストップがかかった。

……えーと……ヴィルさんのご機嫌がめっちゃ急降下してる感じがビンビン伝わってくるんですが、大丈夫かなぁ……？

「さて、荷物運び《ポーター》の嬢ちゃん。リン、だったか？　改めまして、俺はトーリ。このエルラージュの街のギルドマスターだ！」

ニッカリと笑ったギルマスさん……トーリさんと握手を交わし、その対面にヴィルさんと並んで腰を下ろす。

……今更ながら気付いたんだけど、ここのソファー、結構座り心地が良い。少なくとも、向こうの世界で使ってたお安い座椅子と比べたら雲泥の差だ。

「それで、嬢ちゃんに残ってもらったのは、ヴィルから報告を受けた件でちょっと確認したいことがあってな」

「報告？　確認したいこと？」

「聖女召喚に関してだ。流石《さすが》にこればかりは黙っておいてはマズいと判断した……スマン……」

「いやいやいや！　報・連・相めっちゃ大事ですよ！　報告して当然だと思います！」

私を窺《うかが》うように眉尻《まゆじり》を下げたヴィルさんに、慌てて手と首を振る。

私には聖女召喚《ソレ》がこの世界においてどの程度の影響力を与えるのかがよくわかんないけど、『聖女召喚』とかいうヤバそうな響きの案件をトップに報告しない方がマズいっていうのはよくわかりますよ！

いや、もちろん、ヴィルさんが私のことを気にかけてくれてる、っていうのも重々承知していますけどね！

だから別に、トーリさんに報告して私の様子を見ながら今後の方針を立てる……程度のことは普通じゃないかなー、って思ってる。

それにしても、いつ報告に行ったんだろう？　私が起きてる時は殆ど一緒にいたわけだし、私が寝てる間にトーリさんと話してたのかな？

……んん？　アレ？　でも、報告受けてた割にはさっきは私のこと「まったく知りません」みたいな態《てい》の反応してなかった？　もしかして演技的な??

……とはいえ、ギルドの方針が『ヴィルさんのパーティから外れて国が保護を』……っていう方向に舵《かじ》を切られたら、ちょっと考えるものはあるなぁ。いくらパーティのみんなが残留を希望しても、ギルド全体の方針には逆らえないだろうし。

もし国に保護……とかってなったら自由も奪われそうだし、保護する代わりに無理難題押し付けられそうだし……迷惑がかかると悪いから、暴食の卓《みんな》の乗車設定取り消した上で、大爆走して逃げおおせようかな……。

……っていうか、そもそもべつにご飯番も荷物運《ポーター》びも、私である必要はなさそうなパーティだもんなぁ……。むしろここでちゃんとお別れした方が良いんだろうか……？

その方が、もっと腕のいいご飯番さんとか荷物運《ポーター》びさんが、ヴィルさんの所に加盟してくれるかもしれないわけだし……。

「…………リン……まさか暴食《ウ》の卓《チ》を抜けよう、なんて考えてないよな？」

「うへっ⁉　い、いや……そ、そんなこと考えてないデスよ？」

「…………………………まぁいい。俺《こちら》としてはリンを手放す気はさらさらないからな。逃げよう、なんて思ってくれるなよ？」

思わず声が裏返っちゃったけど、考えを読んだみたいな的確な指摘が入ったら仕方なくない⁉

鋭さを増したイチゴのような瞳が、ひたりと私を見つめていた。

深く濃い赤はまさに完熟という感じで、舐《な》めたら甘そうな色なのに、強めの執着を感じてしまう。

「絶対に逃がさねぇぞ」とでも言いたげな瞳で見据えられ、しっかりと腕も掴まれて……精神的逃げ道を塞《ふさ》がれた私に、頷く以外のどんな行動ができようか……。

……そんなに……そんなにですか。私ですら引き留めたくなるほど、メンバーのご飯がダメですか……。

気が付けば、私たちを見るトーリさんの目がひじょ〰〰〰〰〰〰〜に生温くなっていた。

………悪いことをしてるわけじゃないんだけど、心が痛いよ、ママン……。

「痴話喧嘩《ちわげんか》は他所でやれよ、ヴィル。とりあえずだな、嬢ちゃん。聖女召喚があった、ってのは本当か？」

「おそらくは……周りにいた黒いローブの人が聖女召喚が云々言ってましたし、二人で召喚されたんですが私じゃない子に『聖女様』とか言ってたので……」

「なるほどな……疑うわけじゃないが、一度嬢ちゃんを『鑑定』してみても？」

「……痛いとか苦しいとか体重とか秘密にしておきたいものがバレるとかじゃないんでしたら、大丈夫です」

「流石にそんなことまでわかる鑑定はねぇなぁ、嬢ちゃん………あとな、クラスとスキルを見たいだけだっつの……そんなに睨むなって、ヴィル！」

若干呆《あき》れたようなトーリさんが苦笑いをしているが、肉体的苦痛やら精神的苦痛を伴うようなことは避けたいじゃないか！！！

多分、大丈夫だとは思うんだけど、確認はしておかないと…………って！

ヴィルさんがエラい勢いでトーリさんを睨んでるんですが……あの、大丈夫ですよ？

どうやらそこまで鬼畜仕様の『鑑定』じゃなさそうですし、鬼畜仕様じゃなければ見られて困るモノもないですし……。

そして、私の名前を知っているのに頑なに『嬢ちゃん』呼びするトーリさんの方が鬼畜仕様じゃなかろうか？

……いや。近所の八百屋のおっちゃんとかが嬢ちゃん呼びしてきてたな、うん……。そんなノリか、うん。

「……あのな、リン。基本的に、ステータスなんてよっぽど親しい間柄じゃなきゃ見せないモンだからな？」

「まぁ、自分の手の内を明かすようなもの……っていうのは理解してます。でも私、戦闘要員じゃないですし、見せる相手もギルマス《トーリ》さんですし……あ、ヴィルさんも見ても大丈夫ですよ！」

「――っっっ！！！」

あっさりとOKを出した私にヴィルさんが小声で注意をしてくれるけど、さすがの私もソコまで阿呆《あほう》じゃないですよぅ！

必殺技がバレると技を見切られちゃったりする可能性もあるでしょうし、そうでなくてもスキル構成から作戦を探られたりするでしょうしねぇ。

……とはいえ、非戦闘要員の私のスキルがバレたところで、あまり痛手はない……よう、な……？

あ、いや。野営車両《モーターハウス》がバレるとマズいのか？

……でもコレ、字面的には野営用の馬車的な感じで捉《とら》えられる可能性が高い、かも？　スキル詳細でも見ない限り、スキルの内容はわからない……と思う、けど……。

ん？　なんか……ヴィルさんが頭を抱えたまま硬直してるけど……なんかマズいこと言ったか？　パーティメンバーとして行動を共にする以上、リーダーのヴィルさんが私のスキルなりステータスなりを把握しておくことって大事だと思うんだけど……⁇

セッションとかでも、冒険開始前に中の人としてのキャラ紹介でスキルなり取得魔法なりは周知してたし、冒険する上ではかなりの重要事項だと思ってたんだけど……あれー⁇

「その辺にしておいてやってくれ、嬢ちゃん。基本的に、ステータスなんて相当信頼してる間柄でもなきゃ見せないモンなんだ」

「あー。パーティ仲間とか家族とかですか？　あんまり大っぴらに言いふらすモノではないですもんね」

「うーん………まぁ、そうだな。そんな感じだぜ」

頭を抱えてしまったヴィルさんに憐《あわ》れみの視線を投げかけながら、トーリさんが改めて説明してくれた。

やっぱり、作戦行動を共にする人や家族なんかじゃないと話せないことなんだろうなぁ、っていうのが再確認できた………と思ってたんだけど、何なんだこの「あーあ」みたいな空気！

「それでだな！　嬢ちゃんのクラスとスキルを見せてもらったが……聖女召喚はともかく、嬢ちゃんがここじゃない別の世界から来た可能性は大きいな」

「え？　何でわかるんですか？」

「嬢ちゃんのクラスに『異邦人《エトランゼ》』ってあるだろ？　コイツは人為的・後天的にこの世界へやってきた存在に与えられるクラス……って言われてる。ついでに、この『異邦人《エトランゼ》』ってクラスは『特殊スキル』ってヤツをランダムで取得すると共に、追加でクラスを一つ獲得できるらしい」

「おぅふ！」

空気を変えるように殊更大きな声を出してみせたトーリさんの説明に、思い当たる節が多すぎる……。

まさか、そんな意味があったクラスだったとは……。

……ってか、もしかして『クラス』って意味があるモノだったんですか……なんか、こう……種族とか職業とか、そんな感じのもっとライトなモノだと思ってたんですが……。

まさに……まさに…………野営車両《モーターハウス》は特殊スキルっていう記載だったし、『旅人《トリッパー》』っていうクラスも取得してるよ‼

なんだよ！　異邦人《エトランゼ》さんスゲーな！　めっちゃイイ仕事するじゃん！！！

「『言われてる』とか『らしい』が多いな」

「そりゃあ他の世界から来た存在《ヤツ》なんざそうそういるかよ！　当時の話を覚えているエルフすらいない程の遥《はる》か昔に巫女《みこ》姫が召喚されて、魔物を倒して瘴気の浄化をして回った……って話がある程度だ」

「それは……相当昔話っぽいですね……」

……あー……私の世界でいうところの、空を飛んだ修道士がいたーとか、何百年も生きた伯爵がいたーとか、そんな感じの話ですかね……？

良く残ってたね、そんな話……そして、そんな話でしか確認できないのか、異世界召喚は……！

「……普通は、クラス一つにつき一つのスキルを習得できる。それが何の苦労もなくクラスとスキルを追加できるとなれば、誰彼構わず召喚を行うと思ったが……」

「あのなぁ……常識的に考えりゃあ異世界召喚なんざ眉唾《まゆつば》モンのおとぎ話だ。それを真に受けてやろうと思う連中がいるとも思えんし、仮に実在したとしても、異世界の人間を引っ張ってくるだけの魔力をどう賄うかだよ」

「まぁな。それに魔力を突っ込むくらいなら、真面目に鍛錬を続けてクラスを増やした方が手っ取り早そうだ」

「だろう？　いくら特殊スキルに強力なものが多いと言っても、費用対効果に合わんぞ異世界召喚《そんなモン》……」

えぇぇぇ……何だかどんどん新事実が発覚するんですけどー？

……えーと……普通はクラス一つにつきスキルが一つだけど、クラスは努力次第で増やすことも可能。ただし、異邦人《エトランゼ》というクラスがあれば強力な特殊スキルともう一つのクラスが付いてくるから、必然的にスキルも一つ貰《もら》える、と……。

……確かにねぇ……。もし異世界召喚《ソレ》が簡単に行える……っていうのであれば「戦力増強のためにやってみよう」って思う人もいるだろう。

けど、実際は何百年か前に召喚されてきた巫女姫とやらを最後に召喚されていない、ということは、相当成功率が低いか、「やってみよう！」と思う人が少ないか、か……。

……アレ？　それじゃあ私、その眉唾を実行した人がいた上に運よく（？）成功しちゃったもんだから、巻き込まれて召喚されちゃったってこと⁉

めちゃくちゃ……めちゃくちゃとばっちりじゃないですか、やだぁぁぁぁぁぁ！！！！

……でも、ちょっと待って……。

私たちを……いや……『聖女』とやらを召喚して、召喚を実行した人《その》はナニをしようとしたんだ……？

例の昔話を信じるとすれば……。

「ここ最近って、そんなに魔物の被害が酷いんですか……？」

「いや。例年通り……というか、依頼《クエスト》中に魔物が襲ってくる頻度が増えている感じはないな」

「この国でも他の国でも、魔物の集団暴走《スタンピード》の噂は聞かんなぁ」

「ひねくれた見方をすれば今日の火熊《ファイアベアー》騒動だろうが、たった一件で聖女召喚《ソレ》に関係がある、とは断定できないな」

首を傾げる私の横で、ヴィルさんも頭を捻《ひね》っているし、ギルマスさんもツルリと頭を撫《な》でている。

……うーん……『聖女召喚』とかいうくらいだし、魔物関係かと思ったんだけど………。

「いずれにせよ、現在調査を進めているからな。おいおい情報も入るだろう。今は、ゆっくりこっちの世界に馴染《なじ》んでくれ」

「……なんか……情報とか知識とか、あんまりお役に立てなくて申し訳ないです」

「気にするな、リン。リンのスキルは俺たちにとってはかなり役に立ってる。冒険者《俺たち》の役に立ってるってことは、ひいてはギルドマスター《この ハゲ》の役に立ってるってことだ」

「ハゲじゃねぇよ、剃《そ》ってんだよ‼　とにかく、明日は海の方の見回りを頼む！　さすがにもう高レベルの魔物が出《な》ることはないと思うんだがな……」

「見回りの時間帯は？」

「引き潮が始まる九時頃から潮が満ちきる三時過ぎくらいまででいい」

おおおおお！　海！　海の見回り！！！

か、海鮮とか獲れるかな？　獲れたらＢＢＱできるかな？

そうだね！　まずはできることから始めるのが大事だよね‼

「リン。明日は出発まで余裕があるし、市場で食材やら何やらを仕入れてから出かけるか！」

「市場‼　ぜひ行ってみたいです！！！」

千里の道も一歩から、隗《かい》より始めよ……ってね！

正直、もうスケールが大きくて何が何だかわかんないんだけど、私は私ができることをコツコツやっていきたいと思います。

まずは、明日のご飯作りだな！！！

決意を新たに拳《こぶし》を握ると、ドアの陰からひょっこり顔を出したシーラさんがギルドの仮眠室まで案内をしてくれた。

仮眠室というからには、二段ベッドが据え付けられているような大部屋を想像していたんだけど、ドアを開ければ一人部屋のようだった。

それほど広くはないものの、ベッドが一台と簡単な物入なんか備え付けてある。

「それじゃ、ゆっくり休んでくださいです！　トイレは、この廊下の突き当たりにあるです！」

「ありがとうございました、シーラさん。おやすみなさい」

「はい、おやすみなさいです！」

案内してくれたシーラさんに手を振って扉を閉めると、そのままぼふんとベッドに飛び込んだ。

思った以上にふかふかのお布団に、ずしっと身体が重くなっていく。

それでも何とか枕に頭をつけたと思うと、視界はどんどん闇に飲まれていくばっかりだった……。

第三章

「リン！　起きてるか？　そろそろ行くぞ！」

「ふぁっ⁉　は、はい！　おきてます！　おきました！　いまいきます！！！」

ドンドンとドアを叩《たた》く音に、急速に意識が浮上した。

ここ数日ですっかり耳になじんだ声に、慌ててベッドから跳ね起きる。腕時計を見ると、六時を少し回ったところだった。

あ、あぶねー‼　ヴィルさんが来てくれなきゃ寝坊してたところだった！！！

枕元に置いてある洗面器に水差しの水を注ぎ、ざっと顔を洗う。温くなっているとはいえ、水で顔を洗うと幾分か頭もすっきりしてくる。

辛うじてボディバッグに突っ込んであったBBクリームをさっと塗りたくって、メイク終了！

こんなことになるんなら、「釣りキャンだからメイクはいいかー」とか横着せずに、メイクポーチ持ってくればよかったなぁ……。

でも、仮に手持ちのメイク道具があったとして、盛れる技術もないし、考えるだけ無駄、か……。

着替えの服がないため、椅子に掛けておいた借り物のマントを身体に巻き付けてフードを深く被ると、私はそのままの勢いでドアを押し開けた。

今後、着替えを手に入れる機会があったらフード付きのヤツにしよう。フード被ってると精神的に楽だわー。

「おはようございます、ヴィルさん。よろしくお願いします」

「おはよう、リン。さっそくだが市場に寄ってから出発するか」

「はい！　市場、楽しみです‼」

ドアの向こうには、私の中ではすっかりおなじみになった革製の胸当てを身に着けたヴィルさんが立っていた。

まだ寝ている人もいるだろうと小声で挨拶《あいさつ》をすれば、同じように声を潜めたヴィルさんに手を取られた。今日もまた、誘拐事件と名高い歩行者標識状態での移動になるようだ。

……何ていうか、ヴィルさんは本当に良い人だよね……。こんなイケメンなのに、私みたいなのにも優しくしてくれるし、気を使ってくれるし……。

気恥ずかしさと共にヴィルさんに手を引かれ、早朝の街を足早に移動する。まだ日も昇って間もないというのに、街はすでに賑《にぎ》わいの片鱗《へんりん》を見せていた。

電灯とかがない時分や導入された初期とかは、日の出と共に活動を開始して、日が沈むともう寝る、みたいな生活だった……っていうのを日本史か何かで習った気がするわ。

カンテラとか外灯とかがあるにせよ、こっちの世界もそんな感じなんだろうなぁ。

露店の準備をする旅商人さんや、朝早くに出立する旅人や労働者に食事を提供する軽食の店、夜のお勤め帰りのお姉さま方……。

様々な人とすれ違いながら、もう店を開けている市場を進む。

ざっと歩いてみた感じ、結構いろいろなお店があるねぇ。

食料品を扱うお店もあれば、布製品を扱うお店があったり、金物屋さんがあったり、それぞれの業種ごとに固まってる感じかな。

お店の形態は固定の実店舗あり、馬車の荷台や路面に幕を張ったような露店形式あり、持ち運びに便利そうな組み立て式の屋台ありと様々だ。

本音を言えば隅から隅まで回ってみたいんだけど、今回は食料品のお店を中心に回ろうと思う。もうちょっとしたら大門前に集合しなきゃいけないし……。

食べ物を扱う市場は、野菜あり、狩猟肉《ジビエ》あり、畜肉・加工肉あり、乳製品あり、瓶詰あり、お酒あり、香辛料・調味料あり……いろいろなお店が所狭しと並んでいる。

個人的に心が躍るのは、大きな樽《たる》に入った塩漬け肉とか、カウンターの奥に吊《つ》るされてる燻製《くんせい》肉とか、穴の開いたチーズとか……。

でも、今この時点で一番食べたいものは……。

「まず、リンは何が欲しい？」

「野菜ですね！　ここ二〜三日、野菜らしい野菜を食べてないので、この機会に手に入れたいです‼」

「……………………野菜か……」

「身体の調子を整えるのには必須《ひっす》ですよ？」

だって、野セリくらいしか野菜食べてないんだもん‼

キュウリに味噌《みそ》付けてボリボリ齧《かじ》るのも美味《おい》しいだろうし、冷やしたトマト丸齧りするのもいいなぁ……。

それに、菜っ葉とかトマトとかキュウリとかの、日保ちしないけど生でも食べられるようなヤツがあると、料理の幅も広がるよね。

タマネギとかジャガイモとかカボチャとか、置いておいても長持ちしそうな食材があれば、少しの間食べ物が採れなくても安心だし……。

……まぁ、私の隣に立つ「不服！」って顔に書いてあるパーティリーダーさんが「買って良し！」って言ってくれるかどうかはわかんないんですけどね！

ヴィルさん、野菜好きじゃなさそうだもんなぁ。

「ビタミンは傷の治りとか免疫にも関わるからしっかり食べま…………免疫……免疫……‼」

「びたみ……え？　おい、リン？」

「うん。ちょっといろいろあるので、野菜は買いましょう！　最悪私が死にます！」

「何だと⁉」

何かが引っかかる……と思ったら、そうだ。免疫だ！

私、この世界の病原菌やらウイルスやらに対する獲得免疫……細胞性免疫と液性免疫、もってなくね……？

下手すると、風邪ひいたまんまコロリと逝く羽目にならね⁇

ヴィルさんが絶句しているけど、もし未知の病原菌とかウイルスがこの世界にあったなら、抗体の用意もできずメモリーT細胞もいない私にとっては自前の体力と抵抗力だけが頼りになる。

…………いや、待て。コレ、逆も然りじゃないか？

別に私は感染症の保菌者《キャリア》じゃないけど、日和見菌が引き金になって起こる病気があったはず！

ヴィルさんたちの健康を守るためにも、私も含めてみんなの体調管理をしっかりしないと……！

「リ、リン……お前が死ぬっていうのはどういうことだ⁉」

「このままだと、私も含めてみなさんが病気になる可能性があります！　野菜食べましょう！　体調管理大事です‼」

「食べればいいのか？　野菜を食えば死なないのか⁉」

「野菜だけじゃなく、お肉とかお魚とか乳製品とか、まんべんなく食べましょう！　免疫力上げなくちゃ‼」

いつの間にか、今にも泣きそうな程に顔を歪《ゆが》めたヴィルさんに、がっしりと両肩を掴《つか》まれていた。

何とも悲痛な声のヴィルさんに問い詰められると、羞恥心《しゅうちしん》と罪悪感で死ねる気がするけど、コレまじで重要な案件ですから！

体調管理は社会人の基本、とか言われてるけど、人間生きている以上どんなに頑張っても体調は崩すもんだよ。でも、日ごろから気を付けて体力と抵抗力を上げておけば、その症状を軽くすることだってできるはず！！！

『野菜を食《い》べるべきか、死ぬべきか』というところまで思いつめたかのようなパーティリーダーを引き連れて、私は露店へと突撃する。

目指すは、トマトっぽいのやら、ナスっぽいのやら、キュウリっぽいのやら、キャベツっぽいのやら、ジャガイモっぽいのやら、タマネギっぽいのやら、レンコンっぽいのやら……。日本《むこう》でもお馴染みの野菜によく似た農産物が所狭しと並んでいる露店《おみせ》だ。

もうめんどくさいからそのまま呼んじゃうけど、それで通じちゃうのが、また……。この地味なシンクロ性は何なんだろうねぇ。

正直「味を知らないから大量に買うような冒険はできないなー」と思って、こっちの世界の野菜を食べたことがあるだろうヴィルさんに聞いてみたんだけど、「あそこの肉屋のベーコンはリンゴの香りがほのかにして美味《うま》い」とか「むこうの露店の狩猟肉《ジビエ》は下処理がきちんとされてるから美味い」とか「あっちの店のチーズは新鮮なミルクだけを使ってるから甘くて美味い」とか……。そういうことはよ〜〜〜〜く知ってるのに、野菜のことになると「よくわからん」って言う人からどんなアドバイスを貰《もら》え、と⁉

幸い、夏野菜は季節柄よく採れるのかそんなにお高くなかったし、店頭に並んでる野菜を何個かずつ、持ってきていた風呂敷《ふろしき》に収まる程度の量を買ってみたよ！

ニンニクっぽいのとかショウガっぽいのもあったから、ついでにそれも購入している。

ちんまりとした可愛《かわい》らしいおばあちゃんが店番をしてたんだけど、「たくさん買ってくれたから」と、ジャガイモを何個かおまけしてくれた。

おばあちゃん良い人だ……。もしまたお店出してたら、何か買おう……！

「野菜……野菜、か……しかし、食わなければ死ぬかもしれない……」

「野菜の何がダメなんですか？」

「食っても身にならなそうなところだな！」

「カロリーは控えめですからねぇ」

野菜を抱えてホクホク顔の私の隣では、パーティリーダーが今にも頭を抱えてしまいそうな程に考え込んでいる。

私の問いかけにキリッとした顔で宣言してくれたんだけど、言ってる内容でせっかくのイケメンが台無しになってますよ。

ま、燃費の悪いヴィルさんにしてみれば、あんまり歓迎したい食材ではないんだろうなぁ。体の調子を整えるのにはお役立ちなんですけどね！

あれから切々と免疫機能やら感染症の恐ろしさやらについて語ってみたところ、ヴィルさんも野菜の……ひいては食生活の大事さを理解はしてくれたんだけど、頭ではわかってるけど実践するのはなぁ……という段階止まり……っていうのが正確な話かもしれない。

ついでにヴィルさんおすすめのお店でベーコンとチーズも買い求めて……。

「……あ、リン。おはよう……！」

「おはよー、リンちゃん！」

「おはようございます、リン。何か買ってきたんですか？」

「おはようございます、みなさん！　買ってきたのは秘密です！　お昼時のお楽しみ、ですかねぇ」

大門前に集合していたアリアさんたちが興味津々で風呂敷を覗《のぞ》き込んでくる。

……ええ。私もしっかり学習していますよ！

ここで「野菜がメインです！」とか言おうものなら、任務前だというのにみなさんのテンションがダダ下がるであろうことは‼

あれだけ私に「リンは俺たちを置いて死なないよな？」と確認してくれたハズのヴィルさんですら「……でも、野菜だもんなぁ……」という感情を殺しきれない程度には、暴食の卓における野菜の地位は低いみたいだ。

野菜、美味しいと思うんだけどなぁ……。もしかして、こっちの野菜ってそんなに美味しくないんだろうか？

……そういえば、トマトとかも昔はめちゃくちゃ酸っぱくて、砂糖かけて食べてたとかいう話だもんな……。

でも、それにしたって調理次第、ってところもある、と、思いたい！

「リン、大丈夫か？　そろそろ行くぞ」

「あ、ハイ！　了解です‼」

覚えている限りの野菜レシピを思い出していた私の背中を、ヴィルさんがポンと叩く。

割とこうして叩かれてるけど痛くもかゆくもないっていうのは、ヴィルさんがしっかり手加減してくれてるからだろうなぁ。


エルラージュの東はこの国唯一の港なのだが、そこから南下するように四キロほどが海岸線になっており、遠浅の砂浜になっている所もあれば、岩塊や大きな石がごろごろしている磯になっている所ありと、なかなかバラエティに富んでいるようだ。

それだけに海の幸がよく獲れる……ということもあり、採取依頼《クエスト》にいそしむ冒険者が絶えない場所になっているのだろう。

ちなみに、今日は個々に散らばらず、ある程度まとまって哨戒《しょうかい》する予定だそうな。

「それじゃ、行きますか！　野営車両《モーターハウス》‼」

とりあえずは大門を出て、人気がない所で野営車両《モーターハウス》を起動させる。

今日の現場は昨日の森より離れてるとのことだし、もうバレちゃってるし、野営車両《モーちゃん》で移動しますよ！

え？　港から浜辺に行けばいいじゃん、って？

残念ながら、唯一の港……ってことで、港の周囲は警備が厳重なんだよね……。それこそ、許可がある人しか出入りが許されてないレベル。

だから、冒険者が浜辺に出るには街を出てぐるっと回る必要があるんだよね。

「みなさん大丈夫ですか？　酔ったりしてないですか？」

「問題ありません。改めて体感してみると凄《すご》いスキルですね……！」

「……ちょう、速い……！」

「喜ぶアリアが可愛いなぁ……ありがとうね、リンちゃん!!」

今日はちゃんとソファーに座ってもらい、シートベルトも締めてもらっている。安全マージン大事大事。

セノンさんもアリアさんも楽しんでいるようで、弾んだ声が運転席まで聞こえてくる。喜んでいただけているようで何よりですよ！

……うん。まぁ、若干一名《エドさん》は何かポイントがズレてる気がするけど……通常運転っぽいから大丈夫かな！

なお、助手席は安定のヴィルさんだ。

もう慣れたのか、ひょいと乗り込んできてシートベルトを締めている。

窓を開けると、まだ涼しさを残した新鮮な空気が車内を駆け巡る。爽《さわ》やかな新緑の香りが気持ちいいよねぇ。

例によって大街道を避けて道なき道を走ってるけど、振動はあんまり感じない。

「なぁ、リン……お前、あの野菜どうするつもりだ？」

「そうですねぇ……揚げ焼きにしたナスをトマトとチーズと一緒オーブン焼きにするとか、ジャガイモの千切りを丸く成形してカリッと焼いたりとか、キュウリは麺《めん》つゆとお酢で浅漬けですかね」

「………びたみんやら何やらが大事、ということはわかったが、やっぱり肉が食いたいところだな」

ガタゴトと草地を走りながら、買い物の中身を知っているヴィルさんとお昼の献立のことやらなにやら、他愛もない会話を楽しめてしまう程度には快適なドライブだ。

腹に溜《た》まらないとヴィルさんが不満を漏らすけど、油と合わせれば多少は腹持ちも良くなりますよ！

タンパク質が豊富な何やかやも、チョイ足しするつもりですしね！

個人的にはナスの焼き浸しとか出汁トマトとかをキンキンに冷やしたものとか、海辺みたいな暑くなりそうなところで食べると美味しいと思うんだけどねぇ。

肉食系パーティのご飯が野菜だけ、っていうのは、流石に気が引けるのですよ……。

「そうですねぇ……貝類が採れればバターとキャベツと一緒に酒蒸しに……って、貝は砂抜きしないといけないんですよねぇ……魚とか海老とかで作っても美味しいとは思うんですが……あ、海老はオイル煮にしても美味しいですよね！」

「魚……海老………努力してみよう」

ヴィルさんの目が鋭さを増した。完全に何かをロックオンした感じだ。

……お魚さんと海老さん、ゴメンなー。ヴィルさんの食欲と闘志に火を点けちゃったぜ！　眠れる獅子《しし》を叩《たた》き起《お》こした、とも言うかな？

「ちなみに、見回りの目眩《めくら》ましで受けた依頼ってなんでしたっけ？」

「大粒のサリ貝五ｋ《キロル》の納品だな」

「私は留守番なので、一人頭一ｋちょいが最低限ですか……大粒限定となるとなかなか大変そうですねぇ」

「まぁ、そこは裏技を使ってどうにかするさ。本当の目的を疎かにはできないからな」

………ちなみに、今日の私は野営車両《モーちゃん》の中でお留守番ですよ。

上位レベルの敵と遭遇する可能性があるエリアの哨戒任務となれば、戦闘ができない私は足手纏《あしでまと》いだもん。採取に集中しすぎた私が異変や何かに気付けず、対応が遅れるのはマズかろう……ってなったのですよ……残念‼

あぁぁあああぁぁー……潮干狩りとかタイドプール漁りとかめっちゃ楽しそうだけど、今日は我慢よ、我慢！

私がおとなしくしてる分、『お昼ご飯用にいろいろ獲ってきてくれる』ってヴィルさんをはじめ、みんながそれぞれに約束してくれたし、それを楽しみにしたいと思います！

防風林と防砂林の役割を果たしているのだろうか。規則正しく並んだ針葉樹林を横目に走っていると、唐突に目の前を遮るものがなくなった。

丸みを帯びてどこまでも伸びる水平線と、吸い込まれそうな蒼穹《そうきゅう》と……深い深い紺碧《こんぺき》の世界が広がっている。

若干生臭みを帯びたような、独特の潮の香りが鼻先をくすぐっていく。

潮が引き始めた砂浜を見渡せば、何組もの冒険者が採取を始めているようだった。

ここら辺でみんなには降りてもらった方が良いだろうなぁ。乗降時の姿を見られるわけにはいかないからねぇ。

人気のない所で車を降りてもらって、あとは海岸線ギリギリまで野営車両《モーちゃん》を乗り付ける。

「それじゃあ、行ってくる。おとなしくしていてくれよ、リン」

「はい！　ご飯作って待ってます！　みなさんも気を付けてくださいね！」

「ん。いろいろ、獲ってくる！　任せて！」

「隠蔽《いんぺい》機能はあるようですが、気を付けてくださいね」

「何かあったらすぐに逃げてね？　オレたちはこの辺の地理はわかるから、すぐ見つけるからねー」

運転席からキャビンに移動して、哨戒任務とついでに採取依頼《クエスト》に赴くみんなのお見送りだ。

周囲の目を気にしながら、みんなこっそりと手を振ってくれたり、目配せしてくれる。

海辺とはいえ、砂に潜む魔生物や魔物がいるとのことで、みんな頑丈そうなブーツを着用している。汚れたら洗浄魔法を、濡《ぬ》れたら乾燥魔法をかければいいよね、という認識のようだ。

魔法って便利ねー。

……さて。ヴィルさんの言う『裏技』とやらも気になるけど、まずは肉食系でも食べてくれそうな野菜たっぷりランチでも用意しておくことにしようかな！

パチパチと水分が弾ける音と共に、たっぷりと入っていたはずの油が見る間にナスに吸われていく。

……『ナスと油は相性がいい』って言うけど、なくなった油はどこにいってるんだろうなー？

カロリーとかいろいろと考えたくないことが多いけど、油を吸った茄子紺《なすこん》の皮が、うっすらと緑がかっていた実が、トロリと蕩《とろ》けていくのを見るのはとても楽しい。

そして、何より油を吸ったナス《コレ》が美味《おい》しいのだから、ダイエットだのなんだのは忘却の彼方に置いておくに限るのだ。

ええ。全種類ちょっとずつ食べてみましたとも！　味を知らずに料理できないもん‼

で、食べてみた感想としては「みんな美味しい」。

確かに、『ナスはちょっと皮が硬いかなー』っていう感じだったり、『トマトも酸味が強いかなー』っていう感じだったけど、調理して食べれば問題なさそうだ。

むしろ、皮がしっかりしてるナスは熱が加わっても食感が保てそうだし、トマトも加熱したときにその酸味が爽やかさを醸し出してくれるのではないかと期待をしてる。

肉料理の付け合わせに、と思えば、生トマトの酸味も程よく後口をさっぱりさせてくれると思うし。

ジャガイモもほっくほくだし、キュウリもパリパリだし、この世界のお野菜レベル高いわぁ……。

「なーすとートマートをーやーくー♪」

「……えー……おやさい……」

「あ、アリアさん⁉　わ……忘れ物ですか？」

「一周してみたけど、異常なさそうだから……リンの警護する！」

例によって適当な鼻歌を歌いつつ作業をしていると、不意にキャビンのドアが開いた。すぐさま口を噤《つぐ》んで戸口を向ければ、それはもう嫌そうな顔をしたアリアさんが扉に手をかけていた。

あー……鼻歌は聞かれるし、メイン食材はバレるし、うっかりしてたわぁ……。

たゆんたぷんと今日もまた大変けしからんお胸を張るアリアさん。

もの凄《すご》くありがたいけど、異常なしとはいえ哨戒任務は大丈夫なんだろうか……それに、納品依頼《クエスト》もあったよね？

……と。アリアさんの左右の手に、昨日【幸運の四葉《クローバー》】の面々を絡め取った網のようなものが、提げられている。昨日と違うのは、その網目がより細かいということ。

中に入っているのは……。

「あ！　もしかしてソレがサリ貝ですか？」

「ん、そう。コレで納品分は、確保した」

「なるほど……ヴィルさんが言ってた『裏技』っていうのはこのことだったんですね！」

「うん。海の中の方、浚《さら》ったの……他の人たちもいたから」

一〇センチはあろうかという大きな二枚貝。縞模様《しまもよう》あり、ブチ模様あり、波模様あり、様々な模様が網目の向こうに見え隠れしている。

肉厚でコロコロしているその形と貝殻に刻まれた年輪状の溝を見ると、ハマグリというよりはホンビノス貝に近い感じかな。

多分、アリアさんの網を大きく広げて、潮が引いてない海の底を一気にかっさらったんだろう。網目をちょっと大きめにしておけば小さい貝は網から零れ落ちるので、納品サイズの貝だけ残る、という寸法か。

……………ある意味で底引き網ですね、うん……。

浜辺で採取してる人たちを横目に競争相手がいない海の底を直接漁れるなら、そっちの方が手っ取り早く獲物を集められるよねぇ。

とにかく、砂抜きを兼ねてクーラーボックスにでもしまっておきますか！　納品した先でも下処理はやるんだろうけど、ざっと吐かせるなら大した手間じゃないからね。

いつもは釣った魚を入れているクーラーボックスにザラザラと貝を入れ、ひたひたになる程度の塩水を注いだら暗い所へ置いといて……さぁ、しっかり砂を吐いてもらいましょう！

……と。クーラーボックスをお風呂場《ふろば》に置いて戻ってきてみると、アリアさんがもう片方の手で持っていた網のようなものを差し出してきた。

モゴモゴと蠢《うごめ》く網の中に目を凝らすと、銀鱗《ぎんりん》も鮮やかな七〇cm程のスズキによく似た魚が入っている。

しかも、まだ生き……生きてる⁉　ヤバい‼　早いところ締めちゃわないと！！！

「……あとね、コレも、獲れた」

「スズキじゃないですか！！！　めっちゃデカい‼　コレも納品するんですか？」

「ううん。お昼に、食べていい……って」

「いいですねぇ！　このサイズだとソテーでも美味しいと思いますし、シンプルに塩焼きも美味しいかな？」

「ん。楽しみ！」

アリアさんからスズキを受け取ると、素早くエラブタと尾の近くを切ってシンクに水を張って浸けておく。見る間に水が赤く染まっていく様子から察するに、何とか間に合ったみたいだ。あんまり暴れさせちゃうと、身に血が回って味が落ちちゃうからね。

次第に動かなくなる魚体を眺めつつ思いつく調理法を挙げてみれば、アリアさんの顔に蕩けるような笑みが浮かび……フライパンの中で鮮やかに色づく夏野菜に気付いた瞬間、ガクンと目に見えてテンションが下がった。

わかりやすいなー。

「……おさかなは、楽しみだけど……おやさい、あんまり……好きじゃない……」

「アリアさんも野菜好きじゃない組ですか」

「味は、ともかく……食べても、身にならない感じがイヤ」

「ヴィルさんと同じようなこと言いますね……」

油と出会って色味を増した茄子紺を見つめつつ、しょんぼりとアリアさんが肩を落とす。拗《す》ねた子どものように唇《とが》を尖らせる様ですら絵になるのだから、美人てコワイ……。

うーん……野菜だって美味しい、ってわかってもらうには、実食してもらうのが一番かなー？

程よく熱の通ったナスを皿に取り出しておき、まだ油の残るフライパンにチーズと輪切りにしたトマトを二枚ずつ並べて火にかけた。それぞれ一cm程の薄切りにして、小麦粉をまぶしてある。

自ら溶け出た脂分でカリカリになるまで焼き上げられたチーズと、皮目にうっすらと汗をかいたようなトマトの両面がキツネ色になる程度に手早く焼き上げる。

そしたら、焼きトマトの上に焼きチーズをのせて……。

「はい。味見分のチーズトマトできあがり～～！」

「……ちーずとまと……」

「流石《さすが》に、野菜オンリーとかいう鬼畜仕様のお昼は出さないですよー」

小皿にのせたうちの一つをアリアさんの前に差し出してみた。

つまみ食いじゃないよ、味見だよ！　料理番の特権ですな！

若干の逡巡《しゅんじゅん》のち、アリアさんが小皿を手に取ってくれた。チーズがのっているということで妥協した感がアリアリだけどね！

ヴィルさんたちが野菜を敬遠するのって、味が云々とかじゃなく、食べ応えがないのがイヤなのでは……という想定のもと、だとしたら、他に油分や食材を付け足してボリュームを出せば、野菜も食べてくれるんじゃないかなー、と……予想してみたんだ。

今回は野菜とチーズを組み合わせてみましたよ！

加熱した野菜からはじめて、お肉も魚も生野菜もバランスよくモリモリ食べられるようになるといいな、っていうのが、最終目標。

流石に野菜好きじゃない方々に生野菜から……ってハードルが高かろうよ。

ビタミンCを思えば生野菜の方が良いんだろうけど、果物とかもあるし、気長にやった方が良いと思うんだ。

「いただきまーす！」

「え、あ……いただき、ます……」

さて。出来立てチーズトマトが熱いうちにつまみ食い……もとい、味見をしようと思う。この際お行儀は脇に置いといて、トマトとチーズを指で摘まんで一口で……！

カリッと焼けた外側とは裏腹に、中身がトロトロと蕩け出てくるチーズはミルクの味が濃い。

発酵食品だからほんのりとした酸味と独特の風味があるんだけど、しつこくない程度の甘い乳脂が全体を丸くまとめてくれているせいか、酸味も風味もさほど気にならず、むしろ、飲み込んだ後も舌の上に濃厚な旨味と甘みが残る。

舌の根に纏《まと》わりつくような脂の旨味を、加熱されて柔らかくなったトマトの酸味がさっぱりと洗い流して喉《のど》の奥に消えていく。「どこにあったのその水分⁉」と聞きたくなるほどに甘酸っぱいトマトの果汁が滴る様は、これはもはや飲み物なのでは、と錯覚する程だ。

しつこさの欠片もなく胃袋へと落ちていったチーズとトマトは、ミルクの香りとほんのりと青っぽい香りだけを鼻先に残していった。

加熱しても消えない酸味と爽《さわ》やかさって大事よな。

ふとアリアさんの方を見ると、ぽぉっと熱に浮かされたような表情で宙を眺めている。

「……美味しいねぇ、コレ……」

「チーズとかお肉とかと一緒に食べると、野菜も美味しく感じますよね」

「ん。こういうのなら、食べる……！」

ああ、よかった。お気に召したようだ。

ふにゃりと口元を綻《ほころ》ばせ、頬を上気させたアリアさんは本当に可愛らしい。

あっという間に食べ終えてしまったことにちょっと残念な様子すら見せるアリアさんが、名残惜し気にお皿を返してくれた。それを流しにおいて、血抜きの終わったスズキの下拵《したごしら》えもしておかないと……。

今日は、ナスとトマトのチーズ重ね焼きと、トマトご飯、それにスズキのソテーにしようかな。

シンク下の包丁置き場から、肉厚な出刃包丁を取り出して、まずは鱗《うろこ》を剥《は》がしてだね……。

「リンは、すきなひととか、いる……？」

「ぇおぅ！？！？」

ゾリゾリと鱗を剥いでいる最中に、思いもしない言葉が耳に飛び込んできたせいか、包丁が滑った。

咄嗟《とっさ》に避けたからよかったものの、スズキじゃなくて自分の手を捌《さば》くところだったんですが⁉

……え、なに？　なんですか、その質問⁉　え？　ええ？？？

そんな小首を傾《かし》げてこちらを見つめられても………チクショウ！　美人さんがあざと可愛い‼

「え？　は⁇　あ、いや……え？　すきな、ひと？？？」

「ん。コイバナ的な、アレ。女子会の定番、って、聞いた！」

「こいばな」

思わず包丁の動きが止まってしまった私の前で、アリアさんがフンスフンスと胸を張る。女子会って単語、どこで覚えてきたんでしょうかねぇ？

……え、いや、うん。わかるよ？　コイバナの意味はわかってるよ？

でも、私相手にコイバナしなくてもいいんじゃないかな⁉

食べ物の蘊蓄《うんちく》だったらいくらでも語れるけど、コイバナとか何を話していいのかもうさっぱりだよ！！！

包丁を持ったまま混乱する私の隣で、アリアさんもまた首を傾げていた。プラチナの長い睫毛《まつげ》に縁どられた氷色の瞳《ひとみ》が、好奇心をたっぷりと滲《にじ》ませてこちらを見つめている。

美人さんからの熱い視線は嬉《うれ》しいけど、できれば別の話題で視線を浴びせられたかった……！

「ヴィルとか、どう？　きらい？」

「え？　いやいやいや！　あんないい人嫌えるわけないです！　好きか嫌いかなら、好きですよ！」

「……らぶ……？」

「……んんん～～………ライク、ですかねぇ……？」

「らいく、かー」

いつまでも押し黙ったままの私に不安になったのか、こちらを窺《うかが》うように質問を切り出してくるアリアさんに、私はもうドッキドキですよ！

いったい何を聞かれるのかという不安と恐怖にですけどね‼

『好き』か『嫌い』かで言ったらそりゃあもちろん『好き』ですよ？　誤解を恐れずにお伝えするなら、『大好き』と言ってもいいですよ？

ヴィルさん、めっちゃいい人だし、嫌えと言われてもそっちの方が難しいと思いまする。

でも、それが「恋愛感情か？」と聞かれたら、「違う」と答えるよ！　どっちかというと敬愛というか、友愛というか……仲間意識、的な感情が一番近いんじゃないかなぁ。『魂の兄弟』とか『心の友』とか、そんな感じ？

何ともしっくりした答えを見つけられたことに深く頷《うなず》きながら、止まったままだった鱗剥ぎの作業を再開する。

現在絶賛処理中のスズキ《コレ》を生存戦略《サバイバル》さんで確認してみると、ちゃんと【食用】と表示されていた。

毒はないようだけど、生息場所によっては内臓がヤバいらしい……。

見た感じきれいな海だったけど、街の近くだったし、生活排水の処理具合がどのくらいかわからない以上、念のため内臓は捨ててしまおうそうしよう。

頭を落とすべく包丁を入れると、透明感のある白い身が現れた。鼻を近づけてみても、イヤな臭いはほとんどしない。新鮮な魚の匂いがする程度だ。

……うむ！　これだけキレイなら、洗いでもイケそうだな……！　半身は洗いにすべく薄切りに。もう半身はソテーに仕上げるべく皮付きのままぶつ切りに。

物思いにふけりつつも手は止めない私に、アリアさんがものすごーく残念な子を見るような目を向けている。

　そんなに!?　そんなにですか！？！？

「むぅ……もうちょっと、コイバナ、しよ？」

「コイバナのネタはソールドアウトですが、鯉料理のネタはありますからそっちの話しますか？」

「……それも、気になる…………けど……」

　でも、そんな……周りの人と恋愛とか、そっち方面を考えたことないんだよ……。

　いや、お年頃の女子なら自分を取り巻く人間関係の中で惚《ほ》れた腫《は》れたのがあってしかるべきなんだろうけど、恋愛《その》に注ぎ込む分のリソースを趣味やら何やらに優先して注《つ》ぎ込んできた結果が彼氏いない歴《コレ》＝年齢だよ!!

　氷水にそぎ切りにした身を放り込んで、チリチリと真っ白になった身が弾けてくるまでしばし放置する。ある程度身が締まってきたらザルに上げてざっと水気を切り、切り身が水っぽくならないようキッチンペーパーにのせて冷蔵庫へ。

ぶつ切りの方も、温《ぬる》くならないように冷蔵庫に入れておこう。男性陣が戻ってきたら切り身をソテーして、チーズと野菜をオーブンで焼きはじめればいいか！

あとは、お米研いで炊き始めておかないと……主食がなくなってしまう！　少なめに水加減したお米の上に、ヘタを取った丸のままのトマトを何個か置いて炊飯スイッチをオン。たったこれだけで、さっぱり爽《さわ》やか美味しいトマトご飯のできあがり、である。

色と食とならば食の方にリソースを振り切った私の脳ミソは、コイバナの最中でも淀《よど》みなく動き、目の前の食材を処理しては次の段取りを考え出す。

うん、そうだね。現実逃避とも言うね‼

何か嫌なことがあったときには、ご飯のことを考えて乗り切《こうやっ》てたんだ。

別に、アリアさんとのコイバナがイヤ、っていうわけじゃなく、コイバナとか私のキャラじゃないから気恥ずかしいというか、何というか……。

それに今は、惚れた腫れたで心を動かしてる暇があったら、生活基盤をしっかりさせる方に注力したいというか……。

深めの器に揚げ焼きしたナスとスライストマト、たっぷりのチーズを順々に重ねながら振り返ってみれば、難しそうな顔で何かを考え込むアリアさんがいる。

「……これは、手ごわい……」

「え？　何か言いました？　……それより私は、アリアさんとエドさんの馴《な》れ初《そ》めが気になるんですが……？」

「えっ⁉　え、あ、うん……ふ、ふつう……」

「うそだっ‼　これはちょっと洗いざらいしゃべってもらわないと……！」

何が手ごわいのかよくわかんないですけど、色恋の引き出しがない人間にコイバナをさせよう、っていう方が無茶ブリなんじゃ………。

……でも、色恋の話を振る、ってことは、自分のコイバナもしてくれるということですよね？

そう思って話を振ってみれば、ぽぉっと桜色に上気させた頰を押さえたアリアさんがそっぽを向く。

やだ！　美人さんが可愛い‼

私のつまんないコイバナより、熱愛夫婦の出会いとか愛の軌跡を聞いてる方が有意義ですよね！

きらきら星のメロディが炊き上がりを告げるまで、私はアリアさんとエドさんの馴れ初めやらデート時のエピソードやらをムフムフと拝聴することができた。

出会いは戦場で、敵として出会ったんだってー！　お互いに一目惚《ひとめぼ》れしちゃったんだってー！

告白は、エドさんからだったんだってー！　いろいろとしがらみをブチ切って逃避行したんだってー！

いやぁ！　いい話が聞けました！！！

「うん！　炊飯器の方もばっちりですね‼」

「……うぅぅ～～……わたしばっかり、しゃべった……！」

「ふふふ……コイバナを持ちかけて良いのは、己のコイバナを聞き出される覚悟がある者だけですよ！」

まだあっつあつのトマトの薄皮を摘まんでは捨てて摘まんでは捨てて……やわやわになった果汁たっぷりの果肉を炊きたてご飯に混ぜ込んでいく。

炊けた炭水化物のちょっと重めの甘い香りと、熱の入ったトマトの軽やかで甘酸っぱい香りとが混ざり合っていく所に加えるのは、乳脂のコク深い香りが魅惑的なバターと、ピリッとした黒コショウ。

赤く染まった頰を白い手で押さえて頰を膨らませるアリアさんが、若干恨みがましそうな氷の瞳で私を睨《にら》む……が。味見がてら……とスプーンにトマトご飯をのせて差し出せば、すぐににっこりと微笑んでパクリと食いついてきた。

やだ……この美人さん、チョロ可愛い…………！！！

甘い炊き立てご飯にバターのコクが加わるだけでおかわり必至の美味《おい》しさだというのに、甘酸っぱいトマトと黒コショウが脂っこさを中和してくれるせいか、さらにあとを引く美味しさで、箸《はし》を強制的に進ませる魔性のご飯ですよ！

これにね、スパイスを利かせたサラサラ系カレーを合わせると、一釜《かま》くらいペロリとイケてしまうダイエッターの天敵と化すのだよ‼

……あ。シーフードカレーも、いいかも‼　またこのトマトは買っておこう……！

「おいしい……！　おやさいだけど、ごはん、おいしい‼」

「夏の恵みが詰まってますからね！　これにラタトゥイユとか添えてワンプレートランチ風にしてもいいんだけど……」

あっという間に味見分を食べきったアリアさんだけど、この中に三個分のトマトが入っていると は思うまい！

ワンプレートランチ……見た目は確かにおしゃれなんだけど、面積に限りがある分、量は大して盛れないからなぁ……。

高燃費なヴィルさんを筆頭に、私も含めて健啖家《けんたんか》が揃《そろ》ってる暴食の卓《うちのパーティ》には向かないよねぇ～。多分、大皿におかずどーん！　主食も大盛りでどーん！　という、映えない食卓の方が向いてると思う。

「戻ったぞ、リン、アリア」

「あ、お帰りなさい‼」

「ん、おかえり」

いっそ街で大皿を買い求めようかと思案し始めた時、開けっ放しにしていたドアからぬっとヴィルさんが姿を現した。

噂をすれば何とやら、ってやつだな、うん。

「そういえば、エビは獲れました？」

「エビか……エビ、な…………」

「あっ…………アリアさんの取ってくれた魚がありますから、タンパク質のおかずありますから！」

「…………スマン……」

見る限り手ぶらだったので冗談交じりに聞いてみれば…………うん、私の方こそすみません。ボウズは、キますよね……精神的にキますよね……！　むしろ聞いちゃってごめんなさい！！！

途端にしょんぼりと肩を落としたヴィルさんと、一緒に帰ってきていたのであろうエドさんたちの姿を目に留めて、オーブンの電源を入れて加熱を始めることにした。

冷蔵庫からも切り身を出して、カリッとホクッとソテーにしよう！

お昼を食べれば、きっと調子も戻るはずですよ、ね？　ね？

オーブンに火を入れてチーズ重ね焼きをお任せしてしまう。

その間に、私はスズキのソテーと洗いのカルパッチョ風サラダを仕上げるつもりだ。本当は、捌いた後一晩くらい寝かせた方が美味しくなるんだろうけど、パーティの胃袋を満たすためには仕方なかろう、と思うのですよ。

洗いはねぇ……ホントは梅肉醤油《しょうゆ》とか、ワサビ醤油とかで食べたかったんだけど、材料がないんだよー……。

今回はサラダ風にドレッシングで食べようと思いまするよ。

「んー……小麦粉は今回は良いかなー。ポワレ的な感じにしよう！」

ムニエルも捨てがたいけど、皮目をカリッカリにポワレっぽく仕上げてみようと思う。身そのものの美味しさが味わえるんじゃないかな、と。

フライパンが熱くなったところに油を敷いて、塩・コショウ済みの切り身を皮目から弱火でじっくりと焼いていくのだ！

この時に魚が縮んで反り返るので、やさーしくフライ返しで押さえてあげるといいと思う。

あとは、弱火を保ったまま、ある程度火が通るまで触らず放っておく。ついつい弄りたくなるけど、我慢、我慢……‼　変に弄ると、身が崩れちゃうんだよぅ……。

「その間に、トマトとキュウリスライスしーの、冷やしておいた洗い取り出しーの……」

「相変わらず手際が良いな」

「段取り八分、って言いますからねぇ」

フライパンの切り身に視線をやれば、だいぶ火が入ってきたようだ。一番身が分厚くなっているところの2／3くらいまで、白っぽくなってきている。

ここまで来たら、切り身を崩さないよう素早く裏返し、反対側をサッと焼いたらできあがりだ。

めいめいのお皿に盛りつけ、さっき切ったトマトとキュウリのスライス、洗いを添えて……。

ソースは、角切りトマトとオリーブオイル、塩と酢をざっくり混ぜたドレッシング風ソース。

具合よく、オーブンが温菜のできあがりを告げる。おお！　割と良き時間差でできあがってくれたよ‼

ふと後ろを振り返ると、みなさんもうお席についていらっしゃる……！

「お皿、載るかなぁ……？」

「流石《さすが》に狭そうだな……昨日のように外で食べるか？」

「んー……ギリギリで何とかなるかと思います。ヴィルさんも席についててください」

ソテーの皿を備え付けのテーブルに運んでみたんだけど、他にもご飯の大鉢とチーズ重ね焼きが来ることを考えると、ちょっと狭いかなぁ……。

……うん、まぁ、ちょっと量がね……調子に乗った自覚はあるよ！

野菜が手元にあるのが嬉《うれ》しくて、ついでにソレが美味しくて、箍《たが》が外れちゃったよ……。

それでも、ちょっとテーブルからはみ出るかもしれないけど、何とかなるでしょう！

私が台所で食べる……という手もあるし、別に続き間だから遮るものもないんだけど、どうせならみんなと一緒に食べたいし！

人数分のポワレの皿と、大鉢に山と盛ったトマトライスと、まだグツグツと煮えるチーズ焼きと……。


白木のテーブルが、一気に鮮やかに色づいた。

ソロキャン用の折り畳み椅子を無限収納から引っ張り出し、お誕生日席に陣取った。

「はい、どーぞ。お待たせしました！」

「………ずいぶんと野菜が多いようですが……？」

「少しでも食べ応えが出るように、積極的に油気があるよう作ってはみました！」

「あー……ウチの連中、野菜そんなに食べてないもんねー。気ぃ使わせてゴメンねー！」

「いえ。むしろ私が食べたかったので、どっちかというと私のワガママにお付き合いしてもらってる感じですね……かえって申し訳ないです」

わずかに眉《まゆ》を下げてショボンとしたようなセノンさんに頭を下げると、エドさんがさりげなーくフォローしてくれた。

エドさん、チャラ可愛い外見なのに、実際は気配りの人だよね……。

でもまぁ、私の野菜食べたい欲にお付き合いしてもらっている、という負い目はありますので、野菜は使っても何とかボリュームが出るようにしたいと思います。

「おい、しぃ！　野菜なのに、美味しい！　チーズと、とまと、美味しい‼」

「あ、アリアが野菜食べてるっ⁉　リ、リンちゃん……どうやって……？」

「素材自体が美味しいので、そのお陰だと思いますよ」

アリアさんは、さっきのつまみぐ……じゃない、味見でチーズとトマトのマリアージュに気付いたのか、さっそくチーズ重ね焼きに手を伸ばしている。

それを見たエドさんが零れんばかりに目を丸くしてるけど、そんなに驚くほどのことなのか、そうなのか……。

こっちの世界の野菜もチーズも、旨味が濃くて美味しいからねぇ。私の料理スキルとかじゃなくて、そもそもの持ち味が特上、っていうお陰じゃないかなー。

「野菜なんぞ、クタクタに煮るか生で食うかの二択と思っていたが……まさかここまで化けるとは……！」

「クタクタか生か、ですか……それは…………うん。野菜嫌いになりますねぇ……」

「そうですね……このトマトライスは良いものです。魚の後に食べるとさっぱりしますし、サラダと一緒に食べても酸味と甘みが程よく広がって……非常に美味しいです」

「そうなんですよ！　トマトご飯はさっぱりしてますけど、バターのコクがあるから野菜と食べてもさっぱりしすぎないんです！」

トマトの果汁とチーズの旨味をたっぷり吸い込んで、てらてらと艶《なま》めかしく光るナスをフォークの先に突き刺して、ヴィルさんが感心したように眺めている。

うん。裏ごししてソースやらピューレにするという場合でもない限り、食感もクソもなくなっちゃった野菜だったナニかを食べるのは辛かろうと思います。

食感て、実際は結構侮れない要素ですからね。

最初は「野菜かぁ」っていう顔をしてたセノンさんも、トマトライスを気に入ってくれたみたいだ。

次は炒《いた》めたバージョンのトマトライスも作ろう！

炊き込みバージョンよりコッテリしてて、濃厚で……オムライスにしても美味しいかなー⁇

野菜メニューを美味しそうに食べてくれている人たちを眺めつつ、私もスズキのソテーというか、ポワレというかにお箸をつけた。

カトラリー、地味に足りなかったんだよね……。

よーく焼いた皮目に箸を入れると、パリッとした感触と共に皮が割れ、その下からふっくらとした真っ白な身が覗《のぞ》く。カリカリに焼けた軽快な歯ざわりの皮は、じっくり焼いたお陰で余計な脂が抜けていて、程よい脂の濃厚さが口に広がっていく。

たまーに油臭いというか生臭いというか泥臭いというか……何とも言えない臭いのする魚にブチ当たることがあるけど、コレはとても上物だ。別の意味で大当たりだ！

プリッと弾き返されるような弾力の身も、水分が抜けきる程に焼いていないからほわほわフワフワと柔らかく優しい口当たりだ。

付け合わせのサラダのお酢とトマトの酸味が残った油を洗い流してくれるので、ついついパクパクと食べられてしまう。

洗いも、歯を入れても途中から弾き返しているのでは……と思える程度にシコシコとした弾力があり、噛《か》むたびにジワリと旨味が滲《し》み出してくる。

…………海の魚、美味しいわぁ……！　ミルクトラウトも美味しかったけど、やっぱり海の魚美味しいわぁ！

ナスとトマトのチーズ重ね焼きは、もう「説明不要！」と言いたくなるほどに約束された美味だった。

油と果汁と旨味とを吸い込めるだけ吸い込んだナスはくったりと蕩《とろ》け、加熱されたトマトはわずかな酸味を残して甘く柔く、発酵食品ならではの旨味が詰まったチーズが存分に蕩けて絡まって……。

最低限の塩・コショウくらいしかしていないけど、野菜の甘みの中に一本芯《しん》を通すようにチーズのコクが通っているせいか、物足りなさは微塵《みじん》もない。

「野菜も美味しいモンでしょう？」

「ああ。これなら、野菜を食ってもいいと思えるな……！」

「今後も知恵を絞りますよ！　ご飯は美味しい方が、やる気が出ますもんねぇ」

チーズ重ね焼きをお代わりするパーティリーダーの笑みに、ふふん！　と胸を張って答えてみせる。

ご飯番ですからね！　頑張りましたとも！

食器は、ヴィルさんとエドさんが洗浄魔法できれいさっぱり洗ってくれましたよ！

食後の麦茶を飲んでいると、何かを思い出したらしいエドさんが、目をキラキラさせながら空中でクルリと手を翻す。

「あのね、リンちゃん！　これ捕まえたんだけど、食べられる？」

「水の、キューブ……あ、いや……中に何か……？」

次の瞬間、その掌の上には五〇cm程の巨大な立方体がふよふよと浮かんでいた。うっすらと青みがかった透明なそれは、まるで水を固めたゼリーのようだ。

「いったいどこから出したんだろう」とか「どうやって作ったんだろう」とか疑問は尽きないけど、摩訶不思議《まかふしぎ》車両の名をほしいままにしている野営車両《モーターハウス》のスキルを持ってる私が言うことじゃないような気もするんだよねぇ。

……ん？　でも、その中で、チラチラと何かが動いて……る？

『ゆらりと揺れる水の塊の中に目を凝らしたあなたは、その中で蠢《うごめ》く生き物の姿を目の当たりにすることになる。

ソレはぬめぬめとした粘性の高い体液に塗《まみ》れた円錐《えんすい》状の身体と、ビラビラと不規則に蠢くヒレ状の器官をもったこの世のものとは思えないほど不気味な姿をした生命体だった。無数の悍《おぞ》ましい吸盤に覆われた何本もの触手を兼ね備えたソレは、自ら燐光《りんこう》を放つがごとく明滅を繰り返している。

ふと、感情のこもらない底なし沼のような丸い瞳《ひとみ》があなたを捉《とら》えた。素早く進路を変えたソレは、まるで獲物を捕らえようとするかのようにあなためがけてうねる触腕を伸ばしてきた……』

…………この奇妙な生物の姿を目撃してしまったあなたは、正気度チェックを…………

別にしなくて大丈夫です。

「イカ!?　イカだ!!　美味《おい》しいヤツです！　美味しいヤツですよ、エドさん!!」

「あ、やっぱり食べられるんだ！　なんかソレっぽい姿焼き、屋台で売ってた気がしたからさー。食べられるのなら、リンちゃんに料理してもらおうかなー、って！」

「あ！　だから捕まえてきてくださったんですか？　ありがとうございます‼　えー、でも、何作ろう？　迷うなぁ‼」

スルメイカっぽい姿形をしたこのイカちゃんですが、生存戦略《サバイバル》さんによれば『スルーイカ』というらしい。スルメイカっぽいからスルーなのかな？　食材としては肝が大きく身も厚くて非常に美味と、太鼓判を押されているのがもの凄《すご》く嬉しい。

それが、水のキューブの中に四杯ほどはいるだろうか……！

これだけいれば、いろんな料理に使えそうだなぁ……！　でも、だからこそ何を作るべきか悩んじゃうわけだけど……。

お刺身は言うまでもなく美味しいだろうし、贅沢《ぜいたく》だけど煮物にしても美味しいだろうなぁ‼

「俺は、酒に合う料理がいいな」

「主食《ごはん》と一緒に、食べたい！」

「ガツンとした料理が食べたいですねぇ」

「オレはねー、ピリ辛なのがいいなぁ！」

水中を縦横無尽に泳ぎ回るイカを見ながらニマニマする私を、みんなが生暖かく眺めているような気配がする。

しょうがないじゃん‼　イカ、好きなんだもん！　いっそエギング……イカ釣りも始めようかと思っちゃう程度には好きなんだよ‼

知り合いに、一回エギングに連れてってもらったんだけど、獲れたてピチピチのイカ……本当に美味しいから‼

身がコリコリプリプリと甘いのは当然として、ワタがねぇ……ワタまでもが甘くて美味しいんだよぅ……！！！

それを使って塩辛を作った日には、もう……！　ご飯が進みすぎて困りましたとも！！！

それにしても、うちの人たちはメニューの希望を言ってくれるからありがたいよねー。こういう時に「何でもいい」って言われるのが一番困るんだよー‼

「みなさんは珍味系というか、内臓系の味は大丈夫ですか？」

「内臓？　レバーペーストとか美味《うま》いよな」

「ホルモン、美味しい……！」

「新鮮なやつなら生でも美味しいよねー」

「内臓煮込み《フェイジョアーダ》は大盛が基本ですよ」

「うん。ありがとうございます。何となくわかりました！」

ああ、うん。予想はしてましたけど、大丈夫そうですねー。それじゃあ、丸ごと使っちゃっても問題なさそうか！

まず一杯はスパイス炒めに。その内臓を使ってもう一杯で塩辛を。一杯はフライにして、残ったヤツはゴロ焼きにしようそうしよう！

そうすれば、主食《ごはん》と一緒に食べられて、ガツンとくるピリ辛でお酒にも合うメニューになるかと思いますよ！

……ま、塩辛はアレよね。ちょっと時間がかかるから、後日のお楽しみ……になると思うけど……。

あとは、そろそろ汁物も献立に追加したいなぁ。さっきのスズキのアラもあるし、潮汁《うしおじる》とかどうだろう？

「あー、でも、もう何種類か魚介類があったらブイヤベースも美味しいだろうなぁ……トマト入れて、スパイス利かせて……」

「漁師風スープ的なヤツか。それは…………美味いだろうな……！」

「それ、絶対、美味しい……！　リン、何が欲しい？　貝？　魚？　カニ⁇　エディに獲ってきてもらう‼」

「リンちゃん。イカ、もうちょっと獲ってこようか？　それとも、アリアが言ってたみたいに魚とかカニとかが良い？」

「私は潮溜《しおだ》まりでも覗いてきましょう。取り残された魚がいるかもしれませんし」

「え？　あ、あの……みなさん、無理しなくても大丈夫ですよ⁇　そもそもスズキのアラ残ってますし、見回り任務が本当の依頼ですよね⁉」

「見回りついでに獲ってくるさ。五人で食うんだ。材料は多い方が良いだろう？」

ニカッと笑って私の制止を抑え込んだヴィルさんが、一番よく食べますからね‼　そりゃあ食材は多いに越したことはないんだろうけど、本来の目的があるでしょう⁉　哨戒《しょうかい》任務が今日の本業でしょう⁉

あぁー……迂闊《うかつ》だったー！　【暴食の卓】の名に恥じぬ、食へのポテンシャルの高さを舐《な》めてましたわ……。

陽炎《かげろう》の如き闘志を滾《たぎ》らせるメンバーの目的が、強敵の打倒でもなく任務成功への意気込みでもなく、食材の確保にあると誰が思うだろうか……いや、思わないだろう。

「今度こそエビを！」「魚を！！」「軟体類も！！！」「貝類も！！！！」と、ヴィルさんを筆頭にメンバー全員のボルテージが上がっていくのを横目に、私はこっそりため息をついた。

……そうね……みんながまた材料をくれるというなら、私はせいいっぱいメニューを考えておきましょうかね。

でも、本来の任務も忘れないよう釘《くぎ》だけは刺しておこう！

「あの、本当に材料の増量は気にしなくていいですからね？　私が工夫すればいいだけの話ですからね？　それより、見回りが疎かになったとかってトーリさんから言われたら、しばらく品目減らしますからね⁇」

「……き、気を付けよう……！」

まさか任務《そんなこと》を疎かにはしないだろうと思ってヴィルさんを見上げれば、気まずそうにふいっと顔を背け、ら……れ……？

……ウソだと言ってよリーダー⁉

ヴィル《パーティリーダー》さんが真っ先に視線そらしてどうするんですか‼　「任務そっちのけで食材探します！」って言ってるようなモノじゃんか！！！

「マジで……マジで見回り任務お願いしますよ⁉　でも、怪我とかもしないで帰ってきてくださいね⁉」

「落ち着け、リン。冗談だ。流石《さすが》に任務を疎かにするような真似はしないさ。お前の方こそ、さっきから少し取り乱してるようだし……少し休んでおけよ？」

思わず胸倉でも掴《つか》みそうな勢いで詰め寄る私の頭を、ヴィルさんの大きな手がわしゃわしゃと撫《な》でてくる。

一瞬身体が硬直するが、存外に気持ちの良いその感触に我知らず目が細められた。

……でも、何だろう……この犬みたいに撫でられてる感……！　近所のワンコ撫でるとき、私もこんな感じでワシャワシャしてたよ⁉

え、なに？　ペット枠⁇　料理《げい》のできるペット枠です⁉　ちょっとそれは……。人としての矜持《きょうじ》が多少はあるのですが……。

「みんな無事に帰ってくるから、美味い飯を作って待っててくれ」

「今日は、山猫亭じゃなくてリンちゃんのご飯で打ち上げだねー」

「それじゃあ、行ってきます。アリア、リンを頼みましたよ」

コップに残っていた麦茶を飲み干した男性陣が、己の得物《えもの》を手に再び外へと出ていった。午後の見回りを開始するんだろう。

「リン……見張ってるから、ちょっと休もう？」

「アリアさん？　いや、大じょ……へぶっっ！！！」

気が付けば、ソファーに座ったアリアさんに腕を引き寄せられ、視界が反転したかと思ったら膝《ひざ》枕《まくら》をさせられていたのですが⁉

うひょう！！！　美人《アリア》さんの膝枕！？！？　ふ、太ももが……‼　太ももが……っ！！！

なんかね、「子ども扱いしないでくださいよー」とか「まだやることあるので……」とか、いろいろと言いたいことがあったんだけど、膝枕の魅惑の前に木っ端微塵に消え去ったよね！　爆裂四散‼

やわらかーい！　いいにおーい‼　そして冷たーい！！！

……でも、この弾力と冷たさが、ちょっと火照った顔に気持ち良いわぁ……！！！

トントンと優しく、ゆっくりと背中を叩《たた》かれているうちに、自然と瞼《まぶた》が落ちてきた。

優しい闇に落ちていく寸前に、細い甘い声が、私の聞いたことのない歌を静かに紡いでいるのを聴いた気がした……。

◆
◇
◆

…………どうやらさほど長い時間眠っていたわけではなかったようで、目が覚めても陽光はまだ燦々《さんさん》と窓から差し込んでいた。

いやぁ……美人の膝枕、凄《すご》いわぁ。最高の入眠剤だわぁ。柔らかくて良い匂いがして……もう天国だよね‼

ただ、もうそろそろ男性陣が帰ってきそうな時間帯ではあったので、せめてイカの処理だけでもしておこうと思いますよ。

「……ここに、こう……！　眉間《みけん》の所に突き刺すと、良い感じに締められるんですよ！」

「……ほう、ほう……！」

「で、胴の中に指を突っ込んで、肝と胴体の接続部分をベリッと引っぺがしたら、肝を破らないよう気を付けつつ引き抜いてですね……」

なお、エドさんから譲り受けた水のキューブは、中のイカを取り出すとシャボン玉が壊れるようにバチンと弾けて、盛大に流しの周囲を濡《ぬ》らして消えた。

まさかこんな仕様になってるとは思わなかった！！

教えておいて欲しかったよ、エドさん……‼

その後片付けを終えて、今、ようやくイカの解体作業中である。

イカは鱗《うろこ》もないし、骨らしい骨もないから捌《さば》くのがむっちゃ楽なのですよ。慣れてしまえば、包丁なんかなくても分解ができる程度には、ね。

指を使ってブチブチと胴体と肝がくっついている部分を引き剥《は》がし、エンペラとゲソをそれぞれしっかりと握りつつゆっくりと引き抜いて、胴体と肝&ゲソに分解する。

ちなみに、エンペラも指で引っぺがせるし、何となればその部分から皮を剥《む》けるので、積極的に引き剥がしていきたい部分の一つかなー。

あとは、胴体から軟骨を抜いて、目玉とクチバシ――カラストンビ――を取り除けば、ゲソの付け根まで美味しく頂けるのだから、イカとは誠に良い食材だ。

ゲソは塩でもみ洗いをして、口当たりの悪いリング状の吸盤を掃除してしまいましょうか！

「なれてる、ね」

「好きな食材なもんで、普段からよく料理してたんですよ」

炒《いた》め物とかテンプラとか煮物とか、よく作ってましたよ。イカメシも、味とかご飯の量を好きに決められるから一時期突き詰めてたなぁ……。

興味津々という顔で手元を覗《のぞ》き込んでくるアリアさんに、まだしまっていなかった折り畳み椅子に座るよう勧めてみた。

とりあえず四杯分の分解は終わったけど、今から作っちゃうと味が、なぁ……。

イカの料理は熱いのも美味《おい》しさのうちだと思うのですよ。ワタの旨味とクセが強い分、冷めちゃうとそのクセが強く感じてしまう気がするんだ……。

だから、いま処理するのは塩辛だけ！　あとはご飯の時に料理するだけにしよう！

だとすると、フライみたいに手のかかるやつはムリだなぁ……。簡単に、手早くできるのにしよう！

……あくまでも私の予想だけど、男性陣が何かしらを獲って帰ってきそうなんだよねぇ……。

そうなるとソレの処理も必要になるだろうし、やっぱり簡単なイカ料理にしよう!!

「スパイス炒めと、イカゴロバターにしようかな。ゴロバターはふかし芋に乗っければボリュームも出るだろうし……」

「おいも……」

「お芋ですねぇ。手早くお腹は膨れますし、加熱してもビタミンは壊れにくいし、有能な子ですよ！」

『芋』という単語が出た途端、アリアさんの表情が若干曇った。

ありゃ……もしかしてジャガイモさんも炭水化物なのに苦手意識持たれ組ですか？　庶民の味方

だと思うけど、食べ飽きる……っていう話も聞くしなぁ。

手を変え品を変え、少しでも「美味しい！」って思ってもらえるメニューを考えないとダメかもなぁ。

……今回は、問答無用でイカゴロバター芋にするけどね‼

イカの旨味とバターのコクと醤油《しょうゆ》の香りがあれば、ジャガイモもきっと美味しいと思ってもらえる……んじゃないかなぁ……。

むしろ、ご飯よりもどっしりとしたジャガイモに、じんわりとイカバターが染み込んで、ホクホク部分としっとり部分が楽しめる分、ご飯よりも相性がいいのでは？　と、私個人は思っている。

……と、いうことで……。

一杯半のイカをスパイス炒めに、もう一杯半をイカゴロバターに。そして残りの一杯は塩辛にしてしまおう！

スパイス炒めの分は皮を剥いてブツ切り、ゴロバター分は皮を剥かずにぶつ切りにして、冷蔵庫にしまっておく。ゴロバター用に、肝ももちろん取っておくよ！

塩辛の分は、まずは肝にたっぷりと塩をまぶしてキッチンペーパーに包み、冷蔵庫に放置して水分を抜いておく。同じように皮を剥いた胴体にも薄く塩をしたら、こちらもラップをせずに冷蔵庫に入れておく。

こうして水分を抜くことで、濃厚な塩辛ができる、というわけだ！　好みでユズの皮の千切りとかを入れても美味しいよ！

…………今はないから入れられないけどね……！

「リンは、よく思いつくね」

「それだけ食べることが好きなんでしょうねぇ。基本的に、ご飯食べながら次のご飯のこと考えてますよ」

朝ご飯食べてるときはお昼ご飯のこと考えてるし、お昼ご飯食べてるときは晩ご飯のこと考えてますよ‼

……そうだ！　もし、エドさんが追加イカ獲ってきてくれたら、一夜干しにしようかな……。

適度に水分の抜けたヤツを焙《あぶ》って食べると、ムチムチしてて味が濃くて、美味しいんだよねぇ……。

スパイス炒めに使うべく、最後に残っていたトマトを角切りにしながら、あの何とも言えない弾力を思い出す。

噛《か》み切《き》れない……というわけじゃないんだけど、グニグニと歯を跳ね返しつつ、それでも繊維に沿ってサックリほぐれていく食感と、噛めば噛むほど滲《にじ》み出《で》る甘みとコク……。

そりゃあ我が故郷の郷土料理でこんにゃくを煮るときにスルメ使うワケだわ。味、濃いもん！

醤油とスルメ出汁の旨味を吸った玉こんにゃくに、ツンとくる黄色味も鮮やかなカラシをつけてハフハフ頬張ると……もう……！

アレはアレでお酒が進むんだろうけど、こっちの世界にこんにゃくとか、あるのかな……？

「アリア！　リン！！　ちょっと手伝ってくれ！！！」

「……手伝い？」

「何ですか？　何かありました⁉」

使い終わったまな板を洗い始める頃……どこか切羽詰まったようなヴィルさんの声が外から聞こえてきた。

……あのヴィルさんが慌てるって、何があったんだろう……？

私も呼ばれてる、ってことは、危険があるワケじゃないんだろうけど……⁇

アリアさんとお互いに顔を見合わせながら野営車両《モーターハウス》を出た私の目の前には、ちょっと予想外の光景が広がっていた……。

目の前に広がる白い砂浜と、青い海……そして浜辺に寝転がるメリハリの利いたダイナマイトボディ……。

「……えっと…………シャチ？」

「沖に棲まうモノ《レプン・カムイ》と呼ばれてるな」

一〇m程はあろうかという流線形の身体に大きな背びれとヒレ、白と黒のコントラストも鮮やかな…………。

……うん。どっからどう見てもシャチだね。浮き具《フロート》の定番の、アレだね！

それがビチビチと浜辺でのたうち回っていて、その周囲では冒険者のみなさんがソレを海に還そうと押したり引いたり力を合わせて頑張っている。

……けれども、カブは抜けまs……もとい、シャチは動きません。

え、何コレ？　めっちゃシュールなんですけど！！！

『……娘よ……そこの娘よ……聞こえますか……？　……今、貴女の心に直接話しかけています……』

「こ、こいつ、直接脳内に⁉」

『調子に乗ってジョニーと波乗りをしていたら、陸に乗り上げてしまいました……』

「誰だよ、ジョニー⁉　そして波乗りするのかよ⁉　天使になってとか言うつもりか⁉」

不意に、年若いようにもお年を召したようにも男のようにも女のようにも取れる、不思議な声が脳内に広がった。

「何事⁉」と思って周囲を見回せば、存外につぶらなシャチの瞳《ひとみ》が「悪戯成功！」と言わんばかりの色をたたえているのに気が付いた。

咄嗟《とっさ》に突っ込み返してみれば、更にその色が濃くなった。

鋭い歯が生えた口元がグニャリと歪《ゆが》んでいるが、これは、もしかして……笑ってる、のだろうか？

……え、えらく凶暴な微笑みですね！

「あー……落ち着け、リン……。沖に棲まうモノ《レプン・カムイ》は強力な精神感応力を利用して、人をからかって遊ぶのが好きな連中なんだ……」

ポンポンと投げかけられる言葉をポコポコ打ち返して見せれば、半ば呆《あき》れたような顔のヴィルさんが間に入ってくれた。

……ってか、精神感応力って……！　恐ろしい能力をお持ちですね‼

『娘よ。お礼はしますので、助けて頂けませんか？』

「……ああ、だからこんなに人が集まってるんですね……」

『みなさん、報酬を約束したら集まってくださいましたよ！』

「……というわけだ。今は少しでも手が欲しい。手伝ってくれるか？」

「わかりました。このまま見殺しにするのも気が引けます、手伝います！」

満潮の時刻を確認してみれば、それまでまだ一時間以上ある。

このまま陸に上がったままだったら、満潮を待たずに肺が自重で潰《つぶ》れて死ぬか、体温が上がって死ぬか、衰弱しきって海に戻っても力尽きるかのいずれかになる可能性があるか……。

このまま放置しておいて、死んだら食べる……とかも一瞬考えたけど、イルカ系はクセがあるし、それを思えば血抜きとかしてない肉はちょっとねぇ……血生臭そうだよねぇ……。

……それにしても、大きいものでは一〇t近くになるというシャチを人力だけで海に戻すって……いったいどうすればいいんだか……。

押しても引いてもビクともしなさそうだし、アリアさんの網に絡めて引っ張ったところで身体が傷つくだけだろうし……なにか、こう……ないかなー⁇

でも、とりあえずは体表冷やしてあげないといけないよね……だいぶ乾いてる感じがするもの……。

「エドさん、さっきの水キューブって、また作れますか？　作るのが大変なら別の方法を考えるので大丈夫なのですが……」

「水キューブ？　うん。簡単に作れるよー。でも、どうして？」

「水キューブで水をぶっかけて、定期的に体温下げてあげた方が良いかもしれないです」

『よく気が付いてくれましたね、娘よ！　私の珠のお肌が日に焼けてしまう所でした……‼』

「…………塩・コショウとオリーブオイルでこんがり焼いてやろうかこのシャチめ……」

私の言葉を聞いたエドさんが、さっきよりも大きな水キューブを作ってはシャチの上でパシャパシャと弾けさせてくれた。

ヴィルさんとセノンさんは、水が弾ける前に冒険者の人たちをシャチからいったん離れさせてくれている。

チームワークいいなぁ。阿吽《あうん》の呼吸、って感じ！

幾分瑞々《みずみず》しさを取り戻した肌に、シャチが嬉《うれ》しそうな声を上げるんだけど……なんかなー……微妙に腹立つんだよなぁ、このシャチの言動……！

まぁ、これでしばらく体温維持と乾燥の対策はできたとして、問題はこの巨体をどう動かすか、だよ……。

「そもそも何で陸に打ち上げられてるんだろうか、このシャチは……」

『冒険者の方々を脅かそうと思って、海中から浜辺へ這いあがり攻撃《オルカ・アタック》を仕掛けた結果がこのザマですよ☆』

「自業自得じゃん！！！」

……ダメだ、このシャチ……早く何とかしないと……。

そして、自分たちを驚かそうとした犯人を、報酬が出るとはいえ助けようとしている冒険者の皆様は、優しいというか現金というか……。

っていうか、愉快犯《コイツ》はもう、ここで始末しちゃった方が冒険者のためになるのでは……⁇

こんな悪戯をするシャチを野放しにしておいたら、いつか死傷者が出てもおかしくない気がするんですが……。

「リン……一応、コレ、幸運の使者、って言われてる……」

「悪戯は好きだが、遭遇すれば獲物や報酬を恵んでくれたりもするんだ」

「あぁー……トリック・スター的な感じですか？　また何とも微妙な立ち位置ですね」

『ふふふ……私は†冷酷†で†冷徹†なハンターであり、慈悲深い王者なのですよ、娘よ』

眩《まぶ》しい日差しに照らされて、浜辺の人間の視線を独り占めするシャチがドヤァッと胸を張りつつヒレをピコピコと動かしている。

……やっぱり腹立つな、このシャチ！！　野営車両《モーターハウス》の台所から、ちょっと出刃包丁取ってこよう……。

お前を竜田揚げにしてやろうか⁉

『……それにしても娘よ、お肌は楽になりましたが、何だか苦しくなってきた気がします』

「あー……自重で肺が潰れ始めたんじゃないですかね？　助けるなら急いだ方が良いかもしれませんよ、ヴィルさん」

燦々《さんさん》と照る太陽の下で惨憺《さんたん》たる作業を続ける私たちに、この惨状を作り上げたシャチが話しかけてくる。

ここまで頑張ったのに死なれるのも悔しい気がして、隣にいたヴィルさんにそう告げてみた。

……告げてみたところで、この巨体を動かす方法なんて思い浮かばないわけなんだけども……。

「自重で……ああ、重そうだもんな」

『失礼な‼　誰が陸に上がったシャチですって⁉　シュッとしてるでしょう、シュッと‼』

「流線形、っていう意味ではシュッとしてますけどねー」

『娘よぉぉぉ‼』

全女性にケンカを売るようなヴィルさんのセリフに、横たわったシャチがヒレをビタンビタンと地面に打ち付けて抗議してるけど…………うん。私から見ても『重そう』としか感想は出てこないよ、うん。

今、シャチが暴れている場所は波打ち際から一〇m程は離れているだろうか。目の前に水はあるんだけど、その『目と鼻の先』の距離がもどかしい‼

しかも、オルカ・アタックに失敗して座礁したシャチが、何とか海に戻ろうと大暴れしたらしく、シャチのいる周囲は陥没したように砂が掻《か》きだされて段差ができている。

本当に、どうやって海に還してやろうか……。

ぱしゃんと軽い音がして、エドさんが作ってくれた水キューブがシャチの上で弾ける。キラキラと七色に光を反射しながら、細かな水の珠が周囲に舞い散っていく。

当然逃げ遅れた冒険者にもその水飛沫《みずしぶき》が浴びせられるが、「冷てぇ！　気持ちいい‼」と好評のようだ。

「……水キューブ……水の、塊…………」

「どうした、リン？」

「エドさん！　水キューブにあのシャチ閉じ込められませんか⁉」

「えぇ⁉　あのサイズを⁉」

「立方体《キューブ》に閉じ込めておけば、浮力で肺が潰れることもないかなー、って！」

「うーん……流石《さすが》にあのサイズのキューブは作れないなぁ……」

ですよねぇ……。

あのシャチのサイズを長さ一〇m×幅三m×高さ二mと仮定して、約六〇立方メートル分……重量にして約六〇tちょいの水が必要……ってなると、流石に難しいですよね……。

閉じ込めておければある程度は持ちこたえられると思うから、満潮を待ってキューブを壊せばいいかなぁ……って思ったんだけど、そううまい話はありませんよね。

えーと……他に何かないかなぁ……。

向こうでも座礁クジラとかイルカ打ち上げとかあったけど、海に戻す時に使ってたのは重機だったしねぇ。

いっそ、水路掘っちゃうとか？

シャチが通れる程度の幅で、お腹が隠れる程度の深さで、海から水が引き込めるよう傾斜をつけて……。

「……というわけで、みんなで水路でも掘った方が早いんじゃなかろうかと思うんですが……」

「なるほどな。土魔法が使えるヤツを集めるか」

「溝ができたら、水魔法や風魔法で海から水を送り、沖に棲まうモノ《レプン・カムイ》を人力で押し出せばよさそうですね」

ちなみに、この話を他の冒険者さんたちに伝えて回ったところ、流石に人力では無理だろうということに気付いていた面々が協力してくれることになった。

こうなってくると、もうお祭り騒ぎだ。

俺がここを、私はここを……と区画を決め、各々の持てる力で魔法を行使したり穴を掘ったりを始めている。

水路作りメンバー以外は、誰に言われるでもなく周囲を警戒したりと、作業をしているメンバーに危険が及ばないよう気を配っている。

ちなみに私は、エドさんの水キューブ代わりにバケツでシャチに水をかける係である。

「愛されてるねぇ。みんな一生懸命じゃん！」

『ふふふ……私はこの地上に降り立った美の化身であり、「愛らしい」という言葉の権化ですからね。愛されてしかるべき存在なのですよ』

「……あー……本当に唐揚げにしてやりたい……！」

『もっと崇めて奉れよォ！』とビチビチしているシャチさんには残念なお知らせですが、竜田揚げにしたら美味しそうな腹回りだなー、としか思えませんが、何か？

鋭い歯を鳴らしつつドヤッと笑うシャチの顔に水をかけてやる。本当に地味にムカつく言い回しを好むな、このシャチめ……！

でも、作業をしている冒険者さんたちの顔も、見張りをしている冒険者さんたちの顔も、いずれも楽しそうだ。

報酬がもらえるから……ということもあるんだろうけど、多分、このシャチ自体がみんなに愛されている存在なのだろう。

……地味にムカつくけど、なんか憎めない感じもあるもんな、コイツ……。

「よし！　水を入れるぞー！」

「沖に棲まうモノ《レプン・カムイ》、まだ生きてるぅ？」

『生きてますよ！　ピッチピチですよ‼』

「あー、まだ大丈夫そうです！　水、お願いします！」

ふと気が付くと、シャチの身体がストンと水路にハマっていた。深さはシャチのお腹が隠れる程度だけど、浮力が発生さえしてくれればいいので、このくらいでも何とかなるような気はする。

海辺の方から魔導士さんらしき人たちがこちらに向かって声を張り上げていた。ブンブン手を振りながら、シャチの安否を気にかけているようだ。

それに応えるようにヒレをビタビタ叩《たた》きつけるシャチを見ながら、水を送ってくれるようお願いした。

干潮時と言えども、風に煽《あお》られて、水魔法で誘導されて……冷たい海の水が見る間に水路を満たし、僅《わず》かながらも水に浮いたシャチの腹が地面から離れる。

『あぁ……水が気持ちいいですねぇ……』

「よし、押します！！！」

「俺も手伝うぞ、リン！」

「ボクも手伝います！」

「アタシもやるよ！」

水路に入ってシャチを押し始めた私を見て、まずはヴィルさんが。続いてほかの冒険者さんたちも手伝いに来てくれた。何だかんだで、シャチも身を捩《よじ》って何とか海に向かおうとする。

少しずつ……少しずつだが、シャチの身体が海に向かって動いていく。

海辺の方では、エドさんを始めとする魔導士さんが随時水を足してくれ、ヘバり始めたシャチにセノンさんや他の神官さんが回復魔法を飛ばしてくれる。

もちろんその間も、アリアさんや手の空いた冒険者の人たちが索敵・哨戒《しょうかい》をしてくれているので、安心してシャチに構っていられる。

そして……ようやく……。

バシャンと一際大きな音がして、今日一番の水飛沫が上がった。

急に軽くなった腕の先を見れば、巨大なシャチが海へ解き放たれていくところだった。

『ありがとうございます、小さき子たちよ！　海の女神の祝福です‼』

いっそう明るい声が脳髄に響いたかと思った瞬間、水面から顔を出したシャチが尾を翻して海に潜り、盛大に水を巻き上げた。

バケツをひっくり返しでもしたかの如く降り注ぐ海水の飛沫《ひまつ》と共に、魚が、貝が、エビが、カニが……取り合う必要のないほど気前よく浜辺に落ちてくる。

なるほど……コレが『報酬』ってわけか。なんか、あのシャチらしいなぁ……。

そんなことを思いつつ、沖へと向かうシャチの背ビレを眺めていると、見上げていた私の額にコツンと何かが落ちてきた。

その勢いのままバウンドして落ちそうになった「何か」を咄嗟《とっさ》に両手で受け止めてみれば、綺麗な桃色のサンゴ珠が掌の上に転がっていた。

『あなたと話すのはなかなか楽しかったですよ、異世界より来たりし娘よ！　また会いましょう！』

あのギチギチという不思議な笑い声と共に、楽しそうなシャチの声が頭の中で弾けて消える。

「……また会いたいような、もう会いたくないような………嵐みたいなヤツだったなあ……」

せっかくもらった『報酬』をなくさないよう胸のポケットにしまい込み、私もまた海の幸拾いに加わるべく浜辺へと向かうのだった。

あのシャチが海へと還っていった後の浜辺は、まさに『豊穣《ほうじょう》』という言葉が似つかわしかった。様々な魚介類が浜辺の上で銀鱗《ぎんりん》を光らせ、ピチピチと跳ねまわっている。

その量たるや、シャチ救出作戦に加わった冒険者たちが腕一杯に獲物を抱えてもまだ有り余る程だ。

「どれだけ気前いいんですかね、あのシャチ……」

「だからこそ沖に棲まうモノは『幸運の使者《レプン・カムイ》』なんだ」

ギギギ……と関節を鳴らす巨大な海老を掴《つか》んだヴィルさんが、シャチが消えていった沖を眩しいものを見るような目で眺める。

うん。西に傾きかけているとはいえ、遮るものがない浜辺では海面に反射した太陽が目に沁《し》みるから、実際に眩しいんだ。

…………偏光グラス、持ってくればよかったかなぁ……。サングラス機能もあるから、目が焼けるほどの光がだいぶましになるはず……。

ひたひたと緩やかに寄せては返す波打ち際は、次第にこちらに近づいてきている。この浜辺が潮で満ちるのももうすぐだろう。

その前に、少しでも多くの獲物を持って帰らなくては……‼

他の冒険者の人たちがたっぷり持って帰った後も、浜辺にはまだ獲物が残っていた。

魚もまだそこかしこでビチビチと跳ねているものの、先発の冒険者によってすでに結構な量が持ち帰られているようで、潮が満ちかけた干潟にはうごうごと蠢《うごめ》くエビやカニ、貝など、比較的陸でも若干は耐えられるものが中心に残っていた。

このまま潮が満ちてくれれば、残った生物も海に還せると踏んでのことだろう。この世界の冒険者の人たちは、割合にいろいろと慮《おもんぱか》れる性質の人が多いようだ。

「エビでっかい！　この鯛《たい》も大きい‼　本当に女神の恵み、って感じ！」

「今日は沖に棲まうモノ《レブン・カムイ》のお陰で、ずいぶんと実入りが良かった連中が多いんじゃないか？」

「そうですね。私たちもだいぶ良い獲物を手に入れられましたからね」

「なんにせよ、今日は変なのが出なくて何よりだよねー」

「ん。怪我がないのが、一番」

腕一杯に海の幸を抱えた冒険者たちは、満ち満ちてくる潮から逃れるように、陸へ陸へと上がっていき……シャチのために掘った水路も、巻貝の残骸《ざんがい》が広がる砂地も、あっという間に水の底へと沈んでいった。

座礁したシャチに出会うというイレギュラーはあったものの、火熊《ファイアベアー》のような高レベル帯の魔物は出ずに済んだみたいだ。

構えていたこちらとしては拍子抜けだけど、本当だったらそんなモノは出ない方が良いよね……。

ホクホク顔で獲物を抱えて帰っていく冒険者さんたちを、どこかホッとした顔のヴィルさんたちが眺めていた。

「俺たちも帰るか。依頼《クエスト》達成の報告と、トーリに沖に棲まうモノ《レブン・カムイ》が出た旨は伝えておかないとな」

「そーだねー。他に買い取ってもらうモノも選定しなくちゃいけないしねー」

海の幸が山と入った大鍋《おおなべ》を各自で抱えつつ、浜辺に停めておいた野営車両《モーターハウス》へと帰還する。さすがにこの量の海鮮を車内に持ち込むのは気が引けるため、車外で獲物を確認することにしましょうかね。

獲物が土で汚れないように、レジャーシートを広げた上に戦果を並べてみたんだけど……平積みになったことにより認識できる、魚介の山の凄《すご》さよ！

まず目を引くのは、伊勢海老《いせえび》とロブスターを足して割ったみたいな形をしたデカいエビだ。ロブスターのような大きなハサミと、伊勢海老のような立派な触角を振り回しながら、鍋《なべ》の底を這《は》い回っている。

それ以外にも、尻尾《しっぽ》の先が七色グラデになっている大型クルマエビみたいなヤツもいれば、甘エビみたいな小エビも結構な数が獲れている。

他にも、甲の長さが掌くらいあるカニとか、拳《こぶし》ほどもある巻貝にホタテによく似た二枚貝、そして追加のサリ貝とスルーイカが何杯か。

争奪戦に加わるのが遅かったせいもあり、拾えた魚は四〇cm程の真鯛《まだい》に似た魚一匹だった。キレイな赤色の魚体と、背中側に散ったコバルトブルーの斑紋《はんもん》が何ともきれいな魚だ。まだビチビチと跳ねている所を拾ったので、これはその場で血抜きを兼ねて締めさせてもらいましたよ！

だって、生存戦略《サバイバル》さんが美味、って言ってくるんだもん！

目の前で山になっている新鮮そのものの海産物に、思わずため息が口から漏れた。

「改めて思いますけど、凄い量の海鮮ですね！　エビにカニに貝に魚に……？」

「しばらくは買取価格が暴落しそうだな……街の人間にとっては喜ばしいことなんだろうが、な」

「冒険者《こっち》だって生活がかかってますから、値崩れは痛いですね」

眉根《まゆね》を寄せたヴィルさんがボソリと呟《つぶや》いた。

海に来ていた冒険者さんたちが山ほど海の幸を持って帰っていったし、あの量ならしばらくは海鮮が安く卸されそうだもんね……。値崩れは必至だろうなぁ。

納品分は契約時の買い取り価格で買い取ってもらえるものの、余剰分はその時の相場価格での買い取りになるらしいし……新鮮な海産物をお手ごろ価格で購入できる市民のみなさんは幸福だろうけど、買い叩かれてしまう冒険者のみなさんの懐具合はお察し、というところだろうなぁ。

蠢く海鮮を眺めていたヴィルさんが、ふと顔を上げた。

「買い叩かれるくらいなら、この際いつもは高値で売れるモンは俺たちで食っちまうか？」

「あ！　それ、良いんじゃない？　足元見られるより、幸運の使者の恩恵に与った方がいいかも！　アリアがこのでかいエビ食べてみたい、って言ってたし‼」

「流石にこの量は食べきれ……貴方《ヴィル》がいれば食べきれそうですねぇ」

その言葉にまっさきに飛びついたエドさんが、パァッと顔を輝かせる。

それに続いたセノンさんは、ヴィルさんと海鮮の山とを何度か見比べた後に呆《あき》れたようにため息をつくけど、正直わたしもそれに賛成かなー。

ヴィルさんならペロッと食べきれそうだよね、うん。

「……ん。沖に棲まうモノ《レブン・カムイ》からの、女神の恵みのおすそ分け、だし」

「ああ！　そういえば、あのシャチ、それらしいこと言ってましたね」

「海の女神の祝福を！」という何とも『幸運の使者《ソレ》っぽい』セリフだが、恐らく絶妙なドヤ顔で言ってるんだろうなぁ、と思うと何となくイラッとする気持ちが湧き上がってくるのはなんでだろうなぁ。

アイツの言動のせいだな、うん。

でも、コレを食べちゃう方向で行くのなら、ぜひぜひブイヤベース風アラ汁に挑戦してみたいなぁ！

甘エビっぽいのは殻ごと唐揚げ。大型車エビと伊勢ロブスターとホタテっぽい貝は豪快に網焼き。じっくり焼けば、大型車エビくらいなら殻ごとバリバリ食べられると思うんだ！

あ、でも、何匹かはお刺身でも食べたいなぁ……！　イカも切れ目入れただけの丸焼きにしても美味《おい》しいと思う！

巻貝はガーリックバターと醤油《しょうゆ》で香りよく頂きたい所存！　サリ貝は……君はまず砂抜きからだね‼

「そうと決まれば、売るものと食うもんの仕分けから始めるか」

「そうですね。サリ貝と巻貝は、納品のついでに卸してしまって構わないと思います。通常でも大して利幅のある商品でもありませんしね」

「その理屈なら、エビとカニは残すでしょ？」

「ホタテは、食べる……！」

やいのやいのと海鮮の仕分けを始めたメンバーに「エビは大きいのが欲しいです～」と電波をユンユン送りつつ、ふと思う。

「依頼《クエスト》達成したってことはギルドに行って終了の報告とか納品とかをしなくちゃいけないわけだよね？」と……。

とはいえ、今日の私は採取にも戦闘にも関わってないし、街の外で待ってるわけにいかないかな？　もし報告とか何やかやに時間がかかって大門を落とされちゃうと、下拵《したごしら》えとかもできなくなっちゃうもの……。

「みなさんはこれからギルドへの報告と海鮮の納品に行かなきゃいけないんですよね？　私は今日は報告できることもないですし、街の外でご飯の準備しててもいいですか？」

「………ソレもアリと言えばアリだろうが、リンを一人にはできないからな。アリアに残ってもらうか」

「ん！　味見とか、味見とか、味見とかは、任せて‼」

「…………………不安しかないな……大丈夫か、リン？」

「アリアさんが残ってくれるなら心強いですよ！　私たちの味見で食料がなくならないうちに、みなさん帰ってきてくださいね！」

そう思ってヴィルさんに提案してみたところ、アリアさんがお守りとしてつくことを条件に許可を頂けましたよ！

よし！　これで料理の下拵えする時間ができる！

……もっとも、私とアリアさんだけだと、つまみg……んっんっ……味見が進みすぎる可能性があるので、ぜひお早めに帰ってきてくださいね！

「今日はＢＢＱメインにするつもりなので、お酒とか飲まれる方は各自購入をお願いします！　主食が欲しい方も持参の方向でお願いします」

「おう。帰りに適当に買ってくるが、アリアとリンは何か欲しいものはあるか？」

「お酒！　エールでも、ワインでも、なんでも‼」

「私は主食になりそうなパンとかが欲しいです！」

「わかった。それじゃあ、まずはエルラージュに帰るか！」

常温に置いておくよりは……ということで、洗浄魔法をかけて砂やら汚れやらを落とした海の恵みを冷蔵庫にぶち込んで、野営車両《モーターハウス》のエンジンに火を入れる。

ブルルル……という重低音と振動と共に、何となく車体全体にナニかが回っていく気がする。

私にはよくわからないんだけど、コレが『魔素』とかいうものなんだろうか……。摩訶不思議《まかふしぎ》物質だなぁ……。

メニューについて、あーでもないこーでもないとキャッキャウフフと話しているキャビンの声に、私も胸が弾んでくる。

「海鮮ＢＢＱ、めっちゃ楽しみです！」

「ああ！　期待してるぞ、リン‼」

「了解です！　みんなで打ち上げしましょう‼」

少々のでこぼこ道もなんのその。野営車両《モーちゃん》はエルラージュへの道をひた走る。

ヴィルさんたちを降ろしたら薪集めておいて、設営して……そしたら念願のかーいせーんばーべ――――きゅ――――――♪

……はっ‼　もしや、また無意識に鼻歌が……⁉

…………恐る恐る助手席に座るヴィルさんをチラ見してみると、思いっきり笑いをこらえるかのように唇を噛《か》み締められていた。

あぁぁぁぁぁぁあぁぁぁぁぁ！！！　また！　また聞かれたー！！！！！

ハンドルに突っ伏しそうになるのを必死にこらえる帰路は、なかなかに苦行だったということだけは伝えておきたい。

それでも何とか街まで車を走らせて、クーラーボックスごと持っていくヴィルさんたちを見送って、私とアリアさんで今日の打ち上げの準備をしていこうと思う。


まずは日があるうちに、薪用の木の枝とかを拾っておいて、燃料を確保しておかないと……。とりあえず、良く乾いた枝を太い細いにかかわらず、目に付いた分だけ集めてみた。

丸太に近いサイズのがあったけど、それはアリアさんが糸で絡めて引き寄せてくれたよ！　コレは、燃料がなくなったときの最終手段として取っておくことにしよう。

ある程度の燃料が集まったら、焚火台《たきびだい》やら何やらを用意しておいて……あとは楽しい料理の下拵えだ！

「流石に野営車両《モーターハウス》の台所と外の焚火との間を往復するのは得策じゃないな」

「……焚火の調子は、見てられるけど…………料理は、ちょっと……」

「両方とも似たような感じだと思うんですけどねぇ……？」

焚火の火加減を見るのも、料理の火加減を見るのも似たようなもんだと思うんだけど、どんなモンだろう……？

とりあえず、ブイヤベース風アラ汁を作るために、出汁を取っておこうと思いまする。出汁さえあれば、汁物は何とかなるからね！

血抜きの終わった真鯛っぽい魚の鱗《うろこ》を例の出刃包丁でバリバリと剥《は》ぎ落とし、返す刃で三枚におろす。透明感のある白身には、余分な血が回った様子はまるで見られない。どうやら血抜きは上手《うま》くいったようだ。

ある程度の大きさの魚は熟成させた方が旨味が出るんだけど、みんなで食べればなんだって美味しく感じるさ！

下ろした真鯛は皮を残したまま一口大より少し大きめに切り、後でスープに入ってもらおうかな！　存分にスープの旨味を吸ってほしいと思います。

お昼に食べたスズキのアラと、今回の真鯛のアラは塩を振った上で天板に並べ、オーブンでこんがりと焼いておく。

その間にタマネギを一個スライスして、オリーブオイルとニンニクと一緒にこんがり炒《いた》めて……。

「なんか……良い匂い……」

「タマネギは糖分が多いから、ちょっと焦げ目をつけてあげると香ばしい感じに仕上がるんですよ」

「なる、ほど」

「……で、良い色になったら焼いておいたスズキと真鯛のアラを入れて、アラにも焦げ目がつくくらいじっくり炒めておきます」

ツンと尖《とが》った可愛らしい鼻をヒクヒク動かしながら、アリアさんが徐々に色づいていくフライパンの中を覗《のぞ》き込む。

こうしてしっかりおくと、霜降り&水洗いとかにしなくても、生臭くない出汁が引けるんだよね。

タマネギとアラがキツネ色になってきた頃合いを見計らって、イカのスパイス炒めに使うつもりで取っておいた虎の子のトマトを擂《す》り下ろしてここで入れてしまう。やっぱり、ブイヤベースにはトマトがないとねぇ。旨味成分たっぷりのトマトが入るか入らないかで、結構味は違うと思うんだ。ブイヤベースって、結局のところ『洋風魚のごった煮』だから、美味しい出汁が引けていることが最低条件らしいのだよ。

生トマトをこうして煮詰めておくと、ビックリするくらい味が濃くて美味しくなるんだよねぇ。トマトの水分が飛んでもったりしてきたら大きめのお鍋に移し、水を加えて沸き立たない程度に……表面が揺らめく程度の火加減でコトコト煮込んでおきまっする！

ついでに、スパイスボックスに入ってたホールのローリエと、朝買ってきた生姜《しょうが》をスライスして入れておこうかな。新鮮だから臭みはないと思うけど、ま、念のために、ね。

「出汁取ってる間に、小エビの下処理をしちゃおうかな」

「どうするの？」

「塩・コショウと小麦粉つけて、軽く下揚げしておきます。男性陣が帰ってきたら二度揚げして、カラッと殻ごと食べられるようにしますよ！」

甘エビみたいな小エビは、小さめのザルに小山ができる程の量が獲れていた。

触ってみた感じそんなに殻も硬くはないから、しっかり揚げちゃえば殻ごとバリバリいけると思うよ！　お酒のおつまみにはいいんじゃないかなー。

汚れや何やらは洗浄魔法で落としてあるから、今はもうさっと洗うだけで大丈夫そうかな？

キッチンペーパーでしっかり水気を拭《ぬぐ》っておいて……と。

ビニール袋に塩・コショウと小麦粉を適量ブチ込んだ中に小エビを入れ、口を軽く縛って激しくシェイク！　シェイク！　シェエエエイク！！！

直接触らないから手も汚れないし、粉が飛び散らないから台所も汚れないし、このワザを覚えておくとめっちゃ便利ですよ！　なお、今回のエビみたいに触覚とかトゲとか突起があるモノでやる時は、袋を二重にしておけば破れにくくなりますですよ。

浅型のフライパンにちょっと多めに油を入れて、火を点ける前から小エビを入れておく。低温からじわじわ揚げると、しっかり水分が抜けて殻ごと美味しく頂けるのだ。

高温でやっちゃうと焦げるばっかりだから、小鳥遊《たかなし》家では色味は二度揚げの時につけるようにしている。ついでに、残ったニンニクも粒のまま入れておこうかな。

時折フライパンを傾けて油を集め、エビの身全体が油に浸かるようにして揚げていく。

換気のためにキャビンのドアと窓は開けてあるけど、それでもなお香ばしい香りが台所に充満している。

………そういえば、隠蔽《いんぺい》ってどの程度まで効果があるんだろう？　匂いでバレちゃったりしないのかなぁ??

時折ひっくり返しながら、じっくりじっくり……水分を抜いていく。

ブクブクと沸き立つ黄金色の油の海に浸かる真っ赤な小エビ…………なんかこの光景、見たことあるなー……と思うんだけど……。

「…………アヒージョ？」

「あひーじょ？　唐揚げじゃ、ないの？」

「……いえ。小エビの唐揚げですねぇ……」

小首を傾《かし》げてこちらを見つめるアリアさんの声に、私も思わず首を傾げてしまった。アヒージョは確か「オイル煮」みたいなもんだから、一〇〇度程度の低温でじっくり煮込むコンフィとかそんな感じの調理法に近いはず。

そうであれば、今目の前で香ばしい匂いをさせているコレは、やっぱり唐揚げ、ということになるんだろうな。

そんなことをつらつら考えているうちに、キッチンに響く油の音に変化が生まれる。ジュワアアアア……という音が、シュウウウウ……という音に変わってきたら水分が抜けてきた証拠だ。

バットに上げて油をきっておいて、あとはみんな揃《そろ》ったら二度揚げしよう！

………でも、せっかくだもんね！

「アリアさん、アリアさん、あっつあつですけど、どうぞ！」

「リン……！！　い、いいの？」

「良いんです、良いんです。味見をして現在の味を知らないことには、味の調整もできないんです」

私がアリアさんに差し出した爪楊枝《つまようじ》の先には、まだ油がジュワジュワ弾けている小エビが刺さっている。

薄い衣越しに見える殻は真っ赤に色づいて、見るからにカラッと揚がっている。

感極まったのか、胸の前で祈るように手を組んで見つめてくるアリアさんに、私はにっこりと微笑みながら頷《うなず》いてみせる。

え？　美食の悪徳へと誘惑する食の悪魔と、それに誑《たぶら》かされる哀れな美女に見えるって？

わかってるよ、ほっといて‼

でも、揚げたてを食べずして何が揚げ物か‼　何が唐揚げか‼

口の中の火傷を恐れずに……カリカリの衣や皮で上顎《うわあご》が傷つくことも厭《いと》わずに……欲望の赴くままに口に運んでこその揚げ物でしょうが！！！

震えるアリアさんの手にそっと揚げたて小エビを手渡して……私もすかさず小エビを口に放り込む。

「あふっ‼　あっふぁ‼　あ、あふぃっ！！！」

「はふっ‼　はふぅっ‼　あふ、おいひ！！！」

揚《こ》げたてを食《い》べる時《う》は、どうしてもこうなるよね……。

ふーふーと息を吹きかけて冷ましたとはいえ、まだ舌を焼きそうなほどに熱い殻に歯を立てる。

まだ若干硬いものの、噛み砕《くだ》けない程ではない。

バリンと殻を破れば、中から甘いエビの肉汁と濃厚なエビ味噌《みそ》がブシュッと溢《あふ》れ出し、口の中いっぱいにエビの味が広がっていく。

この風味を逃さないよう口を閉じておきたいのに、ただでさえ熱い口の中がさらに熱を帯びたせいで、はふはふと口を大きく開けて外の空気を取り込む羽目になってしまう。

……………………おわかりいただけるだろうか……？　大して涼しくない外気ですら、冷たく感じてしまう程の……………………熱さ……。

衣にもうっすらと塩味が付いているものの、身に残っていた海水の塩味も程よく利いていて、何もつけなくても十分に美味《おい》しい。

ぎゅっと詰まった身は旨味が濃縮されており、噛むたびに中から旨味と甘みが肉汁となって滴ってくる。細い脚はジャクジャクと歯切れがよく、香ばしい風味が舌に残る。

限界まで熱くなった口の中に冷たい麦茶を一気に流し込んで…………‼

「――っぷはぁぁ‼　おいっ、しい！　でも、あっつい‼」

「でもコレ、お酒に、合う‼　ぜったい、あう‼」

瞬時に冷えた舌の上に残った熱の残滓《ざんし》をため息と共に吐き出して、私とアリアさんは高く掲げた掌をお互いに叩《たた》き合わせた。

今はまだ若干硬さが残るものの、二度揚げすれば気にならないようになるだろう。

「ねぇ、リン。もういっこ……もういっこ、ちょうだい？　ね？　ね？」

「ダ、ダメです‼　アリアさん、何回『もういっこ』って言うつもりですか⁉」

「なくなるまで！」

「それダメなやつです‼　一個って何個ですか⁉」

上目遣いで見つめてくる美女のおねだりは、結局もう一匹のエビをせしめるまで続いたことを、ここに記しておく。

ちくしょう‼　あざと可愛い美人さんなんて眼福でしかなかったぜ！！！

なお、小エビでやいのやいのとやっている間にも、出汁はしっかりと取れていた。

一回り大きなお鍋《なべ》の上に置いたザルに出汁を掬《すく》ってはあげ掬ってはあげ、ザルに残ったアラや野菜もお玉でグリグリと潰《つぶ》してスープを搾り取っておく。

アラを煮詰めていた鍋が空になる頃、下の鍋には金色の脂がキラキラと光りつつ輪を作って浮いている、少しトロミのついた赤いスープがたっぷりと溜《た》まっていた。

小皿にとって舐《な》めてみると、生臭みはまったくない。煮詰まったトマトの甘酸っぱさと、タマネギの甘さの奥にスズキのコクとローリエの爽《さわ》やかさがほんのりと香る、美味しいお出汁でしたよ！

この出汁ベースに、ブイヤベース風のスープ作ろーっと！

「……具材は、どうするの……？」

「そうですねぇ……スルーイカと大型車エビ、カニとホタテっぽい貝と、さっき下ろした真鯛っぽいのの切り身の残りでも入れようかと思ってます！」

「…………もう、ね……聞いてるだけで、美味しそう……！」

「期待を裏切らないよう頑張りますよ！　さて、もうひと踏ん張りしますか！」

それほど塩を入れていないのに野菜と魚の旨味が凝縮されており、物足りなさはほとんど感じない程度には濃厚なスープなんだけど、具材を入れたら薄まっちゃうだろうし、もう一摘みだけ塩を入れておこう。

ついでに、隠し味として、ほんのちょっぴりお醤油《しょうゆ》を加えて味を調えて……改めて火を入れていく。その間に、具材の準備しちゃおうかな……。

追加で手に入れられたスルーイカは二杯。一杯はさっきと同様の下処理をしてから身をブッ切りに。もう一杯はスープの方で使わなかった肝とゲソも使って丸太焼きにしようと思いますよ！

ホタテっぽい貝は、テーブルナイフを殻の隙間に突っ込んで、殻と貝柱を切り離すように動かして殻を剥《む》いていく。

黒っぽいウロを取ったら、贅沢《ぜいたく》に丸ごとスープにブチ込む予定ですよ！

カニちゃんは、フンドシとエラを取ったら出刃包丁で唐竹割り。真鯛の切り身もブツ切りに。それぞれ切ったり割ったりが終わったら、沸騰したスープの中にちゃぽちゃぽ放り込み、さっと火を通しておけば……。

「ふー！！　スープの下拵え《したごしら》え、しゅーりょー‼」

「ん！　お疲れ、リン！」

「あ！　ありがとうございます！　ちょうど喉《のど》乾いてたので嬉《うれ》しいです‼」

……いやぁ……流石《さすが》にコレだけの量を処理するとなると、結構な時間が必要だった。

野営車両《モーターハウス》に残って下拵えをする、という選択肢を選んで本当に良かった……！

あとは男性陣が帰ってきたら温め直すだけという鍋を前に嘆息する私に、アリアさんが麦茶の入ったカップを差し出してくれた。

カップの表面に結露ができていないところを見ると、つい今しがた入れてくれたんだろう。

お礼を言って飲み干せば、キンキンに冷えた麦茶が喉を滑り落ちていった。熱を帯びた身体が、内側からスッと冷たくなっていく。

少し熱中しすぎたかな⁇　だいぶ身体に熱が籠《こも》っていたようだ。若干クラリとくる視界を気力で捻じ伏せて、残った材料を眺めやる。

大型車エビの残りと伊勢《いせ》ロブスターは直火で焼くから丸のままでいいでしょ？　ヴィルさんたちが戻ったらイカ炒めて、スープを温めて……？

「あとは……イカの丸太焼きとジャガイモの準備をしておこう！」

「……まるた、焼き？」

「イカの胴体の中に肝とゲソを詰めて、丸のままオーブンで焼いちゃうんです」

いったい誰が言い出したのか、小鳥遊家では丸太焼きと呼ばれてましたよ。丸っとゴロンとしている姿が丸太に見えるから……とか何とかかんとか……。

二杯分の肝とゲソ、すりおろし生姜とお酒とお味噌《みそ》をよーく混ぜ合わせ、イカの胴体に詰め込んでいく。隠し味にバターを一欠け、放り込んでおくと風味が良いよ‼

胴の口を楊枝《ようじ》で留めたら、アルミホイルでぴっちりと包んで……あとはオーブンで焼くだけ！

準備さえしておけば、放置プレイをしている間に簡単で美味しくてお酒にもご飯にもよく合うオカズができあがるのだ‼

イカさん万能である。

本当はネギとかを一緒に入れるとなお美味しいんだけど……長ネギ、こっちの世界にもあるかなぁ⁇

西洋ネギ……リーキだかポロネギって言うんだっけ？　そういうのはありそうだから、ソレで代用とかできないかな⁇

そもそも、西洋ネギを食べたことがないから、代用品にできるかどうかよくわからないけどね……。

ちなみに、ジャガイモはゴロバター用のジャガイモである。

レンジでチンして蒸かしておいて、炒《いた》めたゴロバターを上からかけてしまおう……ってぇ寸法よォ！

丸太焼きは味噌味だけど、こっちはお醤油味にする予定だ。なるべく違う味付けの方が、良いでしょ？

ふと窓の外を眺めたアリアさんが、にっこりと微笑んだ。

「リン。そろそろ、帰ってくる！」

「え⁉　よくわかりますね、アリアさん！　……愛ですねぇ……！」

「ち、違う、もん！　網、張ってるから……それで、なの‼」

……あー……そっか。ご主人《エドさん》が帰ってくるんですもん。そりゃわかりますよねぇー……と思ったら、どうやら索敵を兼ねて広げていたアリアさんの網に反応があったからわかったそうだ。

それを踏まえた上でも、照れる美女の何と愛らしいことか……‼

でも、もうすぐ帰ってくるのであれば、ツマミを完成させておきましょうかね！

小エビの唐揚げを二度揚げすべく残った油を熱していく。エビとニンニクの香りが移っているせいか非常に香ばしい匂いだ。

……コレ、後で炒め物にでも使おうかな……？　エビ油的な感じで美味しいんじゃなかろうか……⁇

油が十分に熱くなったところで、バットに上げておいた小エビちゃんたちに、もう一度油風呂に浸かってもらう。

じゅばばばばば！！！！　っと油が一気に沸き上がり、濛々《もうもう》と蒸気が上がる。

肌を焼く小さな油の飛沫《ひまつ》に負けずに菜箸《さいばし》で掻《か》き回していれば、次第に殻が硬く軽くなっていく感触が伝わってきた。

試しに小ぶりなものを摘まみ上げ、念入りに冷ました上で口に放り込んでみた。

先ほど食べた小エビの殻の奥底に、僅《わず》かながら残っていたメリッとした湿気《しけ》った感じがなくなって、カリカリバリバリと軽快な歯応えだけが返ってくる。

うん！　これなら、お酒のおつまみには丁度いいだろう！

「リン！　アリア！　今戻った！　今日は食うぞ！！　そして飲むぞ！！！」

「ただいま、アリア〜〜〜☆　リンちゃんも、ご飯ありがとうね〜〜！」

「ただいま戻りました、二人とも、何か変わりはありませんでしたか？」

「ん。おかえり！」

エビの唐揚げを皿に盛り終えたちょうどその時。

開けっ放しにしていた野営車両《モーターハウス》の入り口に、賑《にぎ》やかな声と共に大荷物を抱えた男性陣が戻ってきた。

…………………あれれー⁇　出発時よりも荷物が増えてるように感じるのは私の気のせいかなー⁇

あれー？？？

何で小振りとはいえ酒樽《さかだる》抱えてるんですか、ヴィルさん？

明らかに蓋《ふた》が閉まっていないクーラーボックスに、何を入れてきたんですか、セノンさん？？？

パンが山盛りになった籠《かご》と一緒に抱えられてるその薔薇《ばら》みたいな花は何ですか、エドさ……あぁ、アリアさんへのお土産でしたか……。こちらのお土産は納得しかないね。

エドさんに髪に花を差してもらって、嬉しそうに、恥ずかしそうにはにかむアリアさんが何とも幸せそうですな！

荷物のことはまぁさておいて。みなさん無事に帰ってきてくれたのなら、それが一番ですよ！

まずはゆっくり、乾杯から始めましょうか‼

「何はともあれ、お帰りなさい！　乾杯用のおつまみ、できてますよ！」

余計な油が切れたであろう小エビの皿をテーブルの真ん中にでで一んと設置するのを皮切りに、みんな買ってきたお酒やらグラスやらをテーブルの上に並べ始めた。

……と。いつの間にか傍らに立っていたセノンさんが、にこやかな笑顔と共にツヤツヤとした真っ赤なトマトを差し出してきた。

どうやら、セノンさんが提げていたクーラーボックスにはいくつものトマトと、大量のワインの瓶、塊のハムが収められていたようだ。

「貴方へのお土産ですよ、リン」

「あ！　これトマトじゃないですか‼」

「昼間、よく使ってたみたいだったからな。好きなんだろう、ソレ」

「はい！　大好きです！　ありがとうございます！！！」

私のトマト愛っぷりを見たヴィルさんが、追加で買っていこうと言ってくれたんだそうな。

あの、野菜嫌いのリーダーが、野菜をお土産にしてきてくれるなんて……‼　ありがてぇ……！

リーダー、マジでありがてぇよぅ‼

これで、イカのスパイス炒めにトマトがプラスできる！！！

「おつまみ作っておいたんで、コレで乾杯しててください！」

「リンはどうするんだ？」

「私はもう何品か仕上げちゃうんで、先に始めててくださいな」

「いけませんよ、リン。貴女も一緒に席につかなければ……一人だけ働かせるわけにはいきません」

「そうだぞ。お前は、もう暴食の卓《ウチ》のメンバーなんだから。妙な遠慮はするな」

よーし！　さっそく追加のつまみを作るぞー！　……と意気込んだんだけど……。

まさか真顔で止められるとは思ってもみなかったんだ……。……思わずジーンときちゃうよねぇ。

でも、料理《コレ》はもう半ば趣味みたいなものなので、気を使ってるわけじゃないんです。

楽しいからやってるんですよ！

「車内で作業してますし、目の前で調理してくれるアトラクションと思ってくださいな！　アツアツを、食べて欲しいんですよ」

「…………本当に、遠慮とかしてないだろうな？」

「してないです！　……でも、どうしても気になるのであれば、外の焚火《たきび》台に火を熾《おこ》してもらってもいいですか？　その間に仕上げちゃうので……！」

「よし、わかった。ちょっと待ってろ」

本心を述べてみたものの、やっぱり気にしているようなヴィルさんに、火熾しをお願いすることにした。

ちなみに、セノンさんも「私も手伝いますよ」と言ってくれたので、飲み物のグラスの準備をお願いしている。

エドさんとアリアさんは、索敵用の網やら虫よけの陣を作ってくれているようだ。

時間稼ぎ……というわけではないけれど、この間に料理を仕上げてしまわねば……‼

ブイヤベース風スープを温め直すその横で、イカの炒め物二種を作ります！

まずはバターを溶かしたフライパンにお土産にもらったトマトを擂《す》り下ろして炒めていく。

水分が飛んだところで、ブツ切りにしておいた皮なしイカを加えて炒め合わせ、私特製のミックススパイスとちょっぴりのカレー粉、お醤油で味を調えたものをさらに煮詰めたらできあがり！

下拵えしておけば、実に簡単にできる料理の一つなのだよ。

スパイス炒めを皿に盛り、フライパンをざっと洗ったらまたバターを入れて、今度は皮付きのブツ切りを炒めていく。

半分くらい火が通ったところで肝を溶かした醤油を加えて、こちらもお醤油がちょっと煮詰まった頃合いで火を止める。

こちらは蒸かしたジャガイモを一口大に切ったものの上にかけたらできあがりだ。

「あとは丸太焼きをオーブンさんにお願いしておけば、ＯＫだね‼」

「リン。火が熾きたが、火加減はどうするんだ？」

「火加減は今くらいで！　エビ、焼きましょう！」

ちょうどよく戻ってきてくれたヴィルさんの前でおなじみのＢＢＱ用金網をヒラヒラさせながら、伊勢ロブスターと大型車エビの入ったボウルをもう片方の手で掲げてみせる。

伊勢ロブスターは大きいけど、お刺身でもイケる鮮度だろうからざっくり焼きでも大丈夫でしょう‼

ギューギュー鳴いているヤツを金網の上に放置プレイして、車内に戻る。火が通るまで時間がかかるだろうし、多少焦げても殻を剥けば大丈夫じゃないかなー。

逃げないように、焦げないように見張りつつ、打ち上げしましょうか！

「ギルドから火熊《ファイアベアー》の分も含めて報酬が出たが、清算は明日に回そうと思う。とりあえず今は、何事もなかった海辺の任務に……乾杯‼」

銘々にグラスと好みの飲み物が配られた後。ヴィルさんの音頭でグラスとグラスがぶつけられた。

ヴィルさんとエドさんはエール、セノンさんは赤ワイン、アリアさんはスパークリングワイン。

なお、私は冷えた麦茶だ。万が一にも野営車両《モーターハウス》を運転する羽目になると大変だからね！

こっちの世界のお酒も気になるけど、別の機会に楽しむことにしますよ。

「うっま‼　エビ、うま‼　カリッカリじゃん‼　なにこのエールが強制的に進むヤツ‼」

「いか、おいひぃ……おやさい入ってるのに、おいひぃよぉ……」

「ジャガイモもこうして食べるとしっとりとして、良いものですね。あのパサパサとした食感が苦手だったのですが、これなら気になりません」

「……失敗したな……もう一樽《たる》買ってくるべきだったか？」

いやぁ。気持ち良いレベルで次々につまみがなくなっていきますな！

それに伴ってもの凄《すご》い勢いでお酒も消費されてるんだけど、瓶と樽が山積みされてるから、まだ余裕はありそうだ。

……さて。私もなくなる前に争奪戦に参加しよう！

イカとトマトのスパイス炒めと、ゴロジャガバターを皿にかっさらい、まずはスパイス炒めの方を……。

……あー……我ながら美味《おい》しいもん作ったわぁ。

多めに入れたクミンとコリアンダーがガツンと香った後に、濃厚なバターのコクとイカの旨味が舌に絡みついてくる。それを煮詰まって甘酸っぱさが増したトマトがさっぱりと洗い流して、最後にカレーがピリッと口の中を引き締めていく。

ついつい後を引く美味しさなわけで、うっかりすると箸《はし》を止めずに食べ進めてしまいそうだ。

スパイスミックスがなければ、カレー粉だけで作っても美味しいよ！

ご飯と一緒に食べてもいいし、そうめんとかと一緒に食べても美味しいんじゃないかな？

ちなみに、私のミックススパイスは、コリアンダーとクミンパウダー、ホールのクミンシードを中心に、パプリカとかチリとかカルダモンとかクローブとかオールスパイスとか……目についたスパイスを気の向くままに混ぜたヤツだ。

塩を入れていないから、塩にも醤油《しょうゆ》にも味噌《みそ》にも対応できる優秀な子なのですよ！

チリのお陰で火照った口を麦茶でクールダウンさせ、今度はゴロジャガバターに箸をつける。

こちらはこちらで、濃厚な肝の旨味をバターが上手に膨らませてくれている。乳脂の甘い香りが、ともすれば生臭くなりがちな肝を包み込んでくれているからだろうか。

そこに香ばしく焦げたお醤油が絡まっているもんだから、生臭みは感じない。

ゲソはシコシコと、エンペラはコリコリと、胴体はむっちりとしていて、それぞれ噛《か》んだ感じが違うからか、食感に変化が生まれて口飽きがしない。

イカの旨味とバターとお醤油が沁《し》みたジャガイモは、どっしりとそれらを受け止めて、しっとりほろほろと口の中で溶けていくようだ。

海の匂いと土の匂いが、ふっと鼻から抜けていく。

イカ、美味しいなぁ……！

見る間に空になっていく皿に、ある種の感動を覚えつつ……できあがりを告げるオーブンの中身を取り出すべく、私はそっと席を立った。

扉を開ければ、熱気とともに味噌とバターとイカの香ばしい匂いが顔面を襲う。火傷に注意してホイルを開けば、香りがさらに強く周囲に漂った。メンバーのおしゃべりが止まった静寂の中、視線がいかに注がれているのがわかる。

匂いを嗅《か》いでいたヴィルさんが、グラスに残っていたエールをグイッと飲み干した。

「匂いが、凶暴だな……匂いだけで酒が飲めそうだ」

「もう完全に呑兵衛《のんべえ》のセリフですね！」

「イカって、美味しいんだね……なまぐさく、ない……」

「美味しいですよ、イカ！」

切り分けた丸太焼きを食べながら、ヴィルさんは頷《うなず》き、アリアさんはぽつりと呟《つぶや》く。

イカって美味しいものだと思ってたんだけど……もしかしてアレかな？　焦げた生肉的なトラウマがある食材なんだろうか⁇

そんな暴食の卓《ウチ》の闇深い料理史はさておき、イカの丸太焼きも安定の美味しさでしたよ！

ホイルで包んで蒸し焼きにした分、熱の入りがやわらかかったせいかな？　外側はもっちりと、中はトロリとした食感で、バターの甘みと味噌の塩気、肝のコクが否応なしに箸を進ませてしまう代物でした……イカコワイ。イカコワイ。

でも、こうやって自分が作った料理を美味しい美味しいって言って食べてもらうのって、なんかいいなぁ……。

空になったお皿を下げるついでに、小エビと一緒に揚げていたニンニクが良い色だったので、パラリと塩を振って出してみる。

ブイヤベース風スープは……もうちょっとかな？

……それじゃあ、今のうちに焼きエビの様子見てこよう！

「リン……ちゃんと食べてるか？」

「割ともしゃもしゃしてますよ？　それに、もう趣味みたいなものなのでお気になさらずですよ！」

……とはいえ、私はもう少し主食が欲しいから、ジャガイモとタマネギでもホイル焼きにしよう。

手早く洗ったジャガイモとタマネギをホイルで包んでいると、宴会中に私がちょこまかしているのが心配なのか、ヴィルさんが腰を浮かしてくれた。

私ばっかりにやらせてる……と思わせちゃったんだろうな……申し訳ない……。

立ち上がりかけたヴィルさんを笑顔で制して焚火台へと足を向ける。

せっかく楽しく飲んでるんだから、こういうことは料理好きの肴《さかな》荒らしに任せておいてくださいな。

熾火っぽくなっている所にホイルに包んだジャガイモとタマネギを突っ込んで、伊勢《いせ》ロブスターと大型車エビをひっくり返してやって……大型車エビはもう少し焼けばいい頃合いだな。

「あ。お鍋《なべ》、そろそろいいかも!!」

えーと……あとはアレだな……追加食材のハムでも切って、スライスタマネギとトマトでもあればパンに乗せて食べられるかな？

いっそ、分厚く切ってハムステーキみたいにしてもいいかも!!

……なんかなぁ……喜んで食べてくれる人たちがいると、一人だと時々めんどくさくなる料理も楽しくなるよ！

このメニューは喜んでもらえるかなー、って考えながら料理作るの、楽しいねぇ！

「よし！　スープもＯＫ！　これはもう鍋ごと出そう！　好きな具材を食べればいいんだ‼」

「割り切ったな、リン」

「ふふふ……ちょぃと興に乗っておりまして！　いろいろ作りたいものがあってしょうがないんですよぅ」

食べ終わった海老の皿を下げた跡地に鍋敷きを敷いて、ドンッとできあがったお鍋を設置する。

火から下ろしてもグツグツ言ってるのが、良いよねぇ。

お玉と、取り皿を……と思ったら、すでに準備されていた。むむむ……やはり気を使わせてしまったか……。

争うようにお鍋にも手が伸びていくのを眺めつつ、カップに残っていた麦茶を飲み干した。

やる気には満ち満ちてるんだけど、流石《さすが》にね……体力が、ね……！

「ほら、リン。まずちょっと食って休め」

「あ、すみません、ヴィルさん」

「『料理』はリンの領分だが、取り分けくらいは俺でもできるさ」

エビとホタテとスズキの切り身とスープで満たされた器が、目の前にゴトリと置かれた。トマトと魚介の混じった甘い香りがふわりと鼻先をくすぐっていく。

どうやら、食いしん坊たちに食い尽くされないうちに……と、取り分けてくれたらしい。

ちょっと厚めの陶器から、じんわりと熱が指先に伝わってくる。

肩を竦《すく》めて笑うヴィルさんに頭を下げて、遠慮なく私も頂くことにいたしますよ！

まだ湯気の出ているところにスプーンを突っ込んで、まずはスープから……。

本場のブイヤベースであればサフランを使うんだけど、流石にあんなお高い高級スパイスは持ってないのよねぇ……。

でも、ソレがなくても魚介の旨味がたっぷりと沁みだしていて、十分に美味しい。

殻ごと入れたエビ出汁とかエビ味噌とかホタテエキスとかが魚の出汁と混じり合い、トマトの甘みが加わって、さっぱりしているのに物足りなさがまったくない。

さほど煮込んでいないから、魚介が煮縮まっていないのが嬉《うれ》しいなぁ。

海老の頭をちゅーちゅーと吸って味噌を追いかけるのもいいし、ほろほろと崩れる鯛《たい》とシコシコとしたイカを噛みしめるのもいいんだけど……。

貝柱はプリプリ、ヒモの部分がコリコリとした食感の違いが楽しい大ぶりのホタテが、私的に大ヒットだ。

周りを見れば、みなさんの食がめちゃくちゃ進んでいるようだ。ほとんど口も利かずに、夢中でスプーンを動かしている。

うむ。まだまだ鍋にはたっぷりあるので、好きなだけ食べてくださいね！　私も争奪戦に加わりますのでな‼

さあ。宴もたけなわではございますが、そろそろエビも食べ頃だと思うのですよ‼

何しろさっきから香ばしい匂いがふわふわを通し越してブワブワと漂ってきていて、もうたまら

んのです‼

「えーび、えーび、え〜〜〜び〜〜〜〜〜♪」

「ご機嫌だな、リン」

「だって、エビですよ、エビ！　もう大好きです！」

荷物置き場から革手袋を引っ張り出して、ぎゅぎゅっと両手に装着する。

野外活動といえば軍手！　……という向きもあるだろうけど、私は断然革手袋を支持したい。何しろ厚みがある分火にも強いいし、薪を手で折る時にも痛くなりにくいし、怪我をしにくいし！

「そうは言ってもゴワゴワしてるでしょう？」という声も聞くけど、私が使っている革手袋は老舗の作業用品問屋さんが素材から作り方から拘った製品だけあり、めちゃくちゃ使い勝手が良いのですよ！

パッケージを開けた時から柔らかく手に馴染むのに、国内鞣《なめ》しの牛革はしっかりと厚みがあって重作業にも耐えてくれるスグレモノなんだよねぇ……。

洗濯もできて、硬くならなくて……それでいてお値段三ケタ円というお手頃価格！

………………あえて欠点を挙げるなら、人気商品すぎてなかなか手に入らない、ってことかなぁ……。

「せーの……よいしょー‼」

そんな革手袋越しにこんがり焼けた伊勢ロブスターをむんずと掴《つか》み、そのままバキッと頭と胴体を折り分ける。

真っ赤に染まった殻から、目が覚めるような真っ白な身が弾け出た。

とたんにエビ味噌の濃厚な香りが周囲に広がっていく。

まだ中心まで火が通っていないせいだろう。ほんのりと半透明な芯《しん》が残る身からはポタポタと肉汁が滴って、地面を黒く濡《ぬ》らすばかりだ。

残りの二匹の頭も折り取って、大型車エビもひょいひょいと皿にのせていって……あとはドーンとテーブルに置いてしまう。

それにしても、運ぶ途中で覗《のぞ》いてみたら、大樽は半分なくなってるし、ワインはもう飲み終わってるし……もうどんだけ胃袋に容量があるんだろうか、この方々は……！

「香ばしくて良い匂いですね、頂きます」

「もうこの匂いだけでもエールが進むよねー！　もーいっぱーい！」

「でっかい、エビ！　かじっていい？　かじっていい⁇」

ワインからエールに切り替えたセノンさんの手が真っ先に伸びてきた。ほっそりとしたしなやかな手が、熱さなどまったく感じていないかのように豪快にバリバリとエビの殻を剥《む》いていく。

真っ赤に染まった顔で陽気にグラスを掲げるのがエドさんで、ただ伊勢ロブスター一点のみを真《しん》摯《し》に見つめているのがアリアさんだ。

うんうん。やっぱりエビはみんな大好きだよね！

そして、伊勢ロブスター的な大エビに齧《かじ》りつく夢は大いに理解できますが、人数分はないので、今日はブツ切りで我慢してほしい所存ですよ……。

隙あらば丸ごと齧りつこうとするアリアさんを牽制《けんせい》しつつ、伊勢ロブスターを切り分ける。プリプリと弾ける白い身肉は、赤い殻の上に咲く花のようだ。

ついでに頭も出刃包丁で真っ二つにすれば、クリームの如きエビ味噌がトロリと溢《あふ》れ出てきた。

……多分、このエビ味噌を焼けた身にまぶして食べても美味しいんじゃなかろうか……。

「さて。切り分けましたので、あとはお好きに召し上がれ！　エビ味噌はスープに入れても美味《おい》しいと思いますよ」

「丸ごと、食べたかった‼　…………………………………でも、これでもいい！」

桜色に上気した頬をぷぅっと膨らませたアリアさんが、真っ先に伊勢ロブスターを頬張って……………さっきまで膨れていたのが嘘のように氷色の瞳《ひとみ》を輝かせた。

うん。美味しいものを食べると、怒ってられなくなりますよねぇ。

セノンさんもエドさんもフォークを伸ばしてくれているようで何よりですよ！

そして、暴食の卓《ウチ》の最大の健啖家《けんたんか》であろうヴィルさんなんだけど…………。

「ん？　どうかしたか？」

「……そんなに気に入りましたか、そのスープ？」

「ああ！　具も美味《うま》けりゃスープも美味いからな！」

「ワインやら香辛料を揃えた上で、また作ってみたいですねぇ」

ペロリと唇を舐《な》めつつ、ヴィルさんが顔を上げた。ひたっすら無言でブイヤベース風スープを食べていたみたいだ。

そんなに夢中になって食べなくても、誰も取ったりしませんよぅ。

……それにしても、皿の上にエビやらカニやらの殻すら残っていないわけですが……まさか……。

こっそりヴィルさんの様子を窺《うかが》えば、顎《あご》が動くのに合わせてガリガリバリバリと硬いナニカを噛《か》み砕《くだ》く音が響いていた。

……そうですか……殻ごとですか……。うん、まぁ…………口の中を怪我しないようにだけ気を付けてくださいな、うん。

またスープを掬《すく》って幸せそうに啜《すす》るヴィルさんを横目に、私は大型車エビに手を伸ばした。

ああ、エビよエビ。法律が許すのであれば自ら獲りに行きたい程度には大好きですな、エビ。

釣りも好きだけど、素潜り漁も気になるんだよねぇ……。漁業権とかいろいろとめんどくさそうでやってはいないんだけど、こっちの世界ならできるかなぁ？

でも、水着とか持ってきてないいし、水中メガネとかシュノーケルとかもないし…………それに、アレだ。

海の中であのシャチに遭遇《あ》《つ》したら面倒だし、素潜りは少し考えようそうしよう。

不意に浮かんできた、人の神経を逆なでするシャチのドヤ顔を忘れるべく、私は手元のエビに神経を集中するのであった……。

まだほんのりと熱いエビの頭を毟《むし》り取り、片方の手で頭の角の部分を。もう片方の手で歩脚と呼ばれる細い足の部分を摘まんで、ベリっと剥《は》がしてそのましゃぶるようにしてエビ味噌《みそ》を堪能する。

ちょっとお行儀は悪いけど、美味しい味噌を逃す手はあるまいて!!

焼けた殻の香ばしい香りと程よい塩味。水分が抜けて濃厚さを増したエビ味噌は甘くしょっぱく蕩《とろ》けていき、最後に少しのほろ苦さが舌に残る。

鼻から抜けるのは海の味を濃縮したような、濃い潮の香りだ。コレを『香り』と取るか『臭い』と取るかは個人差があるだろうが、私はどちらかと言えば『香り』派だ。

濃厚な旨味に痺《しび》れる舌を、カリッと焼けた歩脚をがしゅがしゅと齧ってリセットする。殻の出汁と僅《わず》かに入っているであろう身の肉汁が滲《にじ》み出《で》てきて、コレはコレで結構美味しいですよ？　えびせん的な味というか、スナック的な感じ⁇

「うはぁぁぁ……エビ味噌が美味しいよぅ……！　香ばしいよぅ……」

心ゆくまでエビ味噌を堪能したところで、身の方も頂きますよ！

ペリペリと殻を剥くと、多少焼き縮んでいるものの、それでも十分に太い身が現れた。熱を加えすぎると表面がボロボロに荒れてしまうが、この大型車エビは火の通りが絶妙だったようだ。

赤と白の縞目《しまめ》も鮮やかな身肉はしっとりつやつやとした光沢を放ち、見た目からして食欲をそそる。

もののついでと尻尾《しっぽ》の殻まできれいに剥いて、そのまま一口で食べてしまおうか！

仄《ほの》かに温かい表面に歯を立てると、パンパンに張った身が抵抗してくる。

それに負けじと力を加えていけば、薄皮が突然破れたかのようにパツンと弾け、口の中いっぱいに旨味を含んだ肉汁が溢れ出る。

噛んでも噛んでも弾き返されるようなプリンプリンとした歯応えも、非常に気持ちがいい。

「エビ、美味しいぃぃ……美味しいよぅ……！」

「幸せそうだな、リン」

「食べてる時が、一番幸せですからねぇ」

「わかる。なんというか……食べ物が食道を押し分けて胃に落ちていく感覚がたまらん」

「それな！」

いつまでも噛んでいたいのに、ついにゴクンと飲み込んでしまった……。ほんのりとした甘みと舌に染みてもなお余る旨味を残して、エビが喉《のど》を滑り落ちていく。

ほけーっと余韻に浸る私の言葉に、ヴィルさんは大きく頷《うなず》いてくれたし、ヴィルさんの語る感覚も、大いに納得できるところである。

お前は私か‼

伊勢《いせ》ロブスターは、大型車エビと比べるとキメが細かい感じの食感だった。

大型車エビがプリンプリンでブリンブリンだとしたら、こちらはプリプリくらいの歯応え。柔らかいんだけど、だらしない柔らかさじゃなくて、芯がしゃんと通った上での柔らかさというか……。甘みは淡く上品で、舌触りはしっとりと滑らかな感じがする。

「ん！　伊勢ロブスターも美味しい‼　これ、次に手に入ったら揚げ物もいいなぁ！　天ぷら‼」

「『てんぷら』とは何ですか、リン」

「え、あ……小麦粉の衣を付けて揚げた料理ですね。フリッターよりも衣が薄くて、サックリしてる感じの……」

だからこそ、素材の味を閉じ込める天ぷらにして、塩であっさり食べても美味しいと思うんだ。

聞きなれない言葉に興味を引かれたのか、セノンさんが身を乗り出してくるけれど、何だろうこの微妙に心に刺さる語感は……。

せ、セキュリティクリアランスには違反してないですよ⁉　親愛なるコンピューター様に反逆する意思もありませんよ⁉　やめて！　レーザーガンで簡易処刑しないで‼

…………という脳内茶番はともかく、また伊勢ロブスターを手に入れる機会はあるんだろうか……。

なければ夏野菜の天ぷらでも作ろうかな。天ぷら、美味しいもんね。

ちなみに、エビ味噌はこっちの方が濃厚な感じ。ねっとりと舌の上で蕩けては舌の根に纏《まと》わりついてくる。

エビ味噌を身にまぶして食べてみると、これまた予想通りに美味しかった。

食べ続けるとクドくなりがちなエビ味噌をさっぱりとした肉汁が中和してくれて、大型車エビと比べるとちょっとあっさりした身肉をコクのあるエビ味噌が補ってくれて……。

世の中うまいことできてますよねー。

もちろん、ブイヤベース風スープにつけて食べても美味しかったことをここに記しておく。

エビとトマトって親友になれると思うんだ。

大型車エビより身が大きい分、しっかりスープを吸い込むというか、スープが纏わりつくというか……トマトの甘酸っぱさがエビの甘じょっぱさとよく合うんだよねぇ。

「しかしコレは本当に酒に合うな」

「海鮮は、肴《さかな》としてもご飯のお供としても有能ですよね！」

グググッとグラスを干したヴィルさんが、満足そうに笑っている。

ご飯に合うものはお酒にも合うし、お酒に合うのはご飯にも合うし。ご飯もお酒も好きな私に死角はない！

ほっこり焼き上がったジャガイモにバターとお醤油《しょうゆ》を落としてじゃがバターを堪能しつつ、火の始末をして、みんながまだ残ったお酒を飲みつつ話に花を咲かせているのを何となしに聞いてた……と思ったんだけど……。

何かが頭をもふもふと触ってくる感触にふと目を開けると、こちらを覗き込んでくるイチゴ色の瞳と目が合った。

「今日の所は、リンのお陰で沖に棲まうモノ《レブン・カムイ》を無事に返せたな。助かった！」

「そんなに大したこと、してないですよぅ！　みんなで力を合わせたお陰ですよ！」

「それでも、今夜の我々が美味しい食事にありつけたのはリンの尽力のお陰ですからね」

「ん！　美味しいご飯、食べられて……幸せなのは、リンのお陰！　ありがと！」

「そうそう！　これからもよろしくね、リンちゃん！」

気が付けば、四方から伸びてきた手に頭をくしゃくしゃと撫《な》でられていた。

周りを見れば、みんな楽しそうに、嬉《うれ》しそうな笑みを浮かべてくれていた。

ちょっとは……ちょっとは役に、立てたのかな？

溢れる喜びと安堵《あんど》に、私もいつの間にかにっかりと笑みを浮かべていた。

これからも、美味しいご飯、作りますよ！！！

あとがき

初めましての方もそうでない方も、こんにちは。狩猟採取生活に憧れる現代人・米織《よねおり》と申します。

この度はこの本をお手に取って頂き、誠にありがとうございます！

ご縁がありまして、小説投稿サイト『小説家になろう』にて連載していた本作を『書籍』という形で世に出すことになり、「まさに『事実は小説より奇なり』だな……」と驚きを隠せません。

もともとは「自分が美味《おい》しいと感じたものを、人様にも美味しそうと感じてもらえるように描写してみたい！」……ぶっちゃけて言ってしまえば、「読者様相手に文章で飯テロってみたい！」というろくでもない目的で始まった本作が、まさか書籍化するとは思ってもみませんでした！

……さてさて。貪欲なる食欲に導かれるままに筆を進めてきた本作、お味はいかがでしたか？「美味しそう……」と思っていただけたでしょうか？　ページの向こうにいるあなたの腹の虫を少しでも刺激することができたのならば、米織の目論見《もくろみ》は大成功です！(笑)

最後になりますが、一ネット小説に過ぎなかった本作に『書籍』という形を与えてくださいました方々に、心より御礼申し上げます。

お声をかけてくださいましたKADOKAWA様をはじめ、多大なるご迷惑をおかけしたにもかかわらず、見捨てずに手を差し伸べ続けてくださいました担当編集者のW様、可愛《かわい》らしさとかっこよさを兼ね備えた、とても素敵なイラストを描いてくださった仁藤《にとう》あかね様。

そして何より、ネットの頃から読んでくださっていた読者の方々と、この本を手に取ってくださいました皆様に、全身全霊で感謝を捧《ささ》げます‼　応援していただけて、本当に嬉《うれ》しいです！

また次巻にて皆様にお目にかかることができれば、幸甚の至り、感謝の極みです！

その時に、またあなたのお腹《なか》を鳴らすことができるよう、腕を磨いておきたいと思います！

お便りはこちらまで

〒 102－8078
カドカワBOOKS編集部　気付
米織（様）宛
仁藤あかね（様）宛

カドカワBOOKS

捨《す》てられ聖女《せいじょ》の異世界《いせかい》ごはん旅《たび》
隠《かく》れスキルでキャンピングカーを召喚《しょうかん》しました

2020年4月10日　初版発行
2021年7月20日　再版発行

著者／米織《よねおり》
発行者／青柳昌行
発行／株式会社KADOKAWA
〒102-8177
東京都千代田区富士見2-13-3
電話／0570-002-301（ナビダイヤル）
編集／カドカワBOOKS編集部
印刷所／大日本印刷
製本所／大日本印刷

本書の無断複製（コピー、スキャン、デジタル化等）並びに
無断複製物の譲渡及び配信は、著作権法上での例外を除き禁じられています。
また、本書を代行業者等の第三者に依頼して複製する行為は、
たとえ個人や家庭内での利用であっても一切認められておりません。

※定価（または価格）はカバーに表示してあります。

●お問い合わせ
https://www.kadokawa.co.jp/（「お問い合わせ」へお進みください）
※内容によっては、お答えできない場合があります。
※サポートは日本国内のみとさせていただきます。
※Japanese text only

©Yoneori, Akane Nitou 2020
Printed in Japan
ISBN 978-4-04-073645-7 C0093

新文芸宣言

かつて「知」と「美」は特権階級の所有物でした。

15世紀、グーテンベルクが発明した活版印刷技術は、特権階級から「知」と「美」を解放し、ルネサンスや宗教改革を導きました。市民革命や産業革命も、大衆に「知」と「美」が広まらなければ起こりえませんでした。人間は、本を読むことにより、自由と平等を獲得していったのです。

21世紀、インターネット技術により、第二の「知」と「美」の解放が起こりました。一部の選ばれた才能を持つ者だけが文章や絵、映像を発表できる時代は終わり、誰もがネット上で自己表現を出来る時代がやってきました。

UGC（ユーザージェネレイテッドコンテンツ）の波は、今世界を席巻しています。UGCから生まれた小説は、一般大衆からの批評を取り込みながら内容を充実させて行きます。受け手と送り手の情報の交換によって、UGCは量的な評価を獲得し、爆発的にその数を増やしているのです。

こうしたUGCから生まれた小説群を、私たちは「新文芸」と名付けました。

新文芸は、インターネットによる新しい「知」と「美」の形です。

2015年10月10日
井上伸一郎

黒辺あゆみ　イラスト／しのとうこ

前世の記憶をもったまま中華風の異世界に転生していた雨妹。後宮へ宮仕えする機会を得て、野次馬魂全開で乗り込んでいった彼女は、そこで「呪い憑き」の噂を耳にする。しかし雨妹は、それが呪いではないと気づき……

カドカワBOOKS

ぷにちゃん　イラスト／藻

乙女ゲームの世界で、誰もが授かる"加護"を持たない悪役令嬢に転生したツェリシナ。待ち受けるのは婚約破棄か処刑の運命――それならゲームの醍醐味である領地運営をして、好きに生きることにします！

カドカワBOOKS